古典文獻研究輯刊

三 編
曾 永 義 主編

第 4 冊

他 山 之 石
——宇文所安及其唐詩研究

賴 亭 融 著

國家圖書館出版品預行編目資料

他山之石——宇文所安及其唐詩研究／賴亭融 著—初版—
新北市：花木蘭文化出版社，2011〔民100〕
目 2+176 面；19×26 公分
（古典文學研究輯刊 三編；第 4 冊）
ISBN：978-986-254-546-1（精裝）
1. 宇文所安（Owen, Stephen, 1946-） 2. 唐詩 3. 詩評
820.8   100014996

ISBN-978-986-254-546-1

9 789862 545461

古典文學研究輯刊
三 編 第 四 冊   ISBN：978-986-254-546-1

他山之石
——宇文所安及其唐詩研究

作　　者　賴亭融
主　　編　曾永義
總 編 輯　杜潔祥
出　　版　花木蘭文化出版社
發 行 所　花木蘭文化出版社
發 行 人　高小娟
聯絡地址　新北市永和區中正路五九五號七樓
　　　　　電話：02-2923-1455／傳眞：02-2923-1452
網　　址　http://www.huamulan.tw 信箱 sut81518@ms59.hinet.net
印　　刷　普羅文化出版廣告事業
初　　版　2011 年 9 月
定　　價　三編 30 冊（精裝）新台幣 48,000 元

他山之石
——宇文所安及其唐詩研究

賴亭融　著

作者簡介

賴亭融，台灣省雲林縣人，一九七八年生。屏東師範學院語教系畢業，輔修英語教學，國立雲林科技大學漢學所碩士班畢業。曾任雲林縣英語教師，具有多年英語教學與帶班經驗，現任台中市國小教師，定居台中市。碩士論文《他山之石——宇文所安及其唐詩研究》。研究所期間，蒙李師哲賢指導，得一窺美國漢學的浩瀚領域，雖目前投身於教育界，仍希望有朝一日能繼續美國漢學的研究。

提　要

　　宇文所安是美國哈佛大學中國文學與比較文學教授，乃當代美國著名的中國古典文學專家，亦是兼具唐詩研究、比較文學與文學批評等長才於一身的美國漢學家。他精通中西文學理論、唐詩研究、詩歌流派與批評等，擅長翻譯、評論並撰寫中國古典文學、文論作品，成果豐碩，因此，在美國漢學界深具影響力。雖然，其作品流傳廣遠，甚至有多本著作被譯成中文，然而，有關宇文所安之唐詩研究方面，國內至今並未見有完整而深入之探討，因而，本論文乃針對其唐詩研究之作品與單篇論文作一完整剖析，盼能更完整呈現宇文所安的唐詩研究之成果；俾能為國內的唐詩研究提供一種新的視野，此乃本論文主要研究目的。

　　宇文所安採用詩歌流變史，認為「宮廷詩」貫穿整個初唐詩壇，並提出盛唐詩是由一種「都城詩」現象所主宰，詩人在詩中融入個人情感，成為具有個人風格的詩人。此外，宇文所安十分注重從文本內部來探索作品的內涵，通過細讀法，對文學作品作詳盡的分析。他的唐詩研究方法雖然繁多，但也試圖突破和超越自己原來的批評模式，不囿於方法學的限制，靈活運用，實在是中西文化理論的融合。

目次

第一章 緒 論

　　斯蒂芬‧歐文（StephenOwen，1946～）又名宇文所安，他是美國哈佛大學中國文學與比較文學教授（Professor of Chinese and Comparative Literature at Harvard University），乃當代美國著名的中國古典文學專家，亦是兼具唐詩研究、比較文學與文學批評等長才於一身的美國漢學家。他精通中西文學理論、唐詩研究、詩歌流派與批評等，擅長翻譯、評論並撰寫中國古典文學、文論作品，成果豐碩，因此，在美國漢學界深具影響力。雖然，其作品流傳廣遠，甚至有多本著作被譯成中文，然而，有關宇文所安之唐詩研究方面，國內至今並未見有完整而深入之探討，因而，本論文乃針對其唐詩研究之作品與單篇論文作一完整剖析，盼能更完整呈現宇文所安的唐詩研究之成果。

第一節 研究動機與目的

　　美國漢學是一新興研究領域，國內各大學之中文系所甚少涉獵；筆者有幸進入國立雲林科技大學漢學研究所就讀，首次接觸美國漢學界的種種研究成果，對其獨特的研究方法與詮釋，讚嘆不已；尤其美國在唐詩研究方面，觀點特殊、與國內學者不同的研究方法，在唐詩研究領域另闢蹊徑等，在在令人印象深刻。在美國的唐詩研究領域，總會提到宇文所安的唐詩研究成果，及其獨特的詮釋觀點。他以一人之力專注於專家詩研究、詩歌流變史研究、唐詩句法研究等；無論是在國內或美國漢學界都相當少見。

　　筆者對美國的唐詩研究頗感興趣，更從許多文章中發現，近年來美國漢學界的唐詩研究大有進展，無論是專家詩的研究，或是整個唐代詩歌史的探源，內容越來越精緻、深入；不管從詩人的時代背景與生平研究，到輔以西

方理論的風格、句法、意象及象徵手法的研究，在在揭示了新穎的研究觀點。其中，較特別的是宇文所安擅長的詩歌流變史，他的研究，使美國的唐詩研究除了專家詩、唐詩句法結構等較傳統的研究層面外，更開闢了另一個研究領域。但是，前人研究宇文所安及其學術，多以書評方式，〔註1〕或對其中國古典文學研究作一概述，〔註2〕而較少從事單一或獨立學術議題的探討。筆者有感於宇文所安對唐詩研究精闢的分析與獨特的研究角度，已成為美國漢學界唐詩研究的大師級人物，欲探究其間因由，特別將宇文所安中國古典文學研究中的唐詩研究獨立為一個研究主題，作通盤而有系統的研究，俾能對其唐詩研究之解讀詩歌方式、唐詩觀點以及唐詩研究方法有深入的瞭解。宇文所安的唐詩研究，提供一個異質文化間相互對話、交流的機會；東西方文化的對話和交流，會不斷地造成理解的變異，借鏡他人的觀點和獨特的理解力，重新返回到古典文學原點上，去思考整個文化的起始，有助於從世界性的角度進行文化的交流。因此，探究宇文所安唐詩研究之獨特觀點，以明其與國內學者的不同觀點，乃本文的研究動機之一。

此外，宇文所安從唐詩的產生、環境來理解初唐詩特有的成就；他注意到宮廷詩在初唐的演變和發展，從大量的宮廷詩中，歸納並分析其結構上的特性與慣例，提高宮廷詩的地位，強調宮廷詩與宮體詩的不同之處。歷來，國內學者對於宮體詩與宮廷詩的定義，頗為分歧，而此亦急需予以釐清，否則，不足以把握初唐詩歌之整體研究，更無法探析宇文所安唐詩研究之真貌。因此，探討並釐清宇文所安之宮廷詩觀點，以確切把握初唐詩之真貌，此乃本文之研究動機之二。

宇文所安的盛唐詩研究，以詩歌史的寫作方式，從歷史過程與時代風格方面重新審視盛唐的詩歌，提出都城詩、東南文學中心及詩歌教育等獨特觀點；其中提出「都城詩人」、「外部詩人」的獨特分類觀點來探析盛唐詩人及其作品。此方法屬於集團研究，國內學者已漸漸涉獵此一觀點；但筆者對宇文所安之「都城詩人」分類頗有疑慮。因此，探討宇文所安對「都城詩人」的定義與分類，考察其觀點之合理性，以確切把握其盛唐詩觀點，乃本文之

〔註1〕 朱易安：〈初唐詩評介〉，《唐代文學研究年鑑》（廣西：師範大學出版社，1991年）第一版，頁331～336。

〔註2〕 程鐵妞：〈試論斯蒂芬・歐文之中國古典文學研究〉，《漢學研究》1991年第1期，頁227～260。

研究動機之三。

　　宇文所安研究唐詩是從中唐入手，他的博士論文是《孟郊與韓愈的詩》〔註3〕，書中給予韓、孟二人極高的評價，揭示了韓、孟二人在中國詩歌史上的特定地位。寫完博士論文後，他認爲要了解唐詩的脈絡與發展，就必須溯源探討，因此，以詩歌史的寫作方式，致力於唐代詩史的研究，於 1977 年出版了《初唐詩》〔註4〕，1981 年出版了《盛唐詩》〔註5〕；但卻從未以詩歌史來寫《中唐詩》，而對於中唐的文學狀況，則在 1996 年出版了《中國中古時代的終結》，〔註6〕探討中唐的文學理論，研究的對象不再以詩爲主，也兼及散文和傳奇；書中只是分析中唐的一些詩歌、散文和傳奇，並沒有對中唐的時期作歷史性的分析。筆者急欲探究宇文所安的中唐詩歌理論，及其不以詩歌史寫作中唐詩的原因，以明其唐詩研究方法在中唐文學方面，何以有重大之轉變。因此，探討宇文所安對中唐詩歌的觀點，釐清其不以詩歌史寫作的原因，分析其研究方法之重大轉變，此乃本文之研究動機之四。

　　再者，宇文所安以「外在者」的身分，力求融合中西文論，提出「隨意性」〔註7〕的觀點，拋棄中國傳統包袱，以不同的角度從事研究，而能獲得一些嶄新、具啓發性的見解，爲國內的唐詩研究注入新的活力；但詮釋詩歌的同時，本身的西方理論背景，是否也遮蔽了唐詩研究的視野，詩歌解讀是否有不合理之處。筆者探討宇文所安唐詩研究之特殊觀點，與是否有缺憾之處，此乃本文之研究動機之五。

　　宇文所安在美國漢學界的唐詩研究中，對唐詩的解讀有獨特的看法，更

〔註 3〕 Stephen Owen, The Poetry of Meng Chiao and Han YÜ（New Haven: Yale University Press, 1975），pp.8～9.

〔註 4〕 Stephen Owen, The Poetry of the Early T'ang（New Haven: Yale University Press, 1977）.

〔註 5〕 Stephen Owen, The Great Age of Chinese Poetry: The High T'ang（New haven: Yale University Press, 1981）.

〔註 6〕 Stephen Owen, The End of the Chinese 'Middle Ages'--Essays in Mid-T'ang Literary Culture（Stanford University Press, 1996）.

〔註 7〕 宇文所安在梅堯臣的詩歌趣味中，找到了詩歌的隨意性。在評述歐陽修《六一詩話》中的〈梅堯臣即席賦河豚詩〉一則時，對梅堯臣筆力雄瞻、頃刻而成的河豚詩和其「閒遠古淡」的詩風十分推崇。他認爲：如果說詩句看起來極爲隨意，那麼當我們注意到其席間的即興之作時，我們將辨析出它是何等的恰當。詩的隨意性是藝術的頂點。見 Stephen Owen, Reading in Chinese Literary Thought（Cambridge: Harvard University Press, 1992），pp.365～370.

因採用詩歌流變史寫作，自成獨特的詩歌體系。他以一個外在者的身分研究唐詩，能以不同的角度切入，因此，能獲得一些獨特的解讀詩歌成果；更因其以獨特的唐詩研究方法，奠定了在美國漢學界不可動搖的地位。宇文所安的唐詩研究作品不僅觀點新穎，不偏離中國文學傳統，且開拓視野，更為國內的唐詩研究注入新的活力。可惜的是，美國漢學在國內屬於一門新興的學問，各中文所甚少有研究生專研此一領域，再加上語言的隔閡，甚少研究生願花心思於美國漢學之研究。幸而本所注重國際漢學領域，積極開拓此一新興領域，因而，啓發筆者投入美國漢學研究，希望藉由本論文的提出，能爲美國漢學研究略盡綿薄之力。

此外，國內研究美國漢學的人雖不多，但大陸方面已投入大量的人力與財力，專注於美國漢學研究，並翻譯著名美國漢學家的專書，在中國古典文學研究方面，研究成果日漸豐碩。筆者深切地體會到，無論是美國漢學家對中國的研究，還是我們對他們研究的再研究，其意義都非常重大。因爲，不僅美國學者可以通過這一門學科來了解、認識中國文化，並從中吸取中國文化的精華；對於一般美國人來說，由於他們不一定都懂漢語，無法直接從中國書籍、資料中獲得相關知識，而「美國漢學」的成果就是他們了解、認識中國的主要途徑。而對我們來說，透過「美國漢學」可以藉由他們的研究方法、角度，提供吾人之借鑒。本論文盼能藉由對宇文所安之唐詩研究作一全面而深入的探討，俾能爲國內的唐詩研究提供一種新的視野，此乃本論文的主要研究目的。

第二節 研究方法與內容

本論文係以宇文所安之唐詩研究爲主要探究對象。由於宇文所安之研究領域涵蓋唐詩、傳奇、小說、戲劇、文學理論等；因此，本研究的範圍將限定在宇文所安學術中有關唐詩研究的部分。至於本論文所採用之研究方法及研究內容如下：

一、研究方法

（一）文獻分析法

本論文依據宇文所安之唐詩著作，其中以《孟郊與韓愈的詩》、《初唐詩》、

《盛唐詩》、《傳統中國詩與詩學》〔註 8〕、《追憶──中國古典文學中的往事再現》〔註9〕及《中國中世紀的終結》等專著爲主，此外，宇文所安唐詩研究之單篇論文，亦予以系統之整理研究，蓋上述文獻資料正足以呈顯宇文所安唐詩研究之成果。本論文亦收集兩岸學界之唐詩研究成果，加以分析、詮釋，以作爲本文評價宇文所安唐詩研究之依據。

（二）比較研究法

宇文所安在唐詩研究方面，不僅見解獨到，且研究方法亦頗爲精湛。在學術日益國際化之今日，其研究成果足以拓展吾人之研究視野，並收他山之石可以攻玉之效果。爲了彰顯宇文所安唐詩研究之獨到之處，本文採用比較研究法，藉由兩岸學界之唐詩研究成果，與之比較，並予以客觀之評價。

二、研究內容

本論文共分六章，其內容如下：

第一章〈緒論〉：旨在說明本文之研究動機、目的、方法、內容。本章特別強調比較研究法對宇文所安的唐詩研究之重要性。採用兩岸學界之唐詩研究作爲比較研究之對象，並以之作爲評價宇文所安唐詩研究之依據，以說明其唐詩研究之定位。

第二章〈宇文所安之學術背景及美國之唐詩研究概況〉：著重論述宇文所安的學術涵養，了解他的求學與教學歷程、師友間的論學經驗等對他所產生的影響，以及投入漢學研究的有利條件。藉由〈哈佛評論週報〉〈Cazette Staff〉中宇文所安的自述，及各家學者評論宇文所安的資料，相互比對，希望能還原宇文所安唐詩研究的初衷與眞正的驅動力量。此外，並略述美國之唐詩研究概況。

第三章〈宇文所安之唐詩研究〉：首先論述宇文所安以詩歌史方式寫成的《初唐詩》、《盛唐詩》，歸納宇文所安的唐詩觀點；接著探討《孟郊與韓愈的詩》及《中國中世紀的終結》中之唐詩觀點，以明其唐詩之內涵，並予以述評，並說明其唐詩研究之成績。

〔註 8〕 Stephen Owen，Traditional Chinese Poetry and Poetics：Omen of the World（Madison：Wisconsin University Press,1985）.

〔註 9〕 Stephen Owen，Remembrances：The Experience of the Past in Classical Chinese Literature（Cambridge：Harvard University Press, 1986）.

　　第四章〈宇文所安之唐詩研究方法析論〉：旨在分析宇文所安唐詩研究的方法：閱讀規則與詮釋角度、細讀文本、意象復現與形式分析、美學評論、詩歌流變史等研究方法。

　　第五章〈宇文所安唐詩研究之意義與定位〉：旨在將宇文所安之唐詩研究放到整個美國漢學界之唐詩研究背景下加以檢視，透過美國漢學界唐詩研究概況的了解，來呈顯宇文所安唐詩研究的意義。此外，藉由考察兩岸學界的唐詩研究成果，來說明宇文所安唐詩研究的獨特之處，俾能由不同的角度反映出宇文所安之定位。

　　第六章〈結論〉：爲本文所作研究之綜合性敘述，並依此以提出宇文所安唐詩研究的貢獻及未來研究之展望。

第二章 宇文所安之學術背景及美國之唐詩研究概況

第一節 宇文所安之學術背景

　　宇文所安，1946 年出生於美國密蘇里州聖路易斯城（St. Louis），這是一個位於美國本土中央的城市，是一個運輸、貿易、金融、製造業和旅遊中心，因爲有許多移民，他們在這裡留下不少文化遺跡，所以，聖路易斯城又有「千景之城」的稱呼。宇文所安的童年是在馬里蘭州（Maryland）度過，1959 年移居美國東岸的大城市巴爾的摩（Baltimore），這裡交通便利，資源豐富，尤其是當地的圖書館更是藏書豐富，常使宇文所安流連忘返。宇文所安對中國古代文學的興趣可以追溯到其青少年時期。有一次，他在巴爾的摩公立圖書館中，偶然發現一本翻譯成英文的中國詩選，自此就愛上這種與歐美詩歌相當不同的文學形式，並引發他對中國文學研究的興趣，他說：「我曾經喜歡詩歌，特別是翻譯的中國詩歌，當年輕時，我寫詩；但我發現我比較喜歡寫散文，特別是文學批評。」〔註1〕他對中國文學的多元化研究源於此。

　　宇文所安於 1964 年進入耶魯大學（Yale University）就讀，1968 年獲耶魯大學中國語言與文學專業學士學位，並在 1972 年獲耶魯大學東亞語言與文

〔註 1〕 "I became enamored of books of poetry and especially of Chinese poetry in translation, and I have been ever since. I wrote poetry when I was younger, but then I discovered that I was better at writing prose, particularly literary criticism.." 參見 Ken Gewertz, "Chinese Literature Expert Owen Named Conant University Professor" ,*Cazette Staff* （1997）, pp.1～5.

學博士學位。選擇耶魯大學是因爲父親告訴他，耶魯大學是學習中國文化最好的地方。耶魯大學成立於 1701 年，是一所私立大學，它和哈佛、普林斯頓大學齊名，歷年來共同角逐美國大學和研究所前三名的地位。該校教授陣容、課程安排、教學設施方面皆堪稱一流。漂亮的歌德式建築和喬治王朝式的建築與現代化的建築交相互映，把整個校園點綴得十分古典和秀麗。宇文所安沉浸在耶魯大學自由、嚴謹的學風中，除了學習中國文學，也學習日本的古典詩歌，並對遠東文化感到興趣。由於青少年時期看過艾茲拉‧龐德（Ezra Pound）所譯的中國古詩翻譯集《古中國》（Cathay），因而，對中國古典文學藝術興趣大增，所以，在大學時，便學習中國古典詩歌，大量閱讀中國文學的英譯本，包括亞瑟‧威利（Arthur Waley）所譯的中國古典詩歌，和其他中國文學作品，而宇文所安更具有直接閱讀文本的能力，中文也說得流利。

　　宇文所安就讀研究所時期，正好遇到中國的文化大革命，中國大陸對中國古典文學採取全面封閉的政策，致使外國人無法到中國進修，因此，宇文所安就像當時許多美國學生一樣，轉道日本，學習一年的中國古代文學。在當時，中國還沒有改革開放，因此，在那些不便去中國的歲月裡，許多美國人轉道日本，去那裡找尋中國文化的遺跡；在日本，處處是中國的影子，日本的漢學研究，尤其是唐詩，使他獲益良多，更讀了大量的中國書籍，接觸不同的學者，如以研究柳宗元聞名的京都大學的清水茂教授（Professor Shimiza Shigeru,1932～）、以及研究杜詩頗具盛名的唐詩專家吉川幸次郎（Yoshikawa －Kojiro, 1904～1980）等，宇文所安常向他們請教，受益非淺。

　　宇文所安的博士論文題目爲《孟郊和韓愈的詩》。其實，原先他選擇的題目是中唐詩，並且蒐集了大量的材料，按年代組合，準備寫成一部浩大的編年詩史，寫作進行得很順利，時有獨特的見解；但因寫得太多了，博士論文指導教授傅漢思（Hans Frankel）建議他集中專寫韓愈和孟郊；因爲，這兩人在中國詩歌發展的過程中，開創了新的傳統，很具有代表性；因此，宇文所安便集中寫這兩人，以敏銳的筆觸，不但，闡明了韓愈和孟郊的詩歌成就，同時對中唐詩風也提出新穎的看法，精闢地論述復古運動和詩歌發展的關係及意義。

　　提到宇文所安的博士論文指導教授傅漢思，他是一位研究樂府詩的專家，執教於耶魯大學東亞語言與文學所，他著名的專書《李花和宮女》，〔註2〕

〔註2〕Hans Frankel, The FloweringPlum and the Palace Lady: Interpretations of Chinese

對唐詩的形式與特色都有精采的見解。他是美國漢學界的唐詩專家,執教耶魯大學二十多年,培養許多優秀的漢學家,他對學生不僅嚴格而且要求寫出的論文能有新意;宇文所安跟隨傅漢思學習,奠定了紮實的唐詩研究基礎。

1972年到1982年的十年間,宇文所安任教於耶魯大學,從講師一直到副教授,在東亞語言與文學系裡一面教書,一面進行唐詩的整體研究;他認為要釐清唐詩發展的脈絡,就必須向前回溯,因此,他相繼開始了《初唐詩》、《盛唐詩》的寫作。

1982年後,宇文所安任教於哈佛大學,不僅是東亞系的教授,也是比較文學系的教授,並且擔任歐文・巴弼德的比較文學教授職位(The Irving Babbitt Professorship of Comparative Literature);這個職位設於1960年,是為了紀念哈佛大學比較文學領域最著名的教授歐文・巴弼德教授(Irving Babbitt)而設立。

宇文所安是一位在西方學術體制中接受訓練的典型美籍漢學家,以專家詩論起家,繼而又寫出《初唐詩》、《盛唐詩》兩本詩歌史專書,奠定了中國詩學專家的地位;後來相繼出版了《傳統的中國詩和詩學~世界的預言》、《追憶》〔註3〕、《迷樓》〔註4〕等有關傳統中國詩學的作品;近年又出版了與中國文論有關的《中國文學思想選讀》。〔註5〕由此可知,宇文所安是一位勤奮的學者,在二十多年的學術生涯中,已經出版了將近十本著作,在每一部著作中都有強烈的創新意識。對研究中國文學的西方學者來說,從專家詩到詩學到文學理論是一個必然的發展順序;由此可知,他從不滿足於已有的成就,也不願意重複別人的研究成果。

哈佛大學教授職位的授與是非常嚴格的,尤其是詹姆斯・布萊恩特・柯南德教授(James Bryant Conant University Professorship),這是1974年為了紀念哈佛大學第二十三任校長 James Bryant Conant 而設立的。1933年到1953年,他任職校長整整二十年期間,將哈佛大學改造成為全世界第一流的大學。

　　　　　Poetry　(New Haven: YaleUniversity Press, 1976),pp.33～40.

〔註3〕 Stephen Owen, Remembrances: The Experience of the Past in Classical Chinese Literature(Cambridge:Harvard University Press, 1986).

〔註4〕 Stephen Owen, Mi-Lou: Poetry and the Labyrinth of Desire(Cambridge: Harvard University Press, 1989).

〔註5〕 Stephen Owen, Reading in Chinese Literary Thought (Cambridge:Harvard-Yenching Institute, 1992).

他首先採用性向測驗來決定入學許可，這個方法使得許多美國大學跟隨他的腳步，而創造了所謂的「學術才能測驗」（S.A.T），因為，他帶領哈佛大學奠定學術殿堂的領導地位，因此，能被授與詹姆斯‧布萊恩特‧柯南德特級教授是件非常光榮的事情。

由於宇文所安在唐詩、中國古典文學研究上有卓越的成績，於是，在哈佛大學執教不久之後，便獲得詹姆斯‧布萊恩特‧柯南德特級教授，奠定他在美國漢學界唐詩研究的地位。

似乎為中國文化所吸引的漢學家大多會娶中國女子為妻，宇文所安的妻子田曉菲（Phyllis）是中國人，而且曾經是著名的神童。她是天津人，13 歲時，被破格錄取，進入北京大學英語系就讀，當時，她已出版兩本詩集，是個非常聰慧且全面發展的孩子，雖然年紀小，但第一學期竟然名列第一名，讓人驚嘆。1991 年在美國內布拉斯加大學（University of Nebraska）獲得英國文學碩士，1998 年獲哈佛大學（Harvard University）比較文學博士學位，此後分別在柯蓋德大學（Colgate University）和康乃爾大學（Cornell University）擔任助理教授，其後於 2000 年開始轉擔任哈佛大學講師。

田曉菲嫁給宇文所安先生時，有人做了如下之評論：一個喜歡並研究東方文化的西方人和一個一直喜愛並研究中國文學的東方女孩的結合，其傳奇色彩的核心應該是東方文化那博大精深的、神秘的、豐富的內涵。說起他的妻子，宇文所安用了「天津姑娘」這個字眼，她說田曉菲念念不忘故鄉天津，有機會總想回去看看。宇文所安和他的「天津姑娘」同時也是工作上的伴侶，兩人一起致力於漢學研究，有時田曉菲還會幫她翻譯，真是夫唱婦隨。

哈佛大學前校長魯登斯汀（Neil L. Rudenstine）曾讚美宇文所安：他是一位卓越又多才多藝的學者，具有一種真正特殊的文學特質領悟力，並且有能力幫助學生和讀者了解他所教的，和所寫作的最具特色的文學方面。他的專書《追憶》提供正如同我們可能曾經發現的一種易了解，和易感知的中國詩歌之閱讀；哈佛非常幸運能邀請他擔任大學教授的職位。〔註6〕

〔註 6〕 "Stephen Owen is a remarkable and versatile scholar, with a truly exceptional sense of literary quality and an ability to help his students and readers understand the most distinctive aspect of the literature he teaches and writes about. His book Remembrances offers as lucid and sensitive a reading of Chinese poetry as we are likely ever to find. Harvard is fortunate to be able to welcome him to the ranks of University Professors." 參見 Ken Gewertz, "Chinese Literature Expert Owen Named Conant University Professor" ,Cazette Staff （1997）,pp.1～2 .

　　著名的詩歌評論家赫倫‧文德勒（Helen Vendler）曾說：宇文所安是一位具有不知疲倦心靈活力，並且有著深刻的詩歌敏銳度的人；在他的翻譯下，他既不將詩歌的原義引入歧途，也不強加外來的解讀；他傳達詩歌的溫暖和特色，以及它字面上的意義。〔註7〕

　　歷史學教授包弼德（Peter Bol）曾說：從宇文所安的生涯成就的水準來看，他是獨一無二的；當然他是西方世界中研究中國文學最重要的人。〔註8〕

　　許多學者對宇文所安的學術成果、研究態度都非常讚賞，認為他是隨時保持旺盛的求知心態，進行中國文學多方面的研究。在日常生活中，宇文所安熱愛簡樸的生活，喜好菸酒，有時更會學習古代文士，月下飲酒作樂；他特別喜愛詩歌，雖然現在電腦資訊發達，但上詩歌課前，他總喜歡親手抄詩，看著質樸、端正的字跡，字如其人。宇文所安的父親常常憂慮他的職業，認為研究中國詩歌無以謀生，只能當作興趣，沒想到宇文所安竟在美國漢學界掀起一股唐詩研究旋風，實在是令人讚嘆。

　　宇文所安的古典文學研究相當多元化，其研究中國古典文學是由中唐詩入手。博士論文《孟郊與韓愈的詩》中給予韓孟二人極高的評價，認為他們在中國詩歌發展過程中，開創了一種新的傳統，揭示了韓、孟二人在中國詩歌史上的特定地位；並以順時間的方式，揭示了韓愈和孟郊的詩歌發展，發現兩人詩風改變的軌跡。對於孟郊和韓愈的地位與評價，宇文所安舉出許多韓愈稱譽孟郊，對之佩服的諸多詩作，主要是針對孟郊詩中的「奇險」風格而發，因此，推論出韓愈詩歌步向奇險，可能受到孟郊詩作的啟發。

　　寫完博士論文後，宇文所安認為要了解唐詩的脈絡與發展，就必須溯源探討，因此，以詩歌史的寫作方式，致力於唐代詩史的研究，於1977年出版了《初唐詩》，1981年出版了《盛唐詩》。採用詩歌史的寫作方式，注重歷史過程與時代風格，提出宮廷詩、都城詩、東南文學中心等許多創見。

〔註7〕 "Owen is a person of indefatigable mental energy and deep poetic sensibility. In his translations, he neither betrays what is original in the poem nor imposes anything foreign on it. He conveys the warmth and personality of the poem as well as its literal meaning. 參見 Ken Gewertz, "Chinese Literature Expert Owen Named Conant University Professor" ,Cazette Staff （1997）,p2 .

〔註8〕 "In terms of his career and level of accomplishment, is in a class by himself. Certainly he's the most important person in the study of Chinese literature in the West." 參見 Ken Gewertz, "Chinese Literature Expert Owen Named Conant University Professor" ,Cazette Staff（1997）,p3.

`

完成《初唐詩》、《盛唐詩》後，宇文所安發現歷史方法的局限性，於是寫作《傳統的中國詩和詩論》，嘗試用另一個角度來討論問題。本書理論性強，各章節從具體的詩歌分析入手，層層遞進，最後在中西文化、文學傳統的背景下，從比較文學的角度來觀察世界的徵兆、聲音、一種特殊的話語等問題。書中的一個篇章〈透明度：解讀唐詩〉，提出解讀詩歌的規則，他認為中國詩歌傳統是「非虛構的」（non-fictional）；因此，「解讀詩人」和「閱讀世界」是中國詩歌閱讀過程中的兩個首要對象。〔註9〕他又認為要分開兩者只是為了方便閱讀，實則閱讀詩人和閱讀世界是很難分離的，最終目的是「在閱讀世界中閱讀詩人，通過詩人的眼睛觀看世界。」〔註10〕所以，詩人與世界必須互相依存才能被理解。

在閱讀大量的中國古代文學作品後，宇文所安發現書中許多可探討現象，因此，他探討回憶往事的心理狀態和寫作手法，提出《追憶──中國古典文學中的往事再現》，書中論述在中國古代文學中，人們面對過去的東西，所產生的一種特定的創作心理和欣賞。以「回憶」作為中國古典文學中往事再現的心理狀態的解析，體現出豐富而深刻的文學意義，他結合具體的典型作品分析寫作中如何以「追憶」的方式處理時間性的斷裂和隔膜，不但構成一種傳統的文學感受，而且產生出不同的寫作方式與心理氛圍。

《迷樓》〔註11〕是宇文所安著作中，唯一的一本含有比較文學色彩的專書。宇文所安認為詩歌都是存在於一定的歷史語境中，但歷史又是有一定的自由度，這就為比較文學提供了可能。如果讀者對中西方的詩歌在彼此的歷史語境中的重要性有一定的了解，這時把相關的作品拿來比較，就能看出特別的地方。作為比較詩學，本書並不局限於大家所耳熟能詳的作品，而是突破常規，提出一套跨越古今、時空的的獨特詮釋方法，而甚少運用批評的觀念體系。此書成功之處，不在於提出觀念結構，而在於這些詩歌帶來的愉悅，以及沉思這些詩作的快樂。

宇文所安在中國古代文學理論方面，寫了《中國文學思想選讀》。對文論的解讀，宇文所安以文本為中心，從文本出發，認識中國古代文論；採用不

〔註 9〕 Stephen Owen, Traditional Chinese Poetry and Poetics, pp.62～63.

〔註10〕 Owen, p73.

〔註11〕 Stephen Owen, Mi-lou: Poetry and the Labyrinth of Desire（Cambridge: Harvard University Press, 1989）.

同的文本建構文論史，展示了中國古代文論生動的細節性與多樣性。他解讀古代文論的某些概念和中國學者的做法不同，雖有些流露著西方學者實體思維的局限，但也提供一個跨文化對話的平台。

　　宇文所安從未以詩歌史來寫《中唐詩》，對於中唐的文學狀況，在 1996 年出版了《中國中古時代的終結》，探討中唐的文學理論，研究的對象不再以詩爲主，也兼及散文和傳奇；書中只是分析中唐的一些詩歌、散文和傳奇，也沒有對中唐時期作歷史性的分析；由此可知，宇文所安的唐詩研究方法在中唐文學上，有了極大的轉變。序文中提到：中唐時期的文學較之前複雜多變，不易歸納歷史演變過程，因此，討論中唐文學時，不能像從前分析初唐、盛唐以「詩」爲主要探索對象及進行文學史演變的分析。《中國中世紀的終結》是認爲中唐時期文學與過去不同，中唐文人較重視個體的價值，追求個人的生活圈，對傳統的學說敢於質疑，開啓宋代社會的新思潮，因此，中國的中古時期在中唐時期終結。本書最後兩章討論了唐傳奇，討論《霍小玉傳》，顯示唐人對愛情與拋棄舊愛的看法，認爲此愛情故事反映唐人追求私人空間與社會的衝突。在《鶯鶯傳》中，宇文所安認爲這個失敗的愛情在於兩人皆從個人觀點出發，他們二人都是詮釋者，各從自己的角度出發，爲自己的行爲辯解，引導讀者支持自己的立場。

　　宇文所安有著強烈的創新意識，爲了介紹中國古代文學給美國讀者，他寫了《中國古代文學作品選》，〔註12〕本書被選入諾頓（Norton）系列，這是一個受到權威機構認同的教材，凡是國外的大學生只要學習中國文學，都要讀它；作者希望透過這本書能讓更多美國人對中國文學感興趣。書中所選的作品按一定的主題排列，由此可見中國古代文學的豐富性，也能反映出編選者的理論思路，同時對中國學者編寫文學作品選或撰寫文學史時，可以提供借鏡。

　　宇文所安出版了一本自選集，書名爲《他山的石頭記—宇文所安自選集》。〔註13〕書中涵蓋他研究中國古典文學多年的成果，由許多篇章組成，包含宇文所安對中國文學傳統的把握、體會；從研究方法論、詩經、唐詩到小說，可看出其中國古典文學研究的脈絡。全書的開篇〈瓠落的文學史〉，是古

〔註12〕Stephen Owen, An Anthology of Chinese Literature: Beginnings to 1911（New York: W. W. Norton，1996）.

〔註13〕宇文所安：《他山的石頭記——宇文所安自選集》（江蘇：江蘇人民出版社，2003 年）。

典文學研究方法論的張目之作，其下按照朝代安排，上古文學三篇，漢魏六朝三篇，唐代五篇，宋元明清兩篇。最後，宇文所安把視線拉回當下，在當代語境下思考該如何進行古典文學研究。

無論是什麼樣的題目，宇文所安採用的是散發出歷史感的文本，在他看來：「文本是一個學者和世界會面之處，是歷史與思想的交界點。」〔註14〕對話和思考，感受和發現，無一不是在這些文本的細讀中展開。在文本裡，「過去」不再是塵封的化石，而是一個豐富的傳統世界，文本中保留著曾經存在的痕跡，把這些串聯起來，就可以感受得到。宇文所安認為文本所透露出的歷史感，不是從年代大事的劃分中得到，而是在一些非常細微的體會中，在文本和文本相互碰觸中。

本書一個突出的特點就是和文本的密切關係，但宇文所安並不僅關注文本，同時，也注意到文本所在的文化語境、文本在流傳過程中的位置、流傳的物質條件，以及隨之而來的特性。例如在〈《燕台》詩與中唐浪漫文化〉一文裡，宇文所安對以前研究者的理解提出質疑，認為不能依據對李商隱所有詩歌的常規，去解讀一首他早期的詩，因為詩人在早年寫作中並不能預見此後一生的經歷。因此，宇文所安對《燕台・春》提出了另外的解釋：「詩人不是在傾吐心聲，而是在展現一種情懷，這種情懷成為當時浪漫文化的一部份；另外，這首詩的寫作也可能是為了建構詩人的自我形象，把自己呈現為一個年輕才子，李賀再世的自我形象。」〔註15〕前一種解讀是借用「柳枝」聽的姿態而得出的；後一種則基於對李商隱《燕台》詩和李賀《三月》詩的比較。宇文所安承認解讀是具有歷史性的，而這種歷史性也有其局限性；因此，以上兩種解讀正是在不同的語境中，帶有不同意義的相似解讀。由此可知，宇文所安的意向的多元化。

宇文所安反對一元化的簡單思考，為了堅持理解詩歌的開放性，在〈只是一首詩〉中，談到閱讀和評論詩歌的兩種方式：一方面，明確的作用與目的，或一套預定的理論，在某種根本意義上，損害了對藝術的經驗；另一方面，我們在閱讀詩歌時，需要了解語境，沒有語境，詩歌的聲音就沒有回音。〔註16〕儘管這兩種互相矛盾，但宇文所安認為應該把這些語境帶到一首詩中

〔註14〕同前註，頁 10。

〔註15〕宇文所安：《他山的石頭記——宇文所安自選集》，頁 171。

〔註16〕同前註，頁 253～255。

閱讀，發現那些源於文字、源於詩歌的美感。對比那些仍以理論化、系統化的論說而言，無疑是爲了古典傳統敞開更多的可能性。

第二節　美國之唐詩研究概況

「漢學」（Sinology）一詞創自西方，近幾年則多用中國學（Chinese Studies）一名。所謂漢學是研究中國學術文化的學問，具體而言，它包括語言、文字、文學、歷史、考古、人類學、哲學及藝術等。「漢學」是兼包古今，涵蓋近、現代史、文學的研究，不像「國學」是以研究古代爲主。〔註17〕

一、早期美國漢學的發展與確立

美國的漢學研究，是由歐洲漢學移植發展而來，與歐洲漢學一樣，美國漢學研究也是由傳教士開始主導，但他們的起步較晚，直到十九世紀中期，美國的基督教傳教士才進入中國，嘗試漢學研究。隨著中美不平等條約的簽訂，美國對華商業活動範圍不斷擴大，爲了擴大投資市場，美國政府和商人需要了解中國、認識中國；於是美國國內掀起一股「中國熱」，〔註18〕雖然美國漢學起步較晚，但發展速度很快。比較歐洲漢學和美國漢學的不同，我們可以發現早期歐洲的漢學研究，主要注重對中國傳統歷史、文學、文化的研究；美國漢學研究基本上已經開始偏離西方傳統漢學研究的軌跡，基於美國自身的政治、經濟利益的考量，而擅長於中國經濟、歷史的研究。〔註19〕

美國最初的漢學家是從傳教士中培養出來的，例如裨治文（E. C. Bridgman）、衛三畏（Samuel Wells Williams）、丁韙良（W. A. P. Martin）等人都是傳教士；他們憑著在華傳教的親身經歷，以及對中華文化的認識和了解，以各種形式研究中國，集中表現在從不同的角度對中國社會、政治、歷史、文化，甚至對中國人的心理特徵、行爲舉止等進行描述和概括。

隨著中國的門戶被打開，中國的知識份子開始學習西方，要求變法圖強的運動蓬勃興起，傳教士們開始注意中國近代化問題的研究；這種變化使得

〔註17〕李哲賢：〈美國漢學研究的概況〉，《文理通識論壇》第 1 期（1998 年 6 月），頁 1。
〔註18〕中國社會科學院情報研究所編：《外國研究中國》第一輯（北京：商務印書館，1978 年），頁 66。
〔註19〕李學勤：《國際漢學漫步》（河北：河北教育出版社，1997 年），頁 2。

注重實際研究的美國漢學，眞正擺脫傳統的束縛，從歐洲的古典研究規範中分離出來。接著，許多大學相繼設立中文課程，而傳教士不僅擔任中文課程教學，還從事漢學研究，成爲美國的第一批「漢學家」；這些傳教士、漢學家一方面在華傳教，一方面認眞學習漢語，進行漢學研究，掀起近代美國漢學研究的一次高潮。早期的美國漢學研究特徵是以傳教士爲主，他們蒐集各種中文書籍資料，直接進行漢學研究，甚至可用中文著書立說；但研究人手不足，在研究過程中往往以基督教文化來分析中華文化，使得研究有其侷限性。〔註20〕

美國漢學的眞正確立是以東方學會（American Oriental Society）的成立爲標誌。東方學會成立於 1842 年，以「傳播關於東方的知識，促進對東方語言和文學的研究」爲宗旨，研究範圍甚廣。最初美國東方學會的活動是和傳教有很大的關聯，傳教士在東方學會裡起了很大作用。這些來華的傳教士們，一面學習中國語文，一面尋求各種機會向中國人灌輸基督教教義和科學技術，深入研究中國社會和文化傳統。裨治文（E. C. Bridgman）的《中國叢報》（The Chinese Repository）刊登了許多研究中國古典文學和歷史文化的文章，但已十分注重中國實際問題的研究；衛三畏（Samuel Wells Williams）撰寫的《中國總論：中華帝國的地理、政府、教育、社會、藝術宗教及其居民概觀》一書把中國作爲一個整體文明來描述，帶有跨學科研究的特點，「頗像今日一門區域研究課程的教學大綱」。來華傳教士們雖不是專業的漢學家，但他們對於中國的介紹和研究所涉及的範圍，已遠遠超出古典文化的範疇。〔註21〕

約十九世紀後期，美國一些學校陸續出現對遠東和中國的研究。1876 年，耶魯大學首先開設漢語課程，衛三畏返美後，在耶魯大學建立美國歷史上第一個漢學考古室和東方圖書館，這一行動代表著美國漢學從草創時期步入學院式研究的時代。〔註22〕1877 年哈佛大學也設置漢語課程，該校中文講師戈鯤化（Ko Kun-hua）開始搜集中文圖書，爲從事教學和研究提供必要的資料。1890 年後，美國的加州柏克萊分校、哥倫比亞大學等先後成立中文教研機構，耶魯大學成立「雅禮協會」（Yale-in-China），漢學逐漸成爲美國大學的重要研

〔註20〕何寅、許光華：《國外漢學史》（上海：上海外語教育出版社，2000 年），頁287～297。

〔註21〕同前註，頁 298～307。

〔註22〕侯且岸：〈費正清與中國學〉，《國際漢學漫步》上卷（河北：河北教育出版社，1997 年），頁 6。

究課題。進入二十世紀後，哈佛大學與中國燕京大學合作創辦「哈佛燕京學社」（Harvard-Yenching Institute），使得哈佛成為美國研究中國的中心，從而形成學院派研究漢學的傳統。

由於美國國力迅速發展，因此，開始聘請歐洲漢學家到大學開課。哥倫比亞大學首任漢學教授是德國人夏德（Friedrich Hirth），他對中國古代文化起源、中西文化交流及中國的繪畫源流均有較深入的研究。哈佛大學在 1877 年設立漢語課程，由法國人艾利塞夫（Serge Eliseeff）擔任主任教授，講授日本文學，以賈德納（Charles Gardner）、魏爾（J. B. Ware）為副教授，講授中國文學史。1982 年哈佛燕京學社成立後，推舉艾利塞夫為學社主任，艾利塞夫來到美國後，於 1936 年創辦《哈佛亞洲學報》（Harvard Journal of Asiatic Studies），也舉行大規模的漢英字典編纂工作。此外，歐洲學者移居美國後，將注重中國古典文化和歷史的傳統帶到美國，例如夏德與柔克義（W. W. Rockhill）合譯宋代趙汝適的《諸蕃志》（Chu-fan-chi），〔註23〕對中世紀中西交通歷史進行多方面的闡述。由德效騫（Homer H. Dubs）負責，荷蘭漢學家戴聞達（J. J. L. Duyvendak）校閱的《漢書》英譯本，被稱為繼沙畹（Edouard Chavannes）譯《史記》後之偉大工程。外來漢學家不僅為繁榮美國漢學研究作出很大貢獻，也使美國研究中國古典歷史文化的著作加倍成長。〔註24〕

二、美國漢學之轉變

十九世紀末二十世紀初，美國經濟迅速發展，國力不斷增強，美國積極對外擴張，尤其是向中國及遠東地區進行政治、經濟、文化的擴張，建立世界強國；再加上由於世界大戰爆發，戰爭破壞了教學和研究的正常秩序，阻斷了國際間的學術交流，摧毀了學校、圖書館等設施，也給漢學家們帶來災難；另一方面，美國漢學由於國勢強，財力雄厚，且免受戰爭威脅，因而，得到突飛猛進的發展。〔註25〕美國從組織上、經費上加強了中國問題研究；戰前美國從事中國學研究工作的大學僅有七所，戰時增加到十三所，戰後擴大到三十多所；美國的中國學研究有了突飛猛進的發展，主要的標誌是研究經費的增加和研究機構的增長，而且研究中國的領域也不斷擴大，已普及至

〔註23〕Friedrich Hirth and WW Rockhill, Chu-Fan-Chi（Taipei : Literature House, 1965）.
〔註24〕何寅、許光華：《國外漢學史》，頁 286～303。
〔註25〕李哲賢：〈美國漢學研究的概況〉，頁 2。

人文科學和社會科學領域，改變了傳統漢學的狹隘性，且有「後來居上」的態勢。美國漢學雖然在初起步時藏書不豐，但是，不久之後，國會圖書館急起直追，立即趕上了其他歐洲圖書館的藏書量；美國政府更從經濟上資助區域性研究（Regional Studies），一些學術團體開始資助大學的圖書館，使得漢學研究的隊伍不斷擴展，不論是在藏書、期刊及基金會都有顯著的增加，尤其是在二十世紀間，被稱爲美國漢學的「黃金時代」。直至目前，美國漢學依然蓬勃發展，而整個西方漢學中心已明顯地由歐洲轉移到美國。〔註26〕

第一次世界大戰結束後，美國一些大財團爲發展海外經濟投資，擴大資本輸出，先後成立許多基金會，如，洛克菲勒基金會（Rockefeller Foundation）、福特基金會（Ford Foundation），它們對遠東研究，尤其是對中國進行政治、經濟、社會文化各方面的戰略研究給予贊助。哈佛燕京學社和美國太平洋學會（American Council of Institute of Pacific Relations）成爲當時美國研究亞洲、研究中國，培養中國問題專家的搖籃。1928年至1929年，美國學術團體召開兩次研究中國問題的學術會議，制定培養人員、收集資料、出版圖書的計劃，成立促進研究中國問題的常設委員會；各大學紛紛成立有關東方學研究的系所，中國學研究出現了前所未有的繁榮局面。這個時期的美國漢學研究和二十世紀初有所不同；由於美國政治、經濟、社會、文化發展的需要，漢學從歐洲古典模式走向現代，把研究的關注點轉向中國的近現代問題研究，逐漸脫離歐洲傳統漢學模式。〔註27〕

提到美國漢學研究的轉變，哈佛燕京學社和太平洋學會佔有很重要的地位。哈佛燕京學社爲推動美國和中國國內的漢學研究，特別派遣研究人員來華學習、研究，而這些人才學成歸國後，成爲漢學和現代中國學研究領域的佼佼者；同時，哈佛學社也培養出一批能運用西方學術理論、治學方法來研究中國問題的新一代學者，這些中外學者在研究中國問題逐漸產生變化，從注重中國古代文化研究，轉向區域研究的近現代中國問題。另一方面，太平洋學會的成立，更是使得傳統意義上的東方學、中國學研究開始走出古典語言文學、歷史、思想文化的純學術研究，轉而側重現實問題和國際關係問題研究的新領域，揭開了區域性研究的序幕。〔註28〕

〔註26〕何寅、許光華：《國外漢學史》，頁286～300.
〔註27〕何寅、許光華：《國外漢學史》，頁345～351。
〔註28〕同前註，頁352。

　　二次世界大戰爆發，戰爭破壞了教學和研究的正常秩序，阻斷了國際間的學術交流，尤以法、德情況更為嚴重。德國強行將一大批漢學家趕走，知名學者西門華德（Walter Simon）、艾伯華（Wolfrem Eberhard）等也在被逐之列。巴黎失陷後，著名漢學家葛蘭言（Marcel Granet）陷在危城之內，鬱鬱而終；馬伯樂（Henri Maspéro）更是被折磨致死。戰爭結束後，歐洲的許多漢語講座和中國學院不復存在，一些圖書館也蒙受重大損失，幾位漢學名家相繼去世，使得歐洲漢學實力大大減弱，失去了領導世界漢學的中心地位。免受戰爭影響的美國漢學，因而得到突飛猛進的發展；雖然在初起步時藏書不豐，但是不久之後，國會圖書館急起直追，立即趕上了其他歐洲圖書館的藏書量，尤其是在二十世紀間，被稱為美國漢學的「黃金時代」。直至目前，美國漢學依然蓬勃發展，而整個西方漢學中心已明顯地由法國轉移到美國。〔註29〕

　　二次大戰期間，美國在遠東、太平洋地區作戰，由於對此一地區的歷史文化背景不甚了解；因此，大平洋學會成為美國對太平洋地區研究的重要來源之一，學會注重實際問題研究，克服純學術研究在當時情況下的不足，制定了廣泛研究的計劃。由於二次大戰後，國際情勢轉變，中國崛起，再加上長達三十年的美蘇冷戰，使中國在「世界體系」中的地位，越來越重要，美國為了戰略需要及本身利益，投入大筆基金對中國問題進行深入研究；漢學轉變成以近代中國的政治、經濟及社會發展為研究主體的「中國研究」，美國哈佛的費正清就是個明顯例子。關於太平洋學會的學術地位，費正清給予很高的評價，認為它是一個「出色的學術機構，在傳統漢學研究，轉向區域性研究演變的過程中發揮重要的作用。」〔註30〕與歐洲各國的漢學相比，美國漢學研究起步較晚，但發展速度很快。早期歐洲的漢學研究，主要注重對中國歷史、文學、文化的研究；而美國漢學研究逐漸偏離西方傳統漢學研究的軌跡，轉而進行區域性研究。〔註31〕

　　雖然，基於戰略的需要，美國需要一批研究中國問題的專家，以深入了解「中國」，漢學逐漸轉變成以近代中國的政治、經濟及社會發展為研究主體的美國式「中國研究」。但除了以美國利益為主的中國研究外，另一方面，在美國漢學中，以研究古典文化、詩詞、小說等文學性較強的傳統漢學研究仍

〔註29〕同前註，頁 351。
〔註30〕費正清：《費正清自傳》（天津：天津人民出版社，1993 年），頁 315。
〔註31〕何寅、許光華：《國外漢學史》，頁 355。

持續發展，屢有嶄新的觀點出現，尤以唐詩研究成果最爲豐碩。就當今國際漢學研究的狀況而言，美國的唐詩研究不僅投注人力眾多，研究方法精細與科學化並重，不論是唐詩的結構、修辭技巧研究，還是整個詩歌流變史的研究都有深刻、詳盡的闡述，研究的成果斐然可觀。

三、美國之唐詩研究概況

美國的唐詩研究分爲三個類型：一是專家詩的研究，以唐朝詩人的生平研究、時代背景、作品爲主，例如著名漢學家劉若愚（James J. Y. Liu）的唐詩專著《李商隱研究》，〔註32〕書中討論了李商隱的詩，對於《錦瑟》詩的探討，獨具新見；二是有關唐詩理論及修辭技巧的研究，例如高友工（Yu-Kung Kao）與梅祖麟（Tsu-Lin Mei）兩位的文章〈唐詩的語意、隱喻與典故〉，把句法分析和詩學探究結合，探討句法與意象，對句法現象進行精緻細密的分析，提出不少獨具慧眼的論點，〔註33〕令人耳目一新；三是關於詩歌史流變的研究，以宇文所安的《初唐詩》、《盛唐詩》研究最爲豐富，不僅探討宮廷詩的發展脈絡、盛唐京城詩人與外部詩人的交往狀況，更探究唐詩的風格流變，使美國的唐詩研究除了專家詩、唐詩結構等較傳統的研究層面外，更開闢了另一個研究領域；因此，談到美國漢學界的唐詩研究，宇文所安的確享有盛名；他的唐詩研究，廣泛探討唐代各時期的詩歌作品，除了描述詩人的特性外，還注重各時期的背景特色、詩歌流變，以一人之力，開拓廣大的研究領域，因此，在美國漢學界格外引人注目。

美國的唐詩研究廣泛，包括了譯介、注釋和鑑賞在內，這些研究方式各有不同的目的和特點。底下筆者將敘述唐詩之翻譯概況，及美國之唐詩研究概況。

（一）唐詩之翻譯概況

美國的唐詩研究是以翻譯開始的，主要分爲兩派，一派是指美國漢學界的學者們所出版的唐詩英譯文；另一派則是創意譯文，譯作比自己的創作寫得更好，已成爲英文的經典。〔註34〕這兩派的差別在於美國漢學家們以學術研究爲

〔註32〕 James J. Y. Liu, The Poetry of Li Shang-yin, 9th Century Buroque Chinese Poet（Chicago: Chicago University Press, 1969）.

〔註33〕 Yu-Kung Kao and Tsu-Lin Mei ,"Meaning, Metaphor and Allusion in T'ang Poetry", HJAS 38/2 （Dec. 1978）,pp.281～355.

〔註34〕 鍾玲：《美國詩與中國夢》（台北：麥田出版社，1996 年），頁 45～53。

目的來翻譯唐詩，他們大多在美國大學的東亞系任教，他們的唐詩研究是在研究某位詩人時，在論文中附有譯文，例如劉若愚（James J. Y.）研究李商隱的專書，〔註35〕其中即英譯了許多李商隱的詩；宇文所安（Stephen Owen）撰寫初唐詩和盛唐詩時，也翻譯了許多唐朝詩人的作品；或是學者們翻譯中國之重要詩歌作品的專著，如洪業（William Hung）譯的杜甫詩。〔註36〕這些學者的譯作以忠於中文原文爲翻譯的原則。另一派的譯作以表達美感經驗爲主，將他們對中國詩的主觀感受以優美的英文來呈現，如龐德（Ezra Pound）的《古中國》（Cathay）一書中英譯李白的〈長干行〉（The River-Merchant's Wife: A Letter），被列爲經典之作。〔註37〕不論是漢學界的唐詩英譯文或是創意譯文，對唐詩的研究均有貢獻。

　　美國漢學界的唐詩譯本相當多，其中最盛者是王維、李白、杜甫、白居易等幾位大家。而孟浩然、高適、寒山子、李賀等人也有長文或專書譯論；此外受到女權主義的影響，女詩人薛濤、魚玄機也受到重視，屢有作品出現。在美國漢學界，關於唐朝詩人的生平際遇、創作活動，關於唐詩寫景、隱逸、邊塞、行旅、諷喻、詠懷等作品的思想內容和藝術特色，均有較深入的研究。〔註38〕

　　美國漢學家的譯介唐詩，旨在直接而眞實地反映詩人的創作成就、作品或藝術特色，因此，在評論作者時，常常選譯某些作品，充作詩人生平際遇各階段的具體標誌。選譯有不同的方法，精品選譯一直佔有主導地位，而全譯則限於作品數量較適中、地位較重要的詩人。遴選的作品除了以名家名作爲準則外，還有按照主題編選的，如：寫景詩、邊塞詩、隱逸詩、飲酒詩等等。有些編者還會在封面上附庸作雅，題上「春花秋月」之類的書名。〔註39〕

　　有的研究者會就詩人的詩作、詩史、詩論等內容，進行深入而細緻的探討。作品評論最爲常見，常涉及詩體、詩藝等。許多學者在翻譯唐詩時，喜歡以中西比較文學的方式來介紹唐詩，由於觀察視角的轉變，唐詩變得更加

〔註35〕James J. Y. Liu, The Poetry of Li Shang-yin, 9th Century Buroque Chinese Poet（Chicago: Chicago University Press, 1969）.

〔註36〕William Hung, Tu Fu: China's Greatest Poet（Cambridge: Harvard University Press, 1952）.

〔註37〕鍾玲：《美國詩與中國夢》，頁 51～53。

〔註38〕夏康達、王曉平：《二十世紀國外中國文學研究》（天津：人民出版社，2000年），頁 270。

〔註39〕同前註，頁 272。

豐富了。〔註40〕迄今爲止，美國學者翻譯唐詩專書，已有豐富的成果，目前正朝著廣泛、細緻而深入的方向發展。接下來筆者將簡介幾本較具學術價值的唐詩英譯本，並探討其價值。

（二）唐詩英譯版本

唐詩在外來文學、文化的譯介中有很大的作用。以美國爲例，據統計指出，僅從 1911 年至 1930 年的短短二十年間，唐詩的英譯本就多達數十種。其中較著名的有：龐德（Ezra Pound）的《古中國》〔註41〕改寫和翻譯了李白、王維的詩 15 首；洛威爾（Amy Lowell，1874～1925）的《松花箋》，〔註42〕收 160 餘首中國詩歌，其中大半爲李白的詩；賓納（Witter Bynner）和江亢虎合譯的《群玉山頭：唐詩三百首》，〔註43〕等等。而美國之所以在這一時期會形成這樣一種翻譯中國詩歌的熱潮，是與美國新詩運動的倡導者、意象派詩歌的領袖人物龐德、洛威爾等人的熱心譯介有直接的關係。而龐德、洛威爾等人之所以會如此熱心的譯介中國古詩，則正如美國文學史家馬庫斯·坎利夫（Marcus Cunliffe）在《美國文學》一書中所指出的，「正當這些詩人處於關鍵時刻，他們發現了中國古典詩歌，因爲從中找到了完美的含蓄和精練的字句而感到無比興奮激動。」〔註44〕由此可見，正是因爲中國古詩與意象派詩人正在尋覓和正在大力倡導的詩學原則的一致性，才形成了在美國的中國古詩翻譯熱潮。

唐詩流傳最遠，翻譯本也很多，在中國文學中佔有重要的位置，當然翻譯本優劣互見，底下筆者將依時間先後順序，簡介幾本唐詩英譯本。

盛唐詩人李白一直深受美國學者的喜愛，洛威爾和佛洛倫斯·艾斯庫（Florence Ayscough）合譯的著作《松花箋》於 1921 年在波士頓出版，內收譯詩 137 篇，總計 160 餘首，其中李白詩即佔了一半。艾斯庫談到，李白詩中有一種普遍的抒情性，而杜甫詩則因很難翻譯而較少出現在西方的中國詩

〔註40〕同前註，頁 266～272。

〔註41〕Ezra Pound, Cathay（London：Mathews, 1915）.

〔註42〕Amy Lowell, Fir-Flower Tablets（London::Constable, 1922）.

〔註43〕Witter Bynner and Kiang Kang-hu, The Jade Mountain:A Chinese Anthology Being Three Hundred Poems of the T'ang Dynasty 618～906（New York : Knopf, 1929）.

〔註44〕Marcus Cunliffe, American Literature Since 1900（London : Barrie &Jenkins, 1973）,pp.425.

譯本中，這說明了李白在西方聲名大噪的一個原因。洛威爾是美國意象派詩歌運動後期的領袖，對中國文字的象形性、繪畫、詩歌的特點以及它們相互間的關係有很大的興趣，並將其運用在具體的翻譯實踐上。他的譯法曾引起一些漢學家的批評和討論。雖然翻譯品質不甚良好，但把唐詩介紹給美國人，對早期的中西文化交流作出了貢獻，《松花箋》在美國詩壇上有一定的影響力。

　　1928 年，尤妮斯·蒂特仁斯（Eunice Tietjens）編輯的《東方詩歌》〔註45〕也在紐約出版，英譯唐詩一出，引起一股中國熱。賓納（Witter Bynner）與中國學者江亢虎合譯了《群玉山頭：唐詩三百首》，1929 年在紐約出版。此書是我們所常見的《唐詩三百首》的全譯本；賓納採取散體意譯法，譯筆生動活潑，能傳達原作情意，在美國學術界頗受好評。

　　白英（Robert Payne）主編《白馬篇》，〔註46〕1947 年於紐約出版。《白馬篇》共三百多頁，所選中國詩，自《詩經》開始，歷代詩人屈原、陶淵明、李白、杜甫、蘇東坡，直到當代的聞一多、馮至、卞之琳等人均有收錄。

　　唐代詩人王維深受美國人的喜愛，因王維詩中具體的意象便於巧妙地翻譯。張音南和沃姆斯利於 1958 年出版了《王維詩》，〔註47〕選譯了 167 首詩，是英譯本數量最多的一種。漢學家余寶琳（Pauline Yu）所譯的《王維詩選》，〔註48〕將所譯的詩分爲四類：少年王維詩作、宮廷詩作、禪詩、山水田園詩，並對王維詩作進行了深入的分析和研究。

　　阿瑟·庫柏（Arthur Cooper）著有《李白與杜甫》〔註49〕一書，書中譯有李白、杜甫詩多首，並對兩人詩風進行比較。

　　柳無忌與羅郁正合作編撰的《葵曄集：中國詩歌三千年》，〔註50〕1974 年出版，是至今收集中國詩歌英譯作品最多的合集，上自《詩經》，下至現代

〔註45〕Eunice Tietjens, The Poetry of the Orient（New York: Knopf, 1928）.

〔註46〕Robert Payne, The White Pony（New York : New American Library Mentor Books,1947）.

〔註47〕Chang Yin-nan & Lewis C. Walmsley, Wang Wei: The Painter-Poet（Rutland, VT, 1958）.

〔註48〕Pauline Yu, The Poetry of Wang Wei: New Translations and Commentary（Indiana : Indiana University Press, 1980）.

〔註49〕Arthur Cooper, Li Po and Tu Fu（Penguin : Penguin Books, 1973）.

〔註50〕Wu-chi Liu and Irving Yuchen Lo, Sunflower Splender（Doubleday: Ancho Press, 1975）.

詩詞，均有收錄。書中精選 140 首詩歌，都是各時期、各流派的代表之作。王維的詩畫交融、李白的浪漫情懷、杜甫的精湛技巧，及大量傑出的詩人詩作，共同建構了中國詩歌的全貌。

葉維廉編譯的《藏天下──王維詩選》〔註51〕於 1973 年出版，以獨特的筆法探討王維詩歌。

美國漢學家宇文所安，出版的《初唐詩》、《盛唐詩》、《孟郊和韓愈的詩》書中均有唐詩譯文。

美國亞利桑那大學（The University of Arizona）中文系的屠茨（Janet W. Diaz）教授編輯的「泰恩世界名作叢書」〔註52〕推出了一系列中國作家專輯，出版許多唐詩作家研究，有杜甫、柳宗、高適、李賀、孟浩然、王昌齡等。提高美國唐詩研究的深度與廣度。

此外，初唐詩人寒山，也得到美國的注視，詩人史耐德譯了 24 首《寒山詩》，登在《長青評論》（Everygreen Review）上，興起了一股寒山熱。〔註53〕

在美國學者、翻譯家的努力下，使唐詩在美國廣泛的傳播，產生持續的影響力，至今不衰。近年來，美國已成為西方世界翻譯唐詩的中心，唐詩不僅對美國現代詩歌，甚至對美國的社會文化都產生了影響。唐詩的英譯不僅把唐詩藝術介紹給西方讀者，而且還對英語世界的新詩創作產生了巨大影響，如現代派詩人龐德、艾略特（T.S.Eliot）就深受唐詩藝術的影響，從中尋找歐美新詩運動的推動力，為世人所共知。美國批評家卡茨（M.Katz）就注意到意象派詩人洛威爾的詩《凌晨兩點：一條倫敦大街》（A London Thoroughfare：2 a.m.）與杜甫《月夜》的關係，這兩首詩都是描寫在閨房中倚窗望月的婦女形象。〔註54〕美國當代詩人雷克斯羅思（Keneath Rexroth，中文名字叫王紅公）曾說：「我認為中國詩對我的影響，遠遠大於其他的詩。我自己寫詩時，也大多遵循一種中國式的法則（a kind of Chinese rule）」。〔註55〕

〔註51〕 Yip, Wai-lim., "Wang Wei and Pure Experience" in Wai- lim Yip tr., Hiding the Universe: Poems by Wang Wei. （New York: Grossman Publishers, 1972）.

〔註52〕 Janet W. Diaz, Twayne's World Authors Series（Twayne: Twayne Publishers, 1981）.

〔註53〕 馬祖毅、任榮珍：《漢籍外譯史》（武漢：湖北教育出版社，2003 年），頁 352 ～359。

〔註54〕 張隆溪：〈艾米‧洛威爾與東方〉，《比較文學譯文集》（北京：北京大學出版社，1982 年），頁 184。

〔註55〕 鍾玲：〈體驗和創作──評王紅公英譯的杜甫詩〉，《中美文學因緣》（台北：

綜觀唐詩英譯的百年歷程，大致呈現出兩種不同的方向，有的重聲韻，用傳統英語詩律翻譯唐詩，以求再現唐詩的整體美；有的重意象，用自由的散體譯詩，以求傳達唐詩藝術的眞質。在主張用自由體譯詩的學者、翻譯家中，也各自有不同的努力，或簡省，或詳盡，或照顧到韻腳，或完全拋開押韻和詩行。這兩種方向，都有各自的長處，又有各自的缺點。唐詩英譯的難題，最重要可能還是韻律與達意的矛盾，眞是難以兩全。

面對這種矛盾，筆者認爲卡茨說得好：「假如押韻、平仄、字數、對仗的確是漢詩形式不可分割的組成部分，難道譯者不該設法盡量將這些因素連同原文的精神一起傳達出來嗎？」〔註 56〕這種觀點很中肯。因爲，唐詩的格律音韻美也不能理解成簡單的外在形式美，假如沒有這方面的藝術成就，唐詩就不會呈現出具有的光彩，哪能引起眾多翻譯家的興趣。著名的翻譯理論家對這一問題是有共識的。斯坦納（G.Steiner）認爲：「翻譯之目的乃是把原作的內容吸收過來，同時盡可能保存原作的形式。譯者和作者的關係應該是肖像畫家和被畫者的關係。好的譯作好比一件新衣裳，既能譯出我們所熟悉的固有形式，又不損害其完整的神態。」〔註 57〕錢鍾書指出「化境」作爲文學翻譯的最高理想：「把作品從一國文字轉變成另一國文字，既能不因語文習慣的差異而露出生硬牽強的痕跡，又能完全保存原作的風味，那就算得入於「化境」。」〔註 58〕筆者認爲這是唐詩英譯的最高理想和目標。

唐詩的英譯，可使唐詩在美國廣泛的傳播，產生持續的影響力。英譯本是美國學者初窺唐詩殿堂的途徑之一。美國漢學界的唐詩研究以英譯本爲起點，但逐漸轉向詩人的詩歌分析與整體性研究，獨特的研究視角頗令人讚賞。

（三）唐詩研究概況

美國漢學早期是以中國學研究爲主，但在傳統漢學方面也有可觀的成績，尤其在唐詩研究方面；不論是唐詩英譯、唐詩專書探討、詩句研究，屢有創新觀點。

今日美國漢學家研究唐詩已經不限於翻譯，還對唐詩進行廣泛而深入的

東大圖書公司，1985 年），頁 85。
〔註 56〕張隆溪：〈艾米‧洛威爾與東方〉，頁 195。
〔註 57〕George Steiner, After Babel:Aspects of Language and Translation,（Oxford: Oxford University Press,1975），p159.
〔註 58〕錢鍾書：〈林紓的翻譯〉，《七綴集》，（上海：上海古籍出版社，1985 年），頁 67。

研究；美國唐詩的翻譯，經歷了發端到繁榮，逐步拓展與深化的歷程。二十世紀七八十年代以來，美國成爲西方世界唐詩研究的中心；正因圖書的豐富，學者深邃的學問和對後進的獎掖，學術風氣的開放，是造成目前美國唐詩研究成績可觀的先決條件。〔註59〕目前在各大學執掌中文系所，具有深邃造詣的研究者是屬於美國漢學研究中的第二代學者，他們繼承前輩學者的風範，對第三代學者的培養不遺餘力，形成了美國學者對唐詩研究在原有的基礎上獲得空前的成就。在美國設有全國性的唐詩研究會，並舉辦過李白專題學術研討會；1981 年成立唐代學會，世界各國唐代文學研究者均可申請入會。美國每年出版帶有年鑑性的唐詩研究專輯，例如由保羅‧克羅爾教授主編的《唐學報》（T'ang Studies），刊載各國學者有關唐代文學，特別是唐詩的研究論文、書評等。各大學漢學家也屢有著作出版；劉若愚的唐詩專著《李商隱研究》；〔註60〕傅漢思的專書《李花和宮女》，〔註61〕對唐詩的形式與特色都有精采的見解；宇文所安的唐詩研究不管是專家詩、詩歌史還是詩歌理論都有獨到的見解；查爾斯‧哈特曼（Hartman）則對韓愈的研究特別深入，他的《哲學家韓愈》〔註62〕研究視角獨特，令人耳目一新。

　　筆者將對美國漢學界的唐詩研究作一概略介紹，所討論之對象以曾在美國從事教學或研究之學者所發表的英文著作爲準，分別就一些較爲重要之著作作一論述，並就已有的研究成果作一述評。

　　1、綜合研究

　　唐代由於人才輩出，眾多詩人的文學活動和詩歌創作形成了絢爛多彩的文學景觀；然而，文學史的研究範圍除了作家作品的賞析之外，還要清理、解釋紛繁複雜的文學現象，闡明其生成原因，發現其演變規律。因此，在美國漢學的唐詩研究中，既有詩人個案研究，同時也有綜合、整體研究；這種總體研究包括唐詩史研究、唐詩藝術研究、唐詩分期和流變研究、群體與流

〔註59〕李珍華：〈美國學者與唐詩研究〉，《唐代文學研究年鑑》第一期，1982 年，頁396～398。

〔註60〕James J. Y. Liu, The Poetry of Li Shang-yin（Chicago: University of Chicago Press ,1969）.

〔註61〕Hans Frankel, The FloweringPlum and the Palace Lady: Interpretations of Chinese Poetry （New Haven: YaleUniversity Press, 1976）,pp.33～40.

〔註62〕Hartman, Han Yu and the T'ang Search for Unity （Princeton : Princeton University Press, 1986）.

派研究等。從研究方法和選題角度觀察，可見，研究視角多元化，在西方文學批評的背景下，嘗試採用新批評、美學、結構分析等新興的研究方法；並將詩歌研究置於社會歷史文化的整體系統中進行考察，研究各種社會層面及各種文化因素對詩歌的影響，視野更加開闊。

在唐詩句法的分析上，高友工與梅祖麟二人的研究〈唐詩的語意、隱喻與典故〉〔註63〕、〈唐詩的句法、用字與意象〉，〔註64〕是唐詩句法分析上的名作。高、梅二人運用西方語言學理論，研究唐詩的句法、詞彙和意象。在句法方面將唐詩分爲「獨立性句法」、「動作性句法」、「統一性句法」幾個大類，並逐一進行分析；在詞彙及意象方面，劃分了「名詞和簡單意象」和「動詞和動態意象」兩大類，作了詳盡的分析，還跟英文詩歌作了比較研究，如討論詩歌中由句法表現的細節探討時，就分析了華茲華斯（William Wordsworth）和胡德（Thomas Hood）等英國詩人的詩歌，並跟杜甫和李商隱的詩歌在句法特徵上作了比較。

在〈唐詩的語意、隱喻與典故〉一文中，高、梅二人對唐詩的語意、隱喻和典故作詳細分析，其內容包含「意義和對等原則」、「隱喻和隱喻關係」、「典故和歷史原型」、「隱喻語言和分析語言」等，視角和方法都很新穎，也舉了很多實際分析的例子而得出結論。本文與〈唐詩的句法、用字與意象〉相互關聯，互爲補充，使得他們對唐詩進行語言特徵和形式結構的分析更趨於完整。後來，這些文章譯成中文，彙編成《唐詩的魅力》，這是作者運用西方現代批評理論對唐詩的語言特徵、形式結構精細的「內在研究」成功之作，具有豐富的學術性，開創嶄新的視野，在美國漢學界享有聲譽。

上述學者的著作，是美國漢學界唐詩研究中，有關句法分析的代表著作；然而，宇文所安的唐詩研究領域，也涉及唐詩的句法分析，其單篇論文〈地——金陵懷古〉等單篇論文，就有非常深入的句法分析。對於出現於不同時代，吟詠同一事物、地點的一系列詩作，宇文所安特別從各文本間的不同與類同來把握其流變，在具體論述中，強調許多意象的反覆出現，以及此現象所包含的深層意義。有許多美國漢學家也採用「意象研究」來評析詩歌，但大多採用「意象統計法」，對詩歌中意象出現的頻率做了統計。筆者認爲此方

〔註63〕Yu-Kung Kao and Tsu-Lin Mei, "Meaning, Metaphor and Allusion in T'ang Poetry." HJAS 38/2 （Dec. 1978），pp.281～355.

〔註64〕Yu-Kung Kao and Tsu-Lin Mei, "Syntax, Diction and Imagery in T'ang Poetry" HJAS 31（1971），pp.51～136.

法在一定程度上割裂了意象與語境的聯繫，有時反倒遮掩了詩人選取和運用意象的匠心。反觀宇文所安也是採用「意象」進行句法分析，但卻注意到詩歌的固定意象將支配整個詩作，雖然寫作者時代背景不同，但作品文本間卻出現類同的現象，文本中的意象為權威語象所干擾，呈現了類同的現象；較特別的是提出意象復現的深刻意義，指出意象復現之線索帶來的支配性，提供研究唐詩的另一視角。

2、詩歌史與專家詩研究

（1）初唐詩歌

在初唐詩歌研究中，初唐詩人中最受美國漢學家注意的是寒山，在美國有幾種寒山詩的譯本，譯者分別是史耐德（Gary Snyder）和華生（Burton Watson）。史耐德於 1956 年 8 月在《長青文評》（Evergreen Review）上，發表的 24 首翻譯的寒山詩，體現了寒山的心路歷程，從早年生涯到中年後的悟道境界，這些詩作在美國很受歡迎。華生則是享有盛名的漢學家，於 1962 年譯了《寒山詩一百首》，對寒山熱正式進入美國漢學界起了推手作用。

在美國漢學界，博士論文以寒山為題的有；魯本特（H. Ruppenthal）的《寒山詩中佛法之曉諭》。〔註65〕美國漢學界掀起的寒山熱，引起中國學者透過寒山現象研究美國的社會文化；另一方面，也使得中國學者開始重新研究、評價詩人寒山，許多著作相繼出現，寒山精神不僅給予中國學者新的領悟，而且也走向了世界。

在美國漢學界中，有關初唐詩的研究略嫌不足，只對寒山詩歌作研究，未注意到初唐詩歌整個概況分析，視野太狹隘。直至宇文所安的《初唐詩》出版後，以文學史的角度來研究初唐的詩歌，特別重視「歷史過程」；他仔細地探討「初唐」作為一個歷史時代的發展與流動的過程；因此，他將初唐詩歌區分為三部份——宮廷詩、脫離宮廷詩、過渡到盛唐。他認為宮廷詩的各種慣例、標準、法則組成了一個符號體系，隨著詩人們應用及突破這些標準與慣例，就形成各種不同的風格與語言；宇文所安自始至終都將宮廷詩當成一種「語言」來處理，試圖從複雜的語言、個別的詩篇中重建體系。關於初唐詩的研究，宇文所安力求超越文學史編年體、紀傳體的傳統框架，勾勒出詩歌演變的過程，在對初唐詩作整體研究方面早於中、日學者，因此廣受好

〔註65〕Ruppenthal, Stephen Hal, "The Transmission of Buddhism in the Poetry of Han Shan", Ph. D. dissertation,（University of California, Berkeley, 1974）.

評；這也是宇文所安唐詩研究的獨特之處。

（2）盛唐詩歌

在美國的唐詩研究中，盛唐詩人一直是較受重視的一群，但研究大多集中於李白、杜甫、王維等大詩人的研究，且屢有創見。在美國唐詩研究中，王維的研究相當盛行，有關王維的詩歌翻譯和傳記十分普遍，原因在於，王維詩中具體的意象便於巧妙的翻譯，因少有典故而減少了註釋的必要，且詩句中措詞與語法十分平易。此外，西方人對王維詩中所反映的佛教中神秘、朦朧境界的追求，使他們嚮往不已。其中，較著名的著作就是張音南（Chang Yin-nan）和沃姆斯利（Lewis C. Walmsley）的《王維詩》。〔註66〕這本詩集選譯了 167 首，是英譯本中數量最多的一種。在序言中，作者由漢字的起源和比喻，展開討論，概述了中國詩歌的性質；譯者稱讚王維詩「自然」、「樸素」，但也認為詩人高度利用了漢詩表達方式所固有的優點。另外，還認為王維是一個神秘主義者。

余寶玲的《王維詩選》，〔註67〕將王維詩歌分為四類：少年王維詩作和其他文學習作、宮廷詩作、禪詩、山水田園詩。由此對王維詩作了深入的分析與研究。余寶玲聲稱要以現象學解釋王維，因為現象學的文學批評不把作品視為孤立的、自在的東西，而是視為作者、解釋者的意向緊密相關的意識行為。從這一角度來看，余寶玲的王維研究有許多獨到之處。

除了以上這些專書外，在美國漢學的王維詩歌研究中，也有許多研究方法較奇特的論文。溫柏格（E. Weinberger）著有《王維詩歌譯法比較》，〔註68〕比較了〈鹿柴〉詩在英語、法語、西班牙語等語裡的 19 種譯法。在博士論文方面有沃格（M. L. Wagnre）的〈王維詩歌藝術〉，〔註69〕對王維的風景詩、禪詩作深入的探討，著墨於詩歌藝術的分析。魯克（T. Yuntong Luk）的〈從比較文學的角度看王維的山水詩〉，〔註70〕對中西山水詩的不同加以評斷、比

〔註66〕Chang Yin-nan & Lewis C. Walmsley, Wang Wei: The Painter-Poet（Rutland, VT, 1958）.

〔註67〕Yu, Pauline., Poetry of Wang Wei.（Bloomington: Indiana University Press, 1980）.

〔註68〕Eliot Weinberger, Nineteen Ways of Looking at Wang Wei: How a Chinese Poem Is Translated（Princeton:Princeton University Press,1987）.

〔註69〕Wagner, Marsha Lynn. The Art of Wang Wei's Poetry, Ph. D. dissertation（University of California, Berkeley, 1975）.

〔註70〕Luk, Thomas Yun-tong, "A Cinematic Interpretation of Wang Wei's Nature Poetry"

較、分析，進而得出較為全面的王維山水詩研究。

以上這些關於王維詩歌的研究，某些獨特的見解，的確帶給中國學者新的研究方向。

宇文所安的《盛唐詩》中，也有對王維詩歌進行深入的探討；較特別的是，他將王維視為都城集團的中心，王維有著優秀的宮廷詩技巧。一般學者將王維詩中的隱密歸為受到佛教的影響，但宇文所安卻認為：王維詩的樸素語言阻撓了一般讀者對修飾技巧的興趣，迫使他們尋找隱含於所呈現結構中之更深刻意義。王維後來的詩歌更是避開了已完美掌握的修飾技巧，他的風格達到一種嚴謹的樸素，並成為詩歌個性的標誌。〔註71〕宇文所安提出王維詩歌中的「樸素技巧」，來解釋詩歌中隱密之處，與其他學者有很大的不同。

近幾年來，李白研究在國外展現新的特色，隨著漢學家對中國文學的深入了解，李白詩歌的翻譯大量湧現。漢學家意識到中國詩是中國文學的最權威的代表，而李白，在他們心目中又是中國詩的代表。儘管最先傳入西方的是《詩經》，但那是作為儒家經典而為西人所譯介，遠不如李白之聲名廣播。西方人從李白開始瞭解中國詩，接受中國詩的影響。在西方，對中國稍有知識的人，言中國詩往往首及李白，李白的聲名遠在杜甫上。從某種意義上講，在西方人的眼中，李白是中國文學乃至中國文化的一個表徵；因此，李白在中國文化西傳的歷史中產生中國其他詩人所不可相比和替代的作用。

關於美國的李白詩歌研究，首推約瑟夫·艾德肯斯（Joseph Edkins）的著作。艾氏之作品有《作為詩人的李太白》〔註72〕和〈論李太白及其代表作〉〔註73〕其論文總是扣住一系列具體的作品展開論說，並時而與西方詩人進行比較；在《作為詩人的李太白》中他分析了〈公無渡河〉等三首詩，對李白喜歡表現激動、驚懼、悲愴的題材和感情，詩意豐富多變，筆力無施不可，不受格律束縛，備為驚歎。在〈論李太白及其代表作〉中他分析了李白〈靜夜思〉等二十二首詩，時有新見。例如，他分析〈獨坐敬亭山〉一詩中：「當眾鳥皆去，詩人把這山當作自己的一個同伴。他描繪這山滿意地看著他，就像他同是這樣滿意地看著這山。寫出如此詩歌的詩人是有著理想主義的因素在

In CWCLS,（1980），pp.151～62.

〔註71〕Stephen Owen, The Great Age of Chinese Poetry: The High T'ang,pp.30～31.

〔註72〕Joseph Edkins, Li Tai-po as a Poet（China Review, 1888）,pp.325～387.

〔註73〕Joseph Edkins,"On Li Taipo, with Examples of his Poetry", Journal of the Peking oriental Society（1980）.

他心中的。雖然他非常現實主義，但他並非只是一個現實主義者。他與自然有著神交，而這，也可以在華茲華斯和拜倫那裏找到。」〔註74〕在西方人看來，中國詩無論如何都是偏於現實的，何況李白此詩是僅僅四句的小詩。但論者卻從作者與「敬亭山」這一自然的「相看兩不厭」的無間的交融中，敏感到一種理想主義因素的存在，並進而與華茲華斯和拜倫相聯繫，這樣的見解至今讀來仍有新鮮感。他分析李白的〈春日歸山寄孟浩然〉，認爲這是唐代詩人受佛教影響的一個好例子；分析李白的〈廬山謠寄盧侍禦虛舟〉，指出作者對道教文獻的熟悉。但他認爲儘管李白揉合三教，卻始終只是作爲一個藝術詩人而存在，這些看法都值得我們參考。

小畑薫良（Shigeyoshi Obata）的《李白詩集》（The Works of Li Po）〔註75〕這個選本是英譯李白詩選的最初嘗試。激發其譯作的原因之一是龐德《神州集》的成功。

全書共選譯李白詩一百二十四首及杜甫等有關李白詩八首，書後附譯李陽冰序新舊唐書本傳。譯者在前言中批評了此前西方對於李白的傳聞和作品理解上的許多錯誤，在向西方介紹李白的著作中，此書最早涉及李白坎坷身世的現實內涵和作者的愛國精神。譯者在書前的介紹中說：「壯年的李白，有著像普通中國人一樣的謀取高位、爲國效力、經邦濟世的抱負，儘管他有自然的愛好和稟性。但他無任何指望赴朝廷商討軍國大事於帝王之前，只能寫詩，以狂放的外表掩蓋內心的苦惱。後來，當在戰亂中被招入永王幕中，他雄心複萌。然所得僅是被壓抑在失敗和放逐的痛苦之中。他晚年淒涼，承受著年歲和悲哀的重負，精神崩潰，筋疲力盡。但他的愛國熱情仍在心中燃燒。他焦慮地注視著國家的危險困境。」〔註76〕而由於選篇較多，覆蓋面較廣，亦較有利於讓西方人看到李白的全貌。

以上這些關於李白的詩歌研究，可看出大多集中於詩歌的譯介，較少出現全面剖析李白詩歌的著作。美國的李白研究大部分爲翻譯之作，翻譯品質參差不齊。

美國學者繆文傑（Ronald C. Miao）描述李白的詩歌藝術特色：李白詩讚美江南一帶年輕美貌的婦女，讚美酒與道家思想；李白有許多詩句運用優雅

〔註74〕Joseph Edkins, pp.326.
〔註75〕Shigeyoshi Obata, The Works of Li Po（NewYork: EP Dutton & Co, 1928）.
〔註76〕Shigeyoshi Obata, pp.12～15.

的暗喻或明朗的對稱形象，容納著無限的空間與時間，形成了令人感奮的豪
爽風格，給人以無窮的美感享受。〔註77〕由此可見，美國漢學家對李白的研
究多半集中於詩歌的藝術表現；繆文傑的觀點具有一定的代表性，也反映了
一般的研究重點。

　　上述這些對於李白詩歌的研究，只有宇文所安從天才的新概念出發，認
為李白風格如此獨特，並指出所謂詩人的天才是包含著缺一不可的兩個方
面，即：才華和獨創性。這個觀點與國內學者不謀而合。

　　杜甫，作為一位偉大的現實主義詩人，在美國同樣受到普遍的關注；杜
甫詩歌的題材能於平凡之中顯現不平凡，幾乎所有的題材皆能入詩。詩歌主
題與寫作手法具有豐富的想像力，包羅萬象。美國漢學家開始研究杜甫，大
約是二十世紀中期，且多以英譯本為主。

　　關於傳記類別有艾斯可夫的《杜甫》〔註78〕及其續編《江湖客杜甫》，〔註
79〕以杜甫的詩歌來講述詩人自己的歷史，且力求盡可能多收原作譯文。洪業的
《中國最偉大的詩人──杜甫》，〔註80〕將杜甫的 374 首詩譯成散文式，並按編
年順序配置於各篇章中，較特別的是加強了歷史背景的分析。霍克思（David
Hawkes）的《杜甫淺談》，〔註81〕對杜甫的詩歌作了細緻的翻譯，更加上注釋
和短評。在博士論文方面有，An-Yan Tang Wang 的〈詩心的主觀性：葉慈與杜
甫詩作比較〉。〔註82〕單篇論文有，高友工、梅祖麟的〈杜甫的秋興八首〉，〔註
83〕高、梅二人運用新批評派倡導的細讀法，對作品作內在研究，詳細分析了秋
興八首；論及〈秋興〉中豐富的詞彙、語法和詞彙的複雜現象，音型的密度變
化形成節奏上的抑揚頓挫，外在形式上的含糊形成了詩的意象，產生複雜的內

〔註77〕 Miao, Ronald C. "T'ang Frontier Poetry: an Exercise in Archetypal Criticism."
THJCS 10.2 （July 1974）, pp.114～41.

〔註78〕 F. W. Ayscough, Tu Fu : the autobiography of a Chinese poet（J. Cape; Houghton
Mifflin, 1929.）.

〔註79〕 F. W. Ayscough, Travels of a Chinese Poet : Tu Fu, Guest of Rivers and Lakes（J.
Cape, Cote（s）: 895.1 DUFU Vol.2, 1934）.

〔註80〕 William Hung, Tu Fu: China's Greatest Poet.（Cambridge:Harvard University
Press,1952）.

〔註81〕 David Hawkes,A Little Primer of Tu Fu（Oxford :Oxford University Press,1967）.

〔註82〕 Wang, An-yan Tang. Subjectivity and Objectivity in the Poetic Mind: A
Comparative Study of the Poetry of William Butler Yeats and Tu Fu. Ph. D.
dissertation,（University of Indiana, 1981）.

〔註83〕 Tsu-lin Mei and Yu-kung Kao, "TuFu's. 'Autumn Meditations': An Exercise in
Linguistic Criticism," HJAS 28 （1968）,pp. 63～64

涵；杜甫之所以成為中國偉大的詩人，是因為他創造性地運用語言並使之臻於完美境界。

　　在美國漢學界多本關於杜甫的作品中，值得注意的是宇文所安《盛唐詩》中的〈杜甫〉；他認為杜甫的偉大特質在於超出了文學史的有限範圍。杜甫體現了多樣化的才華和特性，他能迅速地在詩中轉換風格和主題。宇文所安認為文學史所關注的慣例、標準及其在時間發展中的轉變，對於理解杜甫非常有限，因杜甫從慣例中解放出來。相較於其他杜甫研究專家，宇文所安著重在杜甫多樣、多變的詩風，並探討杜甫在詩歌史中的重要性。

　　以上是美國漢學界盛唐詩歌研究的大致狀況，可看出大多集中於幾位較重要的詩人，缺乏整個盛唐詩歌史的研究；關於美國漢學界，盛唐詩歌的研究缺口，宇文所安適時地補上；他的《盛唐詩》以詩歌史的寫作方式，從歷史過程與時代風格方面重新審視盛唐的詩歌，提出都城詩、東南文學中心及詩歌教育等獨特觀點；並指出盛唐詩人雖有共同的審美規範（Aesthetic Norm），得到詩歌技巧上的訓練，卻又不至於受其束縛，而能在這個基礎上發展個性及特質。更由於對歷史過程的重視，使他注意到盛唐存在著代代相承的發展性問題，仔細探討盛唐作為一個歷史時代的發展與流動過程。因此，他在盛唐詩人中分出三個世代的詩人——從第一代的孟浩然、王維、李白、高適，經第二代的岑參、杜甫，到第三代的大曆詩人。除此之外，他承認時代風格，認為詩歌不能擺脫文學背景的歷史感。在研究視角方面，他注意到盛唐詩人群聚都城，在以詩為媒介的社交方式中，形成都城集團社交圈。

　　宇文所安展開深厚唐詩研究底子和獨特的見解，該書和其《初唐詩》互有聯繫，更由於以詩歌史方式寫作，對初、盛唐的整個唐詩脈絡，更加清晰。

　　（3）中唐詩研究

　　有關中唐詩研究，在通論方面有 Tai-Wai Wong 的博士論文〈作為中晚唐詩歌時代風格的「巴洛克」〉，〔註84〕以歐洲十六世紀到十八世紀初的藝術風格巴洛克為參照，探尋中晚唐詩歌特色。

　　關於中唐詩的通論研究，並未出現如同《初唐詩》、《盛唐詩》方面的詩歌流變史研究。宇文所安的著作《中國中世紀的終結》，〔註85〕由幾篇互相獨

〔註84〕Wong, Tak-wai. Baroque as a Period Style of Mid-late T'ang Poetry. Ph. D. dissertation,（University of Washington, 1980）.

〔註85〕Stephen Owen, The End of the Chinese 'Middle Ages'--Essays in Mid-Tang

立，但彼此又有關係的論文組成，探討了詩壇上的好奇和守成、山水詩的新變化、對瑣細的個人生活情趣的表現等，還探討了當時人們的詩歌觀念和對作詩的看法以及傳奇小說的發展與變化等；本書意在說明中唐作為一個新時代的開始所具有的意義，所以不僅通過比較，尤其和初盛唐比較來突現新的因素，而且更聯繫後世，尤其是宋代來說明其開創作用。

韓愈的詩一向令人難解，有些詩句更具有說教意味，但在美國，研究韓愈的學者有越來越多的傾向，茲簡介幾本著如下。

華生（Burton watson）的《中國抒情詩》，〔註86〕把韓愈與「新詩運動」相聯繫，該運動以杜甫晚年詩歌為開端，追求一種更自由、更口語化的措辭和句法。作者認為韓愈對詩歌和散文進行革新的動機是一致的，但他卻未給激起後人模仿的興趣，所以他的詩作游離於唐詩傳統的主流外。

在施密特（Jerry Schmidt）《韓愈及其古詩作》〔註87〕中，施氏認為似乎沒有幾個西方學者能了解韓愈詩歌的深刻與獨創性；因此他試圖找出韓愈對中國詩歌的巨大貢獻。作者的韓愈的詩歌分析如下：韓愈詩歌用語的突出特點之一是不合常規，有時還偶爾使用口語。施氏認為韓愈詩歌中所顯露的內心世界，更能揭示韓愈的真實思想，反映了內在生活的真實狀況。作者發現韓愈的散文和詩歌在風格上迥異，並選取〈落齒〉和〈雙鳥詩〉作為例證；這些詩從總體上來看，具有一種強烈的超現實二元性，它使人們聯想到詩歌中的非理性性質。

蔡涵墨（Charles Hartman）的《韓愈和艾略特》〔註88〕這篇論文是以〈秋懷〉為例，談論對傳統詩歌中典故功能的理解。作者認為這組詩中存在一個「典故源」，這些典故並非隨意想像的，而是從典故源中抽取的。作者統計了韓愈和其他詩人的全部詩作後發現，韓愈的用詞範圍比其他詩人寬泛多了，因此作者接著考察這些罕見字的用法，發現許多字都有其出處。

另一方面，與韓愈在詩歌方面並稱的孟郊，就比較不受美國漢學家重視，

Literary Culture（Stanford: Stanford University Press, 1996）.

〔註86〕 見 Burton Watson, The Columbia Book of Chinese Poetry, （Stanford: Stanford University Press, 1990），p.232

〔註87〕 Jerry Schmidt, Han Yu and His Poetry（Vancouver :University of British Columbia, 1996）.

〔註88〕 Hartman, Charles. "Hau Yu and T. S. Eliot--a Sinological Essay in Comparative Literature." Renditions 8 （Autumn 1977），pp.59～76.

而與韓愈在散文方面並稱的柳宗元，雖有大量詩歌傳世，但相關譯、論著只有綜合性傳記，如倪豪士（W. H. Nienhauser）的《柳宗元》。〔註89〕

　　這些有關韓愈詩歌的研究，討論層面非常廣泛，但卻未將韓愈放在整個中唐詩歌的背景下加以闡述。宇文所安將韓愈與孟郊兩人作爲一個集團研究，他的《孟郊與韓愈的詩》，〔註90〕是第一部較爲全面、系統、深入地研究孟郊和韓愈的學術專著。除了闡明二人的詩歌成就外，同時對中唐詩風提出新的看法，精確地闡明了復古運動和詩歌發展的關係及其意義。由於這是宇文所安唐詩研究的第一本專書，不僅詳細勾勒了韓、孟的生平，而且比較了二人的創作風格，引起了學術界的重視。

　　李賀是中唐時期具有代表性的詩人之一。他的詩，風格瑰麗奇峭，意象繁密跳脫，用字堅銳狠重，給人以夢的迷幻，力的震撼，美的享受，被譽爲唐詩的一朵奇葩。在美國研究李賀者各有特色，構成了唐詩研究的重要一支。

　　歐美世界裏，李賀研究自二十世紀六、七十年代開始受到持續重視，博士論文不斷有以李賀爲研究主題者，如 M. T. South 之〈元和時期的學者兼官員李賀〉，〔註91〕他認爲李賀並非像大家所想的那麼埋頭作詩，而是捲入了那個時代的政治生活中。M. B. Fish 之〈李賀詩中的神話主題〉，〔註92〕杜國清之《李賀》，和 J. D. Frodsham 之《李賀詩研究》，〔註93〕認爲李賀詩在很多方面，接近西方現代詩歌。杜國清的《李賀》是其英文博士論文修改而成，該書共四章，即柔弱劍士的倦夢：李賀生平概述、光與影：李賀的幾個世界、形象與和諧的萬花筒：李賀的語言、李賀的鬼才：對李賀詩才的評價。主要運用劉若愚《中國詩學》中的有關理論，對李賀詩歌中展示的諸相和遣詞、造句、用韻、意象、象徵、用典等藝術手法作了分析，將李賀詩之特性總括爲境界的「幽」、「明」和語言的「奇」、「麗」；是美國漢學中，有系統解讀李賀詩歌中，較具代表性的著作。

〔註89〕W. H. Nienhauser, LiuTsung-Yuan （Twayne's World Authors Series,1971）.

〔註90〕Stephen Owen, The Poetry of Meng Chiao and Han YÜ（New Haven: Yale University Press, 1975）.

〔註91〕M.T. SOUTH, Li Ho, a Scholar-Official of the Yuan-ho Period （806～821）, （Leiden, Brill, 1959）.

〔註92〕Fish, Michael Bennett, Mythological Themes in the Poetry of Li Ho （791～817）. Ph. D. dissertation, （.Indiana University, 1973）.

〔註93〕J. D. Frodsham, translator, The Poems of Li Ho（Oxford: Clarendon Press ,1970）.

（4）晚唐詩歌研究

在晚唐詩人研究方面，論題顯得相當分散。其中論杜牧的有 Wen-Kai Kung 的博士論文〈詩人杜牧〉；〔註94〕Ching-Song G. Hsiao 的〈從杜牧詩看中國詩歌的符號學闡析〉〔註95〕等。

論李商隱的有劉若愚的專書《李商隱研究》，這本書除了重點討論李商隱詩外，再次提出了「巴洛克」可用於中晚唐的主張；劉若愚認爲，李商隱詩歌的典型特點是曖昧、衝突而非寧靜，色情與靈性間存在著張力，爲強化詩歌效果而追求超俗乃至「怪誕」，以及藻飾、精細的傾向。劉氏把李商隱置於世界文學的背景之下，李詩風格便有了現代稱謂：如果他是個西方詩人，這些特點就可能被稱作「巴洛克」。

美國近十年來的唐詩研究現象是：研究越來越細膩深入，研究的範圍包括詩人的生平、時代背景、詩歌的措詞、句法、意象、象徵手法等多涉獵，他們的研究觀點新穎，發人省思。在眾多美國學者研究唐詩的隊伍中，我們將發現宇文所安處於一個獨特、重要的地位；他的唐詩研究以專家詩入手，接著專研詩歌史領域，發現研究方法的侷限後，又轉爲唐詩理論的研究，並將西方文學理論運用在唐詩研究中，且加以變化，發展出特別的唐詩研究觀點，值得我們加以討論。

〔註94〕Kung, Wen-kai. "The Prosody and Poetic Diction of Tu Mu's Poetry." THJCS 12.1 ～2 （December 1979）,pp.281～307.

〔註95〕Hsiao, Gene Ching-song. Semiotic Interpretation of Chinese Poetry: Tu Mu's Poetry as Example. Ph. D. dissertation, （University of Arizona, 1985）.

第三章　宇文所安之唐詩研究

　　本章主要根據宇文所安以詩歌史方式寫成的《初唐詩》、《盛唐詩》,及《孟郊與韓愈的詩》、《中國中世紀的終結》等作品來探討其唐詩研究之內涵,並予以述評,以明其唐詩研究之成績。

第一節　初唐詩研究

　　初唐詩的研究在整個唐詩研究中是相當薄弱的一環,對於初唐時期的詩歌研究,往往只停留在籠統的介紹,或將初唐詩視爲盛唐詩的註腳;直至宇文所安於 1977 年對初唐詩歌進行整體研究的專著《初唐詩》出版後,初唐詩的研究才有新的發展。宇文所安從唐詩的產生、環境來理解初唐詩特有的成就;他注意到宮廷詩在初唐的演變和發展,尤其深刻地分析了初唐宮廷詩人創作詩歌的規則、藝術風格和修辭技巧,發掘一些爲近代學者所忽略的文學史實,拓展了唐詩的研究領域。宇文所安首先從大量的宮廷詩中,歸納並分析其結構上的特性與慣例,在宮廷詩研究方面提供新的研究視角。本節旨在探討宇文所安之宮廷詩研究的觀點,及三部式理論,並予以述評。

　　宇文所安在寫完博士論文《孟郊和韓愈的詩》後,對唐詩研究有極大的興趣。他認爲要釐清唐詩發展的脈絡,就必須向前回溯,因此,相繼開始了《初唐詩》和《盛唐詩》的寫作。在初唐時期,他特別注意到宮廷詩。宇文所安從大量的宮廷詩中歸納出它們的共通性,從結構上、符號上探討宮廷詩的特性。他認爲初唐時期,是從公元 618 年唐朝建立,至 713 年玄宗即位時;這一時期的詩歌並沒有呈現統一的風格,而只是結束了漫長的宮廷詩時代,

並過渡到新的盛唐風格。在這一時期中,寫於各種宮廷場合的詩占了很大的比例;〔註1〕而隨著宮廷風格日益變得矯揉造作、僵化刻板時,強烈的對立傾向得到了發展,有的詩人修正宮廷風格,有的則尋覓替代的詩風,因此,詩歌的範圍開始擴大,詩人們在保留舊詩歌的許多優點時,也獲得了新的自由。

　　宇文所安是以文學史的角度來研究初唐的詩歌,他特別重視「歷史過程」。他仔細地探討「初唐」作爲一個歷史時代的發展與流動的過程;因此,他將初唐詩歌區分爲三部份——宮廷詩、脫離宮廷詩、過渡到盛唐。他認爲宮廷詩的各種慣例、標準、法則組成了一個符號體系,〔註2〕隨著詩人們應用及突破這些標準與慣例,就形成各種不同的風格與語言;宇文所安自始至終都將宮廷詩當成一種「語言」來處理,試圖從複雜的語言、個別的詩篇中重建體系。宇文所安在宮廷詩研究方面,首先區別宮體詩與宮廷詩的不同,從大量的宮廷詩中,歸納並分析其結構上的特性與慣例。關於宇文所安之宮廷詩研究和三部式理論,將分別敘述如下:

一、宇文所安之宮廷詩研究

　　從宇文所安的《初唐詩》中可以清楚發現,宮廷詩貫穿了整個初唐時期,詩人從宮廷詩的慣例中,練習詩歌的技巧,也加入了個人情感,因而改變了詩風,產生具有個人特色的詩歌。在宮廷詩與宮體詩兩者的定義中,宇文所安認爲,「宮廷詩」這一術語,貼切地說明了詩歌的寫作場合;這裡廣義地運用這一術語,所指的是一種時代風格,即五世紀後,六世紀、七世紀的宮廷成爲詩歌活動中心的時代風格。現今詩歌集子中,絕大部分作品或寫於宮廷,或表現出鮮明,多變化的宮廷風格。宮廷詩必須明確地與宮體詩分別開來。〔註3〕至於

〔註1〕　清編《全唐詩》有106卷,共存詩2444首;在這些詩中,奉和、應制、郊廟樂章,及具宮廷色彩的詠物詩、樂府詩、帝王后妃挽歌,以及寓值、從駕、宮廷景物、美人歌舞、皇帝大臣宴賞、朝士交游之作等,約1523首,而不是宮廷範圍的詩,僅921首。

〔註2〕　見 Stephen Owen, The Poetry of the Early T'ang（New Haven: Yale University Press, 1977）, pp.425～428.

〔註3〕　宇文所安對宮廷詩的看法,其原文如下 "The term court poetry properly describes the occasional circumstances of a poem's composition: here we are using the term loosely to denote a period style, that of the late fifth, sixth, and seventh centuries when the court was the center of poetic activity in China. A substantial proportion of the surviving poetic corpus was written either for the court or in the distinctive courtly style that evolved. "Court poetry" is to be clearly distinguished

「宮體詩」，宇文所安認為，宮體詩是一種與宮廷詩有初步聯繫的柔靡色情題材，專門描寫美女的情感及周圍的事物。〔註4〕由以上宇文所安的觀點可看出：宮廷詩是一種以宮廷為詩歌活動中心的時代風格，宮體詩則大多充滿柔靡色彩，兩者有很大的不同點。底下試就初唐詩壇的變化，敘述宇文所安的宮廷詩觀點。

（一）宮廷詩的流變〔註5〕

在初唐近百年的歷史中，詩歌創作中占主導地位的是「宮廷詩」。宮廷詩人在主題與模式的限定下，雕琢辭句，寫作優美的宮廷詩；但在宮廷詩的發展過程中，有些詩人開始批判它。初唐詩人逐漸突破宮廷詩的標準與慣例，也開啓了盛唐詩歌百花齊放的局面。宇文所安認為詩人突破宮廷詩規範的過程，正可釐清唐詩的發展順序。

1. 初期──宮廷詩及其對立面

宮廷詩的初期，崇尚美學技巧，其創作有基本模式，這些修飾法則使得詩歌成為可獲得的技巧，美學的判斷則是根據運用這些法則的巧妙。儘管有不少侷限，然而，宇文所安認為宮廷詩對技巧的熱切關注，仍然對中國詩歌的發展作出了貢獻，因為詩歌被改進得精練而靈巧，成為盛唐時代詩人創作的工具。

宮廷詩盛行後，立即激起了反對，但這種反對僅有理論，缺乏詩歌實踐，缺乏具有美學吸引力的替換品，而這種對立詩論最後發展成「復古理論」。對立詩論反對矯揉造作的文體，提倡質樸與簡潔，反對詩歌脫離政治，提倡詩歌應表現個人情感，為政治說教服務。

宇文所安認為在宮廷詩與對立詩論的衝突中，出現了兩位詩人，一位是王績（585～644），另一位則是上官儀（608～664）。王績拋開柔靡的宮廷詩，也脫離對立詩論的枯燥詩歌，他的詩具有語言樸素、句法直率、不講修飾的特點，在當時狹隘的宮廷詩中，有一種清新的氣息。而上官儀則是宮廷詩的代表，他重新堅持了宮廷詩的主要功能──歌頌，他的詩特別精巧雅致，有

---

from "Palace Poetry," Kung-t'i shih.,參見 Stephen Owen, The Poetry of the Early T'ang , p.285.

〔註4〕宇文所安對宮體詩的看法，其原文如下"Palace Poetry is a mildly erotic subgenre initially associated with court poetry, which describes the emotions and ambiance of a fair lady.", 參見 Stephen Owen, The Poetry of the Early T'ang , p.14.

〔註5〕見 Owen, pp.8～239.

「上官體」之稱。

2. 中期──脫離宮廷詩

隨著宮廷詩體制化的發展，詩風逐漸僵化，流於鋪敘與華麗；因此，詩人們試圖改造宮廷詩的風格，而有了初唐四傑的出現。他們的詩歌通常被描繪成風格一致。王勃（650～676）和盧照鄰（637～680）的詩歌將宮廷風格樸素化；駱賓王（640～684）的詩歌則轉向曲折的修飾和廣博的用典，而楊炯（650～692）則是典型的宮廷詩人，並未形成自己的風格。初唐四傑雖然都與宮廷產生聯繫，但大部分獨具特色的作品都寫於離開宮廷後，他們是第一批以個人創作獲得詩歌聲譽的重要文學人物。

宇文所安認為盧照鄰的轉變引人注目，早期在社交應酬詩中，他出色地運用雅致的上官體，但在晚年因疾病困頓，他脫離宮廷詩，而以樂府詩、騷體詩來抒發強烈的情感，他的轉變，代表了宮廷詩的衰退。王勃對宮廷詩的革新則表現在詩歌技巧──對偶句及結尾的藝術，他的詩缺乏宮廷詩程式化的規範，卻表現了新的嚴謹與和諧。駱賓王的詩在結構上、語言上都接近駢文，他脫離了宮廷詩的規範，走向複雜的修辭。這一時期的詩人進行了讓詩歌成為自我表現工具的嘗試，這是重要的文學現象，也影響了後來的詩人，使他們能擺脫宮廷詩的慣例與規則，找出個人風格。

3. 中晚期──復古理論的實踐（重挫宮廷詩）

初唐四傑之後，在詩壇上以復古風著名的就是陳子昂（661～702），他扭轉了詩風，是從文學上擊敗宮廷風格的關鍵人物；由於他受到都城文學獨裁者的排斥，所以轉向了對立詩論和復古理論，詩歌中表現了質樸風格。陳子昂最嚴肅的作品為《感遇》，這一組詩共 38 首，表現了對政治時事的評論，也有抽象的玄言詩，這些詩作徹底排斥了宮廷詩正規的三部式結構，詩人擺脫此一束縛，自由地運用各種形式創作。

宇文所安認為陳子昂成功地開創運用「抽象概念」，將純感覺的宮廷詩賦予意義，使物質生活與精神世界相一致，改造了宮廷詩。

4. 宮廷詩的中興

雖然陳子昂的復古理論改造了詩風，但是在武后時期到中宗、睿宗時期，仍然有許多宮廷詩，而宮廷詩的慣例也有了更清楚的圖像，因這一時期保留了許多個人詩和日常應酬詩，留下了豐富的資料，包括詩歌、唱和組詩及軼

事；其中最值得一提的就是宴會詩。根據宴會詩的傳統，參與宴會的人必須競賽作詩，因此，宮廷詩的三部式成爲詩歌變化和發展的標準結構，對偶技巧則是迅速作詩的必備條件；因此，唐代應酬詩的一般特點是有足夠的賦詩能力，卻完全缺乏靈感。

這個時期的詩人沈佺期（650～713）並沒有發明「七律」這一形式，他只不過是早期實踐者中的佼佼者，他的想像豐富，善於控制文體，具有很強的描寫能力，他將宮廷詩個性化，擴大了詩歌範圍，所以，能自由地運用正規、合於規範的宮廷詩體，寫出各種題目。而宋之問（？～712）的七言歌行和騷體詩最具獨創性，他的創新表現在描寫複雜的心理狀態，這一手法後來成爲盛唐一些優秀詩歌的特色。

5. 宮廷詩的晚期——過渡到盛唐

由初唐過渡到盛唐的時代風格，是很難劃出清楚的分界線；因爲，盛唐的時代風格是建立在初唐的基礎上，盛唐的詩人只是更熟練地使用宮廷詩的技巧與慣例，更加自由、得心應手於詩歌題材，也充滿了創新。

此時期的宮廷詩人如，張說（667～730），寫了許多宮廷詩與祭祀樂章，在他較具個性的詩篇中，可發現發展中的盛唐風格。他的詩風較流暢，反映了文學趣味的變化；擅長用結尾句的創新，改造傳統的三部式寫法，表現了顯著的風格。他的詩歌中，開始出現了大量吟詠不定事件的詩，詩歌的題目、內容缺乏具體的人物、地點、時間；因此，嚴格的題材分類逐漸被打破，個性化的處理方式開始產生，這與初唐時代詩歌的現成題材形成鮮明的對照。

在進入盛唐時期，有一位兼具初、盛唐風格的詩人——張九齡（678～740）。他寫了大量的宮廷詩、復古詩。〔註6〕此時，宮廷詩人與外部詩人的舊界線被打破，這種情況也清楚地說明初唐的結束。

（二）宮廷詩的三部式理論〔註7〕

由宇文所安所謂的宮廷詩的發展，可看出宮廷詩有其固定的宮廷詩傳統，也提供了詩中的固定成分，其中的三部式結構給詩人們充分的練習機會，

〔註6〕張九齡寫了一系列的《感遇》組詩，模仿了陳子昂《感遇》的詩篇。張九齡的詩歌以興寄爲主，顯得委婉蘊藉，《感遇》12首，以芳草美人的意象，托物言志，抒寫自己所信守的高尚品德。參見 Stephen Owen, The Poetry of the Early T'ang, pp.413～415.

〔註7〕見 Owen, pp.72～125.

藉由即席賦詩的訓練，詩人更能熟練詩歌的技巧。

　　結構的基本慣例在宮廷詩中有很大的作用，其基本模式為「三部式」，這是由破題、描寫式的展開、反應三部分所組成的。〔註8〕詩人們在詩的開頭儘可能雅致地陳述主題，在詩的中間部分用兩聯或兩聯以上的描寫對句引申主題，最後是以對所寫景象的反應結束全詩。這種程式化的結構便利了宮廷場合的迅速作詩，大部分的宮廷詩應用了三部式，因此形成了詩歌變化和發展的標準結構。舉上官儀的代表作，同時也是宮廷宴會詩中最雅致的代表《早春桂林殿應詔》為例，來說明三部式的規則：

> 步輦出披香，清歌臨太液，
> 曉樹流鶯滿，春堤芳草積，
> 風光翻露文，雪華上空碧，
> 花蝶來未已，山光暖將夕。

詩的開頭，作者極盡雅致地描寫主題，首聯中，唐宮殿名換成了漢宮殿名，皇帝消失在他的步輦裡，歌者消失在無人的歌聲裡。在詩歌的中間部分，詩人用了兩聯的描寫對偶句來引申主題，對偶技巧非常嫻熟，而詩中的第三聯代表了那個時代所熟悉的宮廷妙語，詩人看見春天的光輝，春天本身如同光輝反射在露珠上，雪片飛揚直上，彷彿要返回碧藍天空，就像花兒飄向大地；詩的結尾寫於因天晚必須返回，因而妨礙了繼續遊樂的可能性，這正是宴會詩的標準慣例。〔註9〕

　　隨著三部式結構的改造，詩人們掌握了詩歌技巧，也融入個人情感，擴大了詩歌的範圍。舉王勃最著名的詩作，也是最掙脫宮廷風格的詩《送杜少府之任蜀州》為例：

> 城闕輔三秦，風煙望五津，
> 與君離別意，同是宦遊人，
> 海內存知己，天涯若比鄰，
> 無為在歧路，兒女共霑巾。

王勃對宮廷風格的改革是表現在對偶句和結尾的藝術，雖無標準宮廷詩規範，但卻表現了新的和諧。詩的開頭設立了朋友即將分隔兩地的距離，從國家的中心宮殿，到遠處風煙瀰漫的蜀州，三部式的開頭中，指出旅途出發點

〔註 8〕Owen, p.225.
〔註 9〕Owen, p.76.

及目的地的慣例已發生變化。詩的中間部分以情感的一致、處境的一致，取代了傳統的描寫對句；結尾以儒家「四海之內皆兄弟」的觀念，有別於之前宮廷詩人「流淚反應」。〔註10〕我們可看出，此詩保留了三部式的結構，但卻在內容上、形式上加以變化，改造了矯揉造作的宮廷風格。這是一首表達感情思想的詩，而不是宮廷式的讚美詩，詩人直書胸臆，與當時矯揉作風形成了強烈的對比。

　　初唐四傑開始寫較具個性的詩，但也未脫離三部式；直到陳子昂的《感遇》，才開始有意地打破三部式。可是，當陳子昂徹底地拋開三部式時，詩歌的結構往往變得呆板、不自然；而比較成功的《感遇》詩經常運用舊型式的變體，如以歷史範例取代寫景詩句，因此，三部式仍是構成了陳子昂論述的基礎。

　　到了沈佺期和宋之問，宮廷詩的許多慣例被日常應酬詩及個人詩繼承和翻新，宮廷詩充滿了個性化，詩歌範圍更加擴大。他們二人採用熟練的技巧，將律體定型，並把追求辭藻之美引向了自然清麗，因此宮廷詩不再是一味的矯揉造作，而是在語言、格律和佈局上都有了大氣象。

（三）宮廷詩中的對偶〔註11〕

　　在宮廷詩中，對偶句是詩中的趣味之處；而對偶技巧是迅速作詩的首要條件，一旦掌握了技巧，就能快速地寫出中間對句部分，而把精力用來寫出精巧的結尾。對偶句的發展越來越精巧後，也變得越複雜難懂，越需要讀者從景物相互對應中，找出同與異。引上官儀的宴會詩《安德山池宴集》來說明：

　　　　上路抵平津，後堂羅薦陳。締交開狹賞，麗席展芳辰。
　　　　密樹風煙積，迴塘荷芰新。<u>雨霽虹橋晚，花落鳳台香。</u>
　　　　翠釵低舞席，丈杏散歌塵。方惜流觴滿，夕鳥去城闉。

「虹橋」一詞本身並無法作出明顯的解釋，他很有可能是一道虹；也很可能是一座橋。這個疑問一直存在，直到看了下一句「鳳台」，才恍然大悟，原來對應的是眞正的橋；而這個意象的轉換，正是伴隨著對句發展。〔註12〕

　　對偶對中國詩歌的語言上有很大的貢獻，使得句法創新變得可行，詩人們可以根據對偶的規範，練習作詩；另一方面，也使得詞類轉換便利，任何

〔註10〕Owen, pp.124～126.

〔註11〕Owen, pp.240～243.

〔註12〕Owen, pp.245～247.

詞都可以在句子中自由轉換。但是，這些複雜的對偶理論對詩人們而言，遠不如實際練習來得重要；因為，練習的規則都是總結出來的，對偶是在練習中產生的，因為常作對偶的訓練，就發展了各種習慣，如「天」與「地」相配，描寫山景的詩句與描寫水景的詩句相對，這些形成了現成的對偶詩句。

宇文所安認為，對偶的產生是結構樹立的法則，而對偶的嚴格限制，是必要的；因為這種限制使得詩人必須在有限的資源下，創作對句，而且對偶要能跟主題相輔，這也使得詩歌創作成為一種可學習的藝術。

（四）宮廷詩中的題目 [註13]

在宮廷詩中，題目十分重要，因為它向讀者說明了整首詩的題材；在所有題材中，雖然個人詩與日常應酬詩比例逐漸增加，但宮廷場合仍是詩歌製作的主要中心。以下舉宮廷詠物詩來說明題目的慣例：

詠物是最持久的詩歌題材之一，它往往成為詞藻練習的工具；隨著詩歌範圍的擴大，陳子昂將詠物詩轉向了寓意，其他詩人也脫離了嚴格的描寫慣例，創作出想像的詠物歌行。詠物詩為詩人提供了炫耀才華的好機會，詩人們經常被要求對某種事物即席賦詩，以試驗其才能。在初唐，各種詠物題目有其固定的慣例，其中最通用的有四種：一、列舉事物的特性，在對句中配成雙，這是最簡單的技巧。二、描寫相似物，運用隱喻或表示相似的詞彙：如、似、若、類、同。三、描寫事物的環境，從特定的環境中尋找「奇」。四、描寫事物的功用。以下引三首詠露詩，作者分別是駱賓王、董思恭、李嶠，來看詠物詩的慣例：

　　玉關寒氣早，金塘秋色歸。泛掌光逾淨，添荷滴尚微。
　　變霜凝曉液，承月委圓輝。別有吳臺上，應濕楚臣衣。（駱賓王）

在描寫了露水的自然美後，結尾採取了警示的畫面，這是用伍被的故事：漢淮南王謀叛，伍被警告他說，他夢見王宮裡掌出荊棘，露水打濕了舊袍。

　　夜色凝仙掌，晨甘下帝庭。不覺九秋至，遠向三危零。
　　蘆渚花初白，葵園葉尚青。晞陽一灑惠，方願益滄溟。（董思恭）

詩中用了許多陳舊的成語典故；「甘露」象徵上天的恩惠和皇帝的仁慈，晞露的陽光是皇帝恩惠的象徵；「三危」是地名，傳說那裡有世界上最美的水源。

　　滴瀝明花苑，葳蕤泫竹叢。玉垂丹棘下，珠湛綠荷中。

[註13] Owen, pp.281～293.

　　　夜警千年鶴，朝晞八月風。願凝仙掌內，長奉未央宮。（李嶠）

首聯寫露水的功用，二聯用傳統的典故，結尾中，如果露水凝結了，就不會蒸發，這接近了賦予「長生」的意義。〔註14〕

　　從這三首詠露詩來看，駱賓王的詩最具獨創性，也最博學；董思恭和李嶠的詩較守成規，尾聯都是詠物詩結尾的一般變化表現所詠事物方面的願望。

　　到了宋之問時，詠物詩產生了變化，新的象徵手法代替了舊的修辭技巧，這與陳子昂有意識寫得古樸的寓意詩不同，象徵的詠物詩既不離開所詠之物，又另有含義。舉宋之問《題張老松樹》為例，說明其變化：

　　　歲晚東巖下，周顧何悽惻。日落西山陰，眾草起含色。

　　　中有喬松樹，使我常嘆息。百尺無寸枝，一生自孤直。

松樹歷來就是孤直的象徵，但宋之問賦予這一主題特別的魅力。詩的前兩聯遵循了三部式，在第三聯中，插入了個人反應，而結尾則運用描寫對句，引發讀者的反應。宋之問成功地運用了樸素風格，與宮廷詠物詩的矯飾風格形成強烈的對比。

　　除了宮廷詠物詩外，其他的應酬題材，如送別詩、旅行詩等也有其固定慣例，這些題材是提供詩人創作時的參考工具，隨著詩歌範圍的逐漸擴大，也加入了個人情感，以題材的慣例來探究詩作，可發現其發展與演進脈落，也是另一種詩歌析賞的方式。

　　以上就是宇文所安的宮廷詩觀點，他認為宮廷詩的過度鋪敘、矯揉後，會出現兩種極端現象，一是從宮廷詩本體中加以改造，加入許多新的想法，融入個人情感與時代意義；另一種就是較激烈的手段，完全否定它，以對立方面來加以抨擊，而後者就是對立詩論，也是在唐詩中頗具份量的復古觀點。在宮廷詩的結構方面，提供了詩中的固定成分：三部式結構、對偶技巧、意象的豐富聯繫，它給詩人們充分的練習機會，藉由即席賦詩的訓練，詩人熟練了詩歌技巧，也學習與作品保持距離的美感，因此，詩人才能避免簡單地陳述詩意，學會將所要表達的真正意思蘊含在詩歌中。

二、宇文所安之宮廷詩研究述論

　　由於盛唐詩歌的輝煌成就，初唐的宮廷詩一直被看作是梁、陳文風苟延的

〔註14〕Owen, pp. 289～293。

產物而長期遭受冷落,許多學者在嘆惋初唐「竟然沒有出現一位第一流的詩人,缺少異軍突起」〔註15〕的同時,也在苦苦地探索著初唐詩壇的面貌,思考著初唐詩歌何以躊躇徘徊,發展緩慢的原因,以及「初而逗盛」〔註16〕的詩史規律。然而,長期以來固定的思維模式,使得我們研究的重點往往指向王績、初唐四傑、陳子昂等個別詩人的發展;而對於這一時期數量龐大的宮廷詩卻著墨不多,有關初唐詩的詩風流變,整體面貌更是模糊不清。文學史通常只限於評價這一時期的重要詩人,沒有人試圖對這一時期進行廣泛的、整體的探討;直到宇文所安對初唐詩進行整體的研究,將初唐的宮廷詩做了系統性的整理,才明瞭這一時期詩歌的重要變化與價值,宮廷詩的格律與標準,的確影響了後來詩歌的發展,以下就宇文所安的宮廷詩研究做一述評。

(一)關於宮廷詩的意義

宇文所安認為:宮廷詩有兩種主要風格,第一種是從文體上模仿民間抒情歌的「擬樂府」;第二種則是正規的應酬詩。〔註17〕主要指長期以文學侍從、朝廷重臣身份,圍繞在君王身邊的詩人們在宮廷範圍內的詩歌活動;以及雖不屬於宮廷詩人,但卻受時代風氣浸染而帶有宮廷趣味的作品。宮廷詩人在主題與模式的限定下,雕琢辭句,寫作優美的宮廷詩;藉著突破宮廷詩的標準與慣例,宮廷詩有著不同的面貌,進而過度到盛唐。由以上宇文所安對宮廷詩的定位可看出:初唐的詩壇主流是宮廷詩,但已和南朝後期「傷於輕艷」的宮體詩有所分別;初唐的宮廷詩在形式、技巧上的講求,在聲律屬對上的探討,更是帶動律詩的成型;因為有宮廷詩對聲律及技巧的長期練習,才有「聲律風骨始備」〔註18〕的盛唐詩歌。宇文所安把初唐的宮廷詩地位提高,

---

〔註15〕 袁行霈:〈百年徘徊——初唐詩歌的創作趨勢〉,《北京大學學報》第 6 期(1994年 4 月),頁 152。

〔註16〕 (明)王世懋:《藝圃擷餘》:「唐律由初而盛,由盛而中,由中而晚,時代聲調,故自必不可同。然亦有初而逗盛,盛而逗中,中而逗晚者。何則?逗者,變之漸也,非逗,故無由變……唐律之由盛而中,極是盛衰之介。然王維、錢起,實相倡酬,子美全集,半是大曆以後,其間逗漏,實有可言,聊指一二。如右丞「明到衡山」篇,嘉州「函谷」、「磻谿」句,隱隱錢、劉、盧、李間矣。至於大曆十才子,其間豈無盛唐之句?蓋聲氣猶未相隔也。學者固當嚴于格調,然必謂盛唐人無一語落中,中唐人無一語入盛,則亦固哉其言詩矣。」(臺北縣板橋市:藝文印書館,1965 年,《百部叢書集成》影印),第14 卷。

〔註17〕 Stephen Owen, The Poetry of the Early T'ang, p.5.

〔註18〕 殷璠:〈河岳英靈集・敘〉,《唐人選唐詩新編》(北京:北京圖書館出版社,

並檢示另與「艷詩」著稱的宮體詩之不同。

　　然而，有些學者卻認爲宮廷詩與宮體詩二者並無不同。他們批評初唐宮廷詩，認爲它沿襲了南朝宮體詩「止乎衽席之間」、「思極閨闈之內」〔註19〕的淫藝詩風。以唐詩研究聞名的聞一多先生，明確地認定以唐太宗爲中心的貞觀宮廷詩壇，與梁簡文帝爲太子時的東宮、陳後主和隋煬帝的宮廷一樣，是所謂的「艷情詩」的中心。〔註20〕王瑤先生更認爲「宮體詩」在唐初還興盛了五十年光景。〔註21〕由此可知，學者對於宮體詩與宮廷詩之異同，其看法頗爲分歧，因此，欲明其實，則唯有探述宮體詩之流變，以釐清此一問題之癥結所在。

1、宮體詩探源

　　所謂宮體，嚴格來說，只是指梁簡文帝及其仕臣徐摛等人的某一時期的詩歌。《梁書・簡文帝紀》云：

> 太宗（簡文帝）幼而敏睿，識悟過人。六歲便屬文。高祖（梁武帝）驚奇早就，弗之信也。乃於御前而試，辭彩甚美。高祖嘆曰：「此子吾家東阿。」及居監撫，交納文學之士。……好題詩，其序云：「余七歲有詩癖，長而大倦。」然傷於輕艷，當時號曰宮體。〔註22〕

又同書《徐摛傳》云：

> 屬文好爲新變，不拘舊體。……摛文體既別，春坊盡學之，宮體之號自斯而起。〔註23〕

　　由上可知，所謂的宮體是指南朝梁後期和陳代，所流行的一種詩歌流派；主要是指簡文帝爲太子時的東宮。這種以「宮體詩」爲代表的輕靡綺艷的詩歌風格，就是由於梁武帝蕭衍、簡文帝蕭綱、元帝蕭繹對「艷典」的喜好以

2002年），P107。

〔註19〕《隋書・經籍志四》「梁簡文之在東宮，亦好篇甚，清辭巧制，止乎衽席之間；雕琢蔓藻，思極閨闈之內。後生好事，遞相放習，朝野紛紛，號爲宮體。」見唐・長孫無忌：《隋書》（上海：商務印書館，1955年）。

〔註20〕聞一多：《唐詩雜論・宮體詩的自贖》，《聞一多全集》第3卷（北京：生活・讀書・新知三聯書店，1982年）頁21。

〔註21〕王瑤：〈儷事、聲律、宮體──論齊梁詩〉，《中古文學論集》（上海：上海古籍出版社，1982年），頁150。

〔註22〕（唐）姚思廉撰：《梁書・簡文帝紀》（台北：藝文印書館印行，1956年），頁350。

〔註23〕（唐）姚思廉撰：《梁書・徐摛》（台北：藝文印書館印行，1956年），頁420。

及對詩歌語言藝術性的追求而造成的。蕭衍喜歡採用「豔曲」的小巧形式和關於情豔的主題，著力在描情繪意的語言文字上精雕細琢，因此就寫出了許多短小精湛的豔情詩。比如「懷情入月夜，含笑出朝雲」（蕭衍《子夜四時歌‧秋歌》）這兩句這種詩歌就將女子的神態比喻得清麗動人，很是受人推崇。於是，就形成了一種只把精神浪費在「情豔」二字上，參微入透的詩歌風格。這種詩歌的時代風格，被諷爲「宮體詩風」。簡文帝及其近臣所做的詩歌，專門以宮廷帝王貴族生活中的艷事、艷物、艷情爲主要的表現內容，形式上則追求「清辭巧制」、「雕琢蔓藻」。最顯著的特徵是「艷」，詩中充滿艷麗的辭藻，因此，宮體詩常被稱爲「艷詩」。

宮體詩經過簡文帝和周遭臣子徐摛等人創製、宣揚，逐漸蔓延，終於招致梁武帝對徐摛的責罵，〔註 24〕和簡文帝自己的反悔；〔註 25〕裴子野的《雕蟲論》更指出「學者以博依爲急務，謂章句爲專魯。淫文破典，斐爾爲功。無被於管弦，非止乎禮儀。」〔註 26〕顯然此類批評也包括宮體詩風在內。到了梁末，宮體詩風的聲勢雖然稍微止停，但詩體已成，文風日趨浪漫，藝術價值也逐漸抬頭。因梁朝宮體詩，雖然出自宮廷文人之手，也只是供宮廷娛樂之用而已。詩人們努力的方向在於詩歌的形式美，即聲律、對偶、用韻等語言的技巧，以及格律的完善。〔註27〕

宮體詩到了南朝陳後主手裡，其艷麗風氣更是濃郁，藝術手法越見高明。陳後主「生深宮之中，長婦人之手」，〔註28〕每天過著詩酒宴遊的生活，歌舞昇平的日子，這些環境爲宮體詩提供良好的創作背景，這時期宮體詩的創作，更與陳後主積極倡導有直接的關係，我們可以從《南史‧張貴妃傳》中得知，陳後主提倡宮體詩的情況：

> 後主每引賓客對貴妃等遊宴，則使諸貴人及女學士，與狎客共賦新詩，互相贈答。採其尤艷麗者，以爲曲詞，被以新聲。選宮女有容色者以千百數，令習而歌之，分部迭進，持以相樂，其曲有《玉樹

〔註 24〕 《梁書‧徐摛》：「摛文體既別，春坊盡學之，宮體之號，自斯而起，高祖（衍）聞之怒。」唐‧姚思廉：《梁書》（台北：藝文印書館印行，1956 年）。

〔註 25〕 《大唐新語‧方正》卷三：「晚年欲改，追之不及，乃令徐陵撰《玉臺集》以大其體。」唐‧劉肅：《大唐新語》（北京：中華書局，1997 年）。

〔註 26〕 （梁）劉勰：《文心雕龍》（台北：商務印書館印行，1965 年），卷九。

〔註 27〕 袁行霈：《中國文學史》（北京：高等教育出版社，1999 年），卷二，頁 25。

〔註 28〕 （唐）魏徵，姚思廉撰：《陳書》（台北：藝文印書館印行，1956 年）。

後庭花》、《臨春樂》等。〔註29〕

宮體詩的發展至此，有了重大的改變，簡文帝的宮體詩是以詩作爲荒淫縱欲的寄託；到了陳後主手裡，詩的作用只是一種工具，只是一種刺激，只是一種享受。〔註30〕

南朝宮體詩的代表人物庾信羈留北朝，寫了不少充滿艷色綺情的作品，把綺艷華靡的宮體詩風引進北朝詩壇。當時末世貴族的普遍生活方式便是在感傷之餘，仍尋歡作樂，欲借歡樂氣氛來沖淡悲傷；因此，此時的宮體充滿貪戀物慾的意念。

隋朝詩歌創作的主流仍是宮體詩，隋煬帝有意識提倡荒淫享樂、粉飾太平的宮體詩風，許多醉心南朝宮體詩的文人，便大量寫作起輕側浮艷的詩歌來。隋煬帝本人一直對南朝宮體詩醉心不已，更帶頭寫《宴東堂》、《嘲司花女》等宮體詩。但反對批判的聲音逐漸出現，李諤就曾憂心和反對當時的文壇氣氛。〔註31〕批判的聲音逐漸湧現，這一時期的詩人，開始嘗試擺脫宮體詩，另闢新境；但仍不是詩壇上的主流，依然受到宮體詩的影響。

由簡文帝與身邊臣子所作的宮體詩，先是由宮廷中的少數人爭奇鬥艷，積習成風，建立了獨特的詩風。宮體詩是帶有美感意識的享樂主義，藉著描繪美的事物而體現，並以女性爲主的詩歌最能滿足這種心靈的追求；題材離不開歌詠美人外表之美與內心的幽思；語言上離不開美女，以及與她們有關的事物。在宮體詩人刻意雕琢下，使用的語言大多辭藻華美，輕軟細微，艷麗妖冶，這些語言正是構造宮體詩最適合的色素，也是宮體詩有別於其他詩歌最重要的一環。〔註32〕

總之，宮體詩的名稱成立於簡文帝時期，指的是當時以他爲中心的宮闈文學集團的部分作品；它之所以爲時人所注目，主要在於題材集中於宮闈婦女，旨在表現娛樂氣氛的情色享受，所以，在語言方面大多使用華麗濃郁，表現纖細輕柔。風格也顯得輕軟綺麗。宮體詩盛行於梁、陳、隋；而初唐詩

〔註29〕（唐）李延壽：《南史》（北京：中華書局，1975 年）。

〔註30〕洪順隆：《由隱逸到宮體》（台北：文史哲出版社，1984 年），頁 138～139。

〔註31〕《隋書·李諤撰》。李諤，《上隋高祖革文華書》云：「江左齊梁，其弊彌甚，貴賤賢愚，唯務吟詠。遂復遺理存異，尋虛逐微，競一韻之奇，爭一字之巧。連篇累牘，不出月露之形，積案盈箱，唯是風雲之狀。世俗以此相高，朝廷據茲擢士。」參見（唐）魏徵：《隋書》（台北：鼎文書局，1975 年）。

〔註32〕洪順隆：《由隱逸到宮體》，頁 145～147。

風流於靡弱，多少是受到它的影響。然而，初唐的宮廷詩雖仍有六朝華麗詩風，注重格律與富麗的辭藻，但題材已逐漸擴大；更由於唐朝大一統的格局，逐漸轉變為以帝王為中心的創作，且多為應制及奉和之作的詩歌，形成所謂的宮廷詩慣例；顯然已與「傷於輕艷」的宮體詩有很大的區別，雖有濃厚的宮體色彩，但彷彿已孕化另一種新的詩歌生命，具宮廷色彩的各類詩歌綻放在初唐的宮廷文學中。

2、初唐的宮廷詩

初唐的詩歌創作主流雖仍受到宮體詩的影響，甚至於唐太宗更嘗試作宮體詩，讓虞世南唱和，然而虞世南卻直接回絕：「聖作誠工，然體非雅正。上之所好，下必有甚者。臣恐此詩一傳，天下風靡，不感應詔。」〔註33〕由此可見，這時期的人們已開始對宮體詩風有了省視，漸漸展開了批判。

在批判的同時，仍有一派固守宮廷詩的傳統，並將主題轉移到「歌頌」的題材中，那就是上官儀及其週遭朋友，這類在詩歌理論與創作實踐上相當傑出的詩作稱為「上官體」。上官儀是典型的宮廷侍臣，其詩「以綺錯婉媚為本」，內容多歌詠宮廷生活；在理論上，他把六朝詩歌創作的對仗加以程式化，提出「六對」、「八對」等規範，使得宮廷詩在聲律、格式上更加完備。〔註34〕

隨著宮廷詩體制化的發展，詩風逐漸僵化，因此，詩人們試圖改造宮廷詩風格；這時期的代表人物則是初唐四傑。他們逐漸脫離宮廷詩的規範，走向複雜的修辭。這時期的宮廷詩轉變成以詩作為自我表現的工具，使得許多詩人開始擺脫宮廷詩的慣例與規範，找出個人風格。接著，陳子昂徹底打敗宮廷詩，毀壞宮廷詩正規的三部式結構，由此，詩人們開始自由創作各種詩歌形式。〔註35〕

雖然，陳子昂的復古理論改造了詩風，但武后時期有許多日常應酬場合，其中的宴會詩更是多量；由於詩人必須快速作詩，因此，三部式運用更頻繁，更推動盛唐律詩的定型。進入盛唐後，盛唐詩人更熟練地運用宮廷詩的技巧與慣例，且加入了濃厚的個人風格，題材也擴大了；再加上寫詩已不再是宮廷詩人所壟斷，許多外部詩人也能寫出符合格律的詩作。此時，宮廷詩人與

〔註33〕（宋）歐陽修，宋祈等撰：《唐書》，卷一百二（台北：藝文印書館，1956年）。
〔註34〕曹萌：〈略論中國歷代宮廷文學體派價值〉《古今藝文》，284期（2002年8月），頁4～17。
〔註35〕袁行霈：《中國文學史》，卷二（北京：高等教育出版社，1999年），頁110～250。

外部詩人的界線被打破，也象徵初唐的結束。〔註36〕

　　唐朝呈現大一統的局面，朝野籠罩著熱鬧的太平盛世氣氛，在此背景下，宮廷詩已轉變爲以帝王爲中心的創作，創作場合主要在於應詔奉和與群臣聚會集，充滿鮮明的應酬性質。初唐的宮廷詩人們利用讚美都城的巍峨精緻，描繪帝王的皇室威嚴，達到頌美的效果。

　　在語言的繼承方面，初唐的宮廷詩在發展過程中，一些口語的辭句被省略，一些基本的詞彙相對減少，而高雅的詞語不斷地重複出現，描寫皇家宮闕的華麗，這些都是宮廷詩的慣例。

　　總之，初唐人們對宮體詩的批判，使得詩風又一次轉變，初唐的宮廷詩雖受到宮體詩的影響，但無論是在內容上、題材上已與綺情的宮體詩有很大的不同；有宮體詩的色彩，但卻是一個全新的應制作品，宮體詩已逐漸沒落，但它所帶來的用典、格律、辭藻華麗的特點，對後來律詩的形成有著重要的推動作用。

　　從宮體詩的流變到初唐的宮廷詩，筆者發現兩者的不同，茲歸納如下：

　　（一）、宮體詩的內容多敘閨情，描寫女人嬌弱神態、幽怨情思；宮廷詩則多歌詠宮廷生活，歌頌帝王功德與宮廷的華麗。（二）、在風格上，宮體詩「傷於輕艷」；宮廷詩則是以帝王爲中心的創作，極盡頌美之效，故呈現「雅正」之氣。（三）、語言運用方面，宮體詩多描寫美人及其姿態，故使用語言多辭藻華美，輕軟細微，充滿艷麗色彩；宮廷詩則多描寫王城的宏麗繁盛，故常出現「龍、鳳、金、玉、紫、祥、瑞」等高雅詞語。

　　從上述宮體詩與宮廷詩的不同點，可發現宇文所安強調宮廷詩與宮體詩的不同點，較具說服力。他強調，宮廷詩這一術語，指的是一種時代風格，即宮廷成爲詩歌活動中心的時代風格，絕大部分作品或寫於宮廷，或表現出鮮明，多變化的宮廷風格。宮廷詩必須明確地與宮體詩分別開來。〔註37〕

　　胡念貽先生指出：一方面說宮體詩就是艷情詩，一方面又把梁陳隋及初唐的詩說得除宮體詩外，就沒有詩了，隱然用宮體來概括了當時的全部詩歌。〔註38〕學者們對於宮體詩的界說模糊，以至於對初唐的宮廷詩缺乏客觀冷靜的判斷；此外也混淆了「宮體詩」與「宮廷詩」這兩個既有重疊又有區別的

〔註36〕同前註，頁 220～230。
〔註37〕見 Stephen Owen, The Poetry of the Early T'ang, pp.437.
〔註38〕胡念貽：〈論宮體詩的問題〉，《新建設》，1964 年 5、6 月號，頁 4～25。

概念，同時也忽視了由輕艷的南朝「宮體詩」向初唐雅正的宮廷詩轉變的事實。關於「宮體詩」，宇文所安有明確的定位：宮體詩是一種與宮廷詩有初步聯繫的柔靡色情題材，專門描寫美女的情感及周圍的事物。〔註39〕根據統計，在現存初唐宮廷詩中，帶有「以艷情自娛」宮體詩意味的詩作不足百首，帶有色情暗示的至多不過十數首，而這些詩作也無「橫陳」、「玉體」之類赤裸裸的字眼，〔註40〕顯然只不過是沿襲了風靡朝野的南朝樂府詩的情調，且其中不乏精麗之作，風格呈現出「雅化」的傾向。由此若認為初唐宮廷詩沿襲了格調淫靡的宮體詩風，乃至「詩之極衰」，〔註41〕顯然是無充分依據的偏頗之論。宇文所安特別指出：文學史上有一種誤解，認為初唐詩主要是由宮體詩組成的。的確，大多數的初唐詩人都寫有幾首宮體詩，但這些宮體詩在他們的作品中所佔百分比，比南朝詩人甚至許多盛唐、中唐詩人要少得多。例如虞世南現存的詩歌中，邊塞詩（關於邊塞戰爭及征人生活的詩）就比宮體詩多。〔註42〕由上述推斷，初唐宮廷詩人雖也寫宮體詩，但數量不多，更不是詩作中的主要部分，且有關艷情的字眼更是少見；因此，初唐的宮廷詩其風格、特徵已與南朝的宮體詩有明顯的不同。

以往關於初唐宮廷詩的評介，常出現嚴重的偏頗，就是因為混淆了宮體詩和宮廷詩的概念。宇文所安釐清了兩者的不同，指出宮廷詩範圍較寬闊，而宮體詩指的是以宮廷為中心的艷情詩。依據此界定，我們應把奉和應制、游宴賞心之作與「艷情詩」嚴格區別，才能以客觀的態度對初唐宮廷詩的特色、藝術成就及宮廷詩歌史有更深入的研究。

（二）關於宮廷詩的流變

宇文所安指出：初唐詩比絕大多數詩歌都更適合從文學史的角度來研究。孤立地閱讀，許多初唐詩歌似乎枯燥乏味，生氣索然；但是，當我們在它們自己時代的背景下傾聽它們，就會發現它們呈現出一種獨特的活力。〔註

〔註39〕 Stephen Owen, The Poetry of the Early T'ang, p.14.

〔註40〕 聶永華：《初唐宮廷詩風流變考論》（北京：中國社會科學出版社，2002年），頁12。

〔註41〕 鄭燮《原詩》：「唐初沿其（指宮體詩）靡浮之習，字櫛句比，非古非律，詩之極衰也。」

〔註42〕 Stephen Owen, The Poetry of the Early T'ang, p.44.

〔註43〕 宇文所安著，賈晉華譯：《初唐詩》中譯本（廣西：廣西人民出版社，1987年），頁7。在《初唐詩》中譯本〈致中國讀者〉中特別提到這段話。

43）由此可知宇文所安的宮廷詩流變，是以詩歌史的方式來討論宮廷詩的演變。筆者認爲帶領初唐詩壇的風潮就是宮廷詩，隨著反派（指初唐四傑、陳子昂等人）對宮廷詩的衝擊，以及宮廷詩人對宮廷詩的固守，再加上兩者不斷地互滲，宮廷詩的慣例與標準不斷地轉變，終於步入了盛唐。因此，研究宮廷詩的流變有了重要的意義；進入詩歌史的深層，研究初唐宮廷詩人群體何以前後相繼，綿延不絕，橫貫整個初唐詩史，甚至於影響到盛唐詩歌的發展，這便具有了詩歌史和文化史的價值。藉由此種研究方法，進行縱向考察和清理，總結宮廷詩不同時段的特點和流變規律，才能對盛唐詩歌百花齊放的現象找到合理的答案。

　　從初唐詩歌史來看，宮廷詩所承擔的任務，無疑是創建表現新潮氣象的新風格；然而考察初唐宮廷詩，筆者發現其氣勢規模與時代精神尚有一段距離。宮廷詩人因其特有的地位，導致其詩歌活動具有標示風氣的作用，然而由於創作環境及詩人歌功頌德的心態所圍，其詩歌缺乏個人風格，故初唐不易出現第一流詩人。學者袁行霈認爲：性情和聲色的統一，是盛唐詩歌高出於前代而又使後代不可企及的關鍵所在。〔註 44〕宇文所安也指出：初唐的宮廷詩是一門社交的藝術，通過與其他詩人、長輩詩人交往而發展，而不是通過書本學習。〔註45〕筆者認爲更因爲是社交的藝術，在大量練習後，在聲律、事典、屬對等藝術美感形式方面都有了重大的發展，但正如宇文所安談到的，宮廷詩人所缺乏的正是作爲詩歌靈魂的「性情」與「個性」。這是有跡可循的，君不見宮廷詩人圍繞在君王周遭，以頌美爲旨要，的確難見個人眞實性情的抒發，且宮廷詩多爲應制應詔之作，題材狹窄，風格單一成了宮廷詩無以避免的弊端。

　　儘管如此，宮廷詩雖有其特定的程式慣例，造成詩意詩境的壅蔽滯塞，但卻如同宇文所安提到的：

> 宮廷詩傳統提供了詩中大部分固定成分：三部式結構、對偶技巧，
> 各種意象的豐富聯繫。而且宮廷詩還提供了同等價值的、宮廷時代
> 之前大部分詩歌所缺乏的某種東西：它給了詩人控制力，與作品保
> 持距離，把作品看成藝術。只有保持這種距離，詩人才能避免簡單

〔註44〕袁行霈：〈百年徘徊──初唐詩歌的創作趨勢〉，頁 165。
〔註45〕Stephen Owen, The Poetry of the Early T'ang, p.157.

的陳述詩意，學會將所要表達的真正意思蘊含在詩歌中。〔註46〕

從上述這段話中可證明，宇文所安的宮廷詩探討已經觸及到詩歌創作的思維問題，而不僅僅是對初唐詩形式的單純詮釋；而宮廷詩的創造性意義一方面影響到唐詩的繁榮，另一方面也給了傳統詩歌帶來了破題、展開、反應，有條不紊的思維方式和表達的順序。宇文所安稱宮廷詩的創作是一種「創造性模仿」，在許多方面與歐洲的文藝復興時期抒情詩人的創作性模仿相似，當宮廷詩的慣例成熟時，就產生了中國詩歌運用最普遍的題材——律詩。這個觀點立論新穎，不但看到了宮廷詩在中國詩史上的創造性意義，也探討到中國傳統詩歌創作的思維方式：詩人們避免對事件簡單的「陳述」，他們懂得詩重在「表現」，而非「再現」，這種深刻的詩歌理論，推動了詩歌藝術的探究和詩意詩境的提昇。

關於宇文所安所闡述的：宮廷詩的發展順序中，詩人們挑戰宮廷詩的標準與慣例的多寡，就是整部初唐詩歌史。關於這個觀點，筆者十分認同；因為一個詩風的形成有其時代意義，在唐朝呈現大一統的磅礴氣勢中，政治權力掌握在宮廷貴族手中，此時詩人們成為宮廷的文雅裝飾品，而隨著政治局面的穩定，掌權者為了鞏固政權的穩定，便塑造以「帝王」為中心的局面，此時宮廷詩中便充滿「歌頌」氛圍。

宮廷詩日趨華麗，雖有助於詩歌的技巧練習，但一些詩人批評綺靡的詩風，力求「詩言志」的詩教功能，因此復古理論便出現。仔細觀看宇文所安對宮廷詩發展的看法，可應證宮廷詩的慣例影響詩人深遠，隨著詩風的開放以及詩歌題目範圍的逐漸擴大，詩人們習得宮廷詩的技巧，但也逐漸開創自己的風格，因此有了盛唐詩歌多元化的百花齊放的局面。

（三）關於宮廷詩的語法與慣例

關於宮廷詩的研究，宇文所安的三部式理論明顯運用了結構主義分析法和符號學，他認為：

> 宮廷詩的各種慣例、標準、法則組成了一個狹隘的符號體系。這些可違犯的法則後來形成了盛唐詩的基本「語言」。本書自始至終把宮廷詩作為一種「語言」來處理，試圖從它的複雜語言——個別的詩篇重鍵這一體系。〔註47〕

〔註46〕Owen , p.423.
〔註47〕Owen , p.425.

從上述可知宇文所安將整個唐詩看成符號體系，並且通過這種符號體系的自身研究來研究中國古典文學。無論是符號學或是結構主義都非常重視「作品」的重要地位；瑞士語言學家索緒爾（Ferdinand de Saussure）提出兩個影響到結構主義的重要術語：「語言」（language）和「說話與書寫」（parole）。他認為：「任何語言都是一個系統，其內容則包括了語音、語意和語法規則等；而任何說話和書寫則必須在這個語言系統之內來表達，才能夠產生意義並具有功能。」〔註48〕宇文所安將三部式當成語言來處理，認為語言乃是一種符號（sign），而解讀唐詩所傳達的訊息（message）須靠解碼（de-code）的過程才能顯像出其意義來；宇文所安更進一步要求尋找文本的確定意義和更深層的含意，更是融合了兩種文學批評的長處，把西方的文學理論和研究方法用於中國詩歌的研究，讓我們大開眼界。

宇文所安的三部式理論是其整理宮廷詩的發展中，特別歸納出來的宮廷詩的結構與寫作方法。所謂的三部式，筆者看來似乎是指一首詩圍繞的題意，所進行的抒情或敘述的方式，提供宮廷詩人在最短時間能作出優美而合乎宮廷標準的詩歌。三部式的結構在逐漸成熟的律詩中，可看到較完美的體現。而三部式理論的開創是為了詩人能迅速將外界的景物，拼湊成互相關聯的景物，提供作詩的方便性。筆者認為隨著作者個性的滲入，不僅結尾上的情緒處理有了鮮明的個人印記，同時也使得描寫的部分意象複雜化，因此在運用三部式的過程中，詩歌逐漸脫離最初的宮廷風格，轉向盛唐。

宇文所安特別強調宮廷詩中的三部式理論，他認為：這一時期的大部分詩歌，（雖然不是全部）運用了三部式，在甚至更大的範圍裡，三部式成為詩歌變化和發展的標準結構。〔註49〕筆者對此論點，有些不同的看法：詩人總是會爭奇出新，即使在初唐的宮廷應制詩中，也懷有露才揚己來達到帝王寵愛的目的，難道他們在作詩時會呆板地遵循三部式結構？筆者認為初唐詩人雖使用三部式來作詩，但有時也力求突破，例如前文所提到上官儀的《早春桂林殿應制》全篇都由「描寫對偶句」所組成。而沈佺期的《硤州南亭夜望》：

> 昨夜南亭望，分明夢洛中。室家誰道別，兒女案嘗同。
>
> 忽覺猶言是，沈思始悟空。肝腸餘幾寸，拭淚坐春風。〔註50〕

〔註48〕K.M. Newton, Twentieth-Century Literature （New York: St. Martin's Press, 1977）, pp.98～111.

〔註49〕Stephen Owen, The Poetry of the Early T'ang, P.137.

〔註50〕Owen , p.359.

此詩全篇皆由敘事句組成，沒有對偶，沒有結尾的慣例，也不曾遵循三部式的寫作規範。宇文所安以三部式去觀察初唐的宮廷詩，有些是合乎三部式理論，但有些則是勉強爲之，強加套用，反而詩去了宮廷詩的詩歌析賞樂趣。又如同宮廷詩中的送別詩，宇文所安指出：三部式在初唐送別詩中十分明顯，有四種較具普遍的開頭：說明離別的原因；出發點與目的地的相對；設想旅程的艱難；分別時刻的慰藉。又說結尾的慣例比開頭更不勝枚舉。〔註 51〕筆者認爲此種情況如此複雜多變，幾乎無規律可言，根本就沒有公式存在，所以宇文所安的三部式理論並不能全面套用在宮廷詩中。

關於宮廷詩的慣例：題目，宇文所安認爲有其固定的題目，題目十分重要，因爲那表示了相對應的題材。宮廷詩最引人注目的題材不外乎是詠物詩，詠物是最持久的詩歌題材之一，它往往成爲詞藻練習的工具。詠物詩爲詩人提供了炫耀才華的好機會，詩人們經常被要求對某種事物即席賦詩，以試驗其才能。在初唐，各種詠物題目有其固定的慣例，詩人們運用特定的慣例，寫出一首首優美、合乎宮廷標準的詠物詩。除了宮廷詠物詩外，其他的應酬題材，如送別詩、旅行詩，等也有其固定慣例，這些題材是提供詩人創作時的參考工具，隨著詩歌範圍的逐漸擴大，也加入了個人情感，以題材的慣例來探究詩作，可發現其發展與演進脈落，也是另一種詩歌析賞的方式。

對於宇文所安對慣例的看法，筆者認爲這些宮廷詩題目的慣例形成，該是多數人應制、唱和而來的。例如初唐的宮廷詩的主要創作場合，常在帝王與群臣聚會的場合，詩人們常常需要應詔奉和，有著極爲鮮明的應酬性質；群臣聚會宴集之作，常不斷以事物排比和辭藻堆砌，誇張聲色之樂和感官之娛，營造各種和樂的太平盛世氣氛；許多宮廷詩更是呈現氣勢闊大的審美趣味，更是成爲宮廷詩中評介朝臣詩作的一個公認的標準。《唐詩紀事》卷三，記載了一次盛大的宮廷詩會，我們可從中得知宮廷詩的慣例如何運用，以及如何評判詩作優劣：

> 正月晦日幸昆明池賦詩，群臣應制百餘篇。帳殿前結綵樓，命昭容選一首爲新翻御制曲。從臣悉集其下，須臾紙落如飛，各認其名而懷之。既進，唯沈、宋二詩不下。又移時，一紙飛墜，竟取而觀，乃沈詩也。及聞其評曰：「二詩功力悉故，沈詩落句云："微臣雕朽質，羞睹豫章材"，蓋詞氣已竭。宋詩云："不愁明月盡，自有夜珠

〔註 51〕Owen , pp.295～296.

來"，猶涉健舉。」沈乃服，不敢復爭。〔註52〕

此次宮廷賦詩活動以《奉和晦日幸昆明池應制》為題，現存四首詩。〔註53〕沈、宋兩人之詩皆以一系列極富動感的辭彙形成一種靈動的氣氛；決勝負是在結尾句：沈詩以謙恭之詞收尾，這是傳統宮廷詩的慣例，顯得語塞境狹；宋詩則別開生面，立意曲折，在傳統宮廷詩慣例中，突破呆版，營造出壯闊的詩境。〔註54〕初唐宮廷中常有此種宴會，在此宴集下，詩人們極盡鋪敘之能，以華麗的詩風來表達自己的才氣；而宴會結束後，宴會詩常被收集，經詩歌技巧評比下，常成為其他詩人爭相模仿的詩作，因此，筆者認為宮廷詩慣例的形成應是眾人推動而成的。

此外在宮廷詩的語言運用下，宇文所安並未特別指出宮廷詩常用的語辭。筆者認為在宮廷詩的發展過程中，明顯地看出口語化字句與古樸詞句被避免了，反而是一些高雅的詞語不斷出現，在詩中可看到常用金、玉、珠、寶、仙、帝、宸、聖、龍、鳳等字眼來形容皇家宮闕的華麗；利用紫、翠、丹、碧、銀、香、綺等字眼滿足感官知覺的刺激，這些也是宮廷詩創作上的慣例。

在宮廷詩中，宇文所安認為對偶句是詩中的趣味之處；而對偶技巧是迅速作詩的首要條件，一旦掌握了技巧，就能快速地寫出中間對句部分，而把精力用來寫出精巧的結尾。對偶的產生是結構樹立的法則，而對偶的嚴格限制，是必要性的；因為這種限制使得詩人必須在有限的資源下，創作對句，而且對偶要能跟主題相輔，這也使得詩歌創作成為一種可學習的藝術。筆者認為初唐的宮廷詩人在藝術上追求對偶的裝飾風格，這種裝飾風格的重點就是對偶的修辭技巧，把修辭技巧跟聲韻技術相結合，在形式上便推動了律詩的完善和定型。詩歌變成可學習的藝術，使得詩歌不再高高在上，變成人人可學習的技巧訓練；而唐朝有關於類書的興盛，唐太宗命令大臣們編纂的《藝文類聚》、《文館詞林》等類書，其中一個目的應是和宮廷詩的寫作有關，為了供給當時的文人們採集典故與賦詩之用。

宇文所安努力地去尋找新的發現，開闊自己的視野，不僅擺脫了傳統帶來的侷限，從不同的角度觀察中國詩歌，從大量的宮廷詩中歸納出共通性，

〔註52〕（宋）計有功：《唐詩紀事》卷三，（臺北：臺灣商務印書館，1986 年），頁117。

〔註53〕（宋）李昉：《文苑英華》，卷 176（台北：商務印書館，1986 年），頁 185。

〔註54〕聶永華：《初唐宮廷詩風流變考論》（北京：中國社會科學出版社，2002 年），頁 343～344。

指出宮廷詩在結構上具有三部式的特徵,以及特定的語法慣例,嘗試用較有系統的方法來分析此慣例,果然成功地帶來嶄新的研究視角。

宇文所安以宮廷詩貫穿整個初唐詩壇,把初唐詩放到宮廷時代的背景下加以討論,對宮廷詩的風格、慣例和修辭技巧有詳盡的詮釋,的確有獨到的見解;尤其是慣例,他認為宮廷詩的傳統提供了大部分的固定成分:三部式結構、對偶技巧、意象的豐富聯繫。詩人們一方面學習詩歌技巧,一方面遵守嚴格的詩歌格律,在宮廷詩的慣例中,根據題材及風格加以變化,雖然破壞了三部式的規範,但卻在詩中融入個人情感,在創作中擴大了詩歌範圍,也打破了宮廷詩人與外部詩人的界線。

宇文所安認為宮廷詩的許多標準與慣例成為詩人突破的對象,為了文學創作的自由,詩人們不讓這些標準與慣例綁住,而將這些標準與慣例視為工具,通過改造,使得後來的盛唐詩歌產生「直率」與「自然」的風格。雖然有很多人批評初唐的宮廷詩毫無價值可言,但宇文所安認為,許多盛唐著名的詩人,仍是採用初唐宮廷詩歌的處理法則來加以改造,初唐的宮廷詩在藝術上有很高的價值,它的許多慣例使得詩歌成為可學習的藝術,對偶的精巧、結尾的翻新,這都是宮廷詩三部式規則下的改造,詩人們透過此種訓練,不僅提高了詩歌的藝術性,也出現嚴格的詩歌規範,使盛唐的詩歌在嚴謹的格律中,仍保留了個人的風格。因此,宮廷詩不只是盛唐詩的註腳,它更是過渡到盛唐詩歌中,不可或缺的重要媒介。

筆者認為宇文所安對初唐詩歌所作的整體研究,實屬此領域研究的第一人;一代詩風的形成必然是時代、詩人、詩史三方面兼顧,才能客觀、具體地闡述詩歌的流變;而宇文所安詩歌史的寫作,注重從詩史演進的內在規則,把握整體風貌與特徵;既重視詩歌史演進中之線的連續,也注重點的深化,力圖展示近百年宮廷詩歌流變的軌跡和歷程。此種文學實際創作與文學史觀念並重的寫作方式,實為嶄新的唐詩研究觀點。

但是初唐宮廷詩的領域還有待開發,初唐詩這個領域的研究還不夠深入,學者關注的焦點往往只在初唐四傑或陳子昂等人身上,卻漠視初唐時期詩壇主流的宮廷詩的存在;到目前為止,除宇文所安的《初唐詩》外,尚未出現一部對初唐宮廷詩進行全面研究的專著;因此,往後的研究應著重於宮廷詩的整體探討,對宮廷詩進行全面而有系統的研究。此外,對詩歌風格、初唐詩人之作品,以及宮廷詩語法規則等論題進行更為深入的探究;如此,相信在國內、外

學者的努力和學術交流下，宮廷詩研究方面必能交出更為亮麗的成績單。

第二節　盛唐詩研究

　　盛唐不僅是中國政治經濟的繁榮時期，更是中國詩成就最輝煌的時代。一方面有如日中天的開元、天寶盛世，國力強盛，河海晏清；一方面詩壇名家輩出，各佔鋒頭，光芒四射。有關盛唐詩歌的研究，一直是歷代詩評家評論的重點；當代也有許多關於盛唐詩歌的研究；但對於王孟、李杜等一流大詩人的研究成果較多，極少涉及盛唐詩歌的綜合研究。宇文所安於 1981 年出版《盛唐詩》，以詩歌史的寫作方式，從歷史過程與時代風格方面重新審視盛唐的詩歌，提出都城詩、東南文學中心及詩歌教育等獨特觀點；並指出盛唐詩人雖有共同的審美規範（Aesthetic Norm），得到詩歌技巧上的訓練，卻又不至於受其束縛，而能在這個基礎上發展個性及特質。〔註 55〕本文旨在探討宇文所安《盛唐詩》中的都城詩與詩人的個性風格，釐清與其他學者不同之處，從其帶有西方文化背景的色彩中，探求獨特的盛唐詩觀點。

　　宇文所安從詩歌史的角度，對盛唐詩歌的發展進行了綜合探討。他對盛唐的界線，較傳統的分界要長些，包括從唐玄宗統治初期（710 年代中）至德宗貞元中（790 年代初），約有七十多年；由於對歷史過程的重視，使他注意到盛唐存在著代代相承的發展性問題，仔細探討盛唐作為一個歷史時代的發展與流動過程。因此，他在盛唐詩人中分出三個世代的詩人——從第一代的孟浩然、王維、李白、高適，經第二代的岑參、杜甫，到第三代的大曆詩人。除此之外，他承認時代風格，認為詩歌不能擺脫文學背景的歷史感。在研究視角方面，他注意到盛唐詩人群聚都城，在以詩為媒介的社交方式中，形成都城集團社交圈。這些獨特的觀點，無疑為盛唐詩歌研究開啟了另一扇窗；底下筆者將略述宇文所安《盛唐詩》的重要內容，探討宇文所安研究的都城詩與詩人的個性風格，並予以述評。

一、宇文所安之盛唐詩概述

　　宇文所安的《盛唐詩》以盛唐詩風的產生、發展、演變為中心線索，全面、細緻、深入地分析評價這一時期詩人的創作。全書分為兩大部分。第一

〔註 55〕Stephen Owen, The Great Age of Chinese Poetry: The High T'ang, pp.xiv-xv.

部分為〈盛唐的開始及第一代詩人〉，共含九個章節；第二部分為〈「後生」：盛唐的第二代和第三代詩人〉，含有一個簡短的引言和七個章節。以下試依書中內容分項予以敘述：

（一）盛唐的開始〔註56〕

在第一章《初唐和盛唐》，概括闡述了從初唐詩風到盛唐詩風的變化，

盛唐對初唐的繼承和革新。在初唐，詩歌是作為一種程式化的社交形式，創作於宮廷圈子；到了盛唐，詩歌雖然保留了社交功用，卻變成一種具有廣泛內容的自覺藝術形式，為廣大文人所掌握。盛唐脫離初唐，主要通過五條途徑：貶謫詩的傳統、隱士詩及陶潛的復興、日常應酬詩、古風、樂府。

第二章《過渡時期詩人》中提到在這段時間裡，初唐最後幾位宮廷詩人先後去世，盛唐幾位詩人開始嶄露頭角，例如青年王維在貴族圈子中獲得聲譽，孟浩然也寫出一些優秀的作品，張說更扶植出新風格詩壇新人。

第三章《社會背景》將開元時期的詩歌分為四類：第一是宮廷及其正規應酬場合。玄宗時期的宮廷繼續展開詩歌活動，但有了新的變化，加強帝王主題，宮廷詩人的地位也提高。第二是 722 年前的諸王府；這是扶植詩人的重要場所。第三是朝廷重臣的周圍，以張九齡為代表；他扶植許多青年詩人。第四是地位相同或友情深厚的詩人之間應酬場合。在這四種詩歌背景下，開元時期有許多著名的詩人都因詩歌應酬和友誼聯繫在一起。

（二）第一代都城詩人〔註57〕

所謂的第一代都城詩人，指的是 720 年代至 730 年代間通過進士考試的詩人，其核心人物是王維、王昌齡、儲光羲、盧象、崔顥等人。接下來第四章討論《王維》，王維把陶潛的隨意樸素與八世紀都城詩人的複雜精巧相融合，其特徵是一種「樸素的技巧」。第五章《開元時期的帶一代都城詩人》提到這些詩人在都城社會形成一個較為密切的集團，聯繫他們的是詩歌交往、友誼及在都城的地位；他們有著共同的詩歌情趣和美學標準，偏愛寂靜與隱逸的主題，多寫格律詩，普遍採用應酬題材。不過，他們並沒有共同崇拜某一位大師或某一種詩歌理論，所以不是意義上的文學流派。此外，都城外部詩人由於缺乏都城詩人的普遍聯繫，獨立形成自己的詩歌風格，具有明顯的

〔註56〕Owen, pp.1～19.
〔註57〕Owen, pp.19～161.

個性特徵，其中的突出代表爲李白和高適。在都城詩人和外部詩人之間，有一些詩人既是外部詩人，又與都城集團有一定的聯繫，例如孟浩然。

第六章討論《孟浩然》，他是一位外部詩人，從未學會宮廷詩的典雅，所以在無意中超越了典雅，獲得隨意自由的詩風。不過他的獨立並未完全脫離都城詩，而是一半站在都城，一半站在外面。第七章將《王昌齡、李頎》放在一起討論，這兩位詩人雖然都屬於都城圈子，卻代表都城詩的新興趣和新變化。

第八章研究《李白》，強調李白的個性特徵。李白是一位眞正的都城外部詩人，沒有任何社會背景，只能依靠自己的才能。文中特別指出如果王維是詩匠，那麼李白卻是眞正的天才。第九章是《高適》，高適是都城外部詩人，獨立地發展自己的風格；他的詩歌極少直接描寫，是一位理性詩人，強烈地受到文學傳統的影響。他的邊塞詩深受陳子昂的影響。

（三）盛唐的第二代與第三代詩人〔註58〕

所謂的「代」並不是歷史的統一體，而是一種聯繫；而成熟於 740 年代到 750 年代的詩人構成了第二代；面對第一代的詩人，他們不得不對此作出反應。第十章《岑參：尋求奇異》，作爲第二代詩人的岑參，他對前輩的反應則是試圖超越他們。第十一章論《杜甫》，他對前輩的反應是模仿、包容並超出所有的前輩詩人。杜甫的詩迅速轉變風格和主題，產生新的美學標準，取代了統一情調、景象、時間和經驗的舊標準。

第十二章爲《復古的復興：元結，《篋中集》，儒家文士》，討論了元結的創作和詩論，指出他是盛唐第二代詩人中的復古激進派，他反對的是盛唐詩本身，企圖創造一種包含儒家文化價值觀的新復古詩歌。接下來分析《篋中集》詩人，他們代表一種應酬的「古風」。第十三章《開元天寶時期的次要詩人》，以對王之渙、崔國輔、薛居、賈至四位詩人的評析爲主，這些詩人雖然較爲次要，卻仍然處於當代的詩歌主流中。

（四）後期的都城詩與東南地區文化活動〔註59〕

第十四章《八世紀後期的都城詩傳統》，指出安史之亂後的第一個十年，保守主義佔據詩壇，特別是在都城；而都城詩始終是一種教養和地位的標誌。這一時期的都城詩表現了唐代應酬詩的呆板規則，並可看到王維的影響。他

〔註58〕Owen, pp.161～252.
〔註59〕Owen, pp.252～302.

們的風格一致，很難進行分組，後代的讀者以大曆十才子來代表這一時期的詩歌；這些詩人將自己看成詩歌藝術主流的繼承者，是都城詩歌傳統的延續。他們都是「詩匠」，將詩歌完善化，例如劉長卿就體現了都城詩人的才能和侷限，他雖保持了技巧完美，延續了盛唐風格，但卻缺乏創新。

第十五章《東南地區的文學活動》，提到八世紀後期，長江下游地區形成了一個文學中心，與都城相匹敵，其核心人物是詩僧。詩僧皎然是八世紀後期最有意義的詩人兼批評家，他從詩歌創作中總結了經驗與教訓，並傳授給幾位年輕詩人，這些詩人後來成為中唐的重要人物。

（五）盛唐的輓歌〔註60〕

第十六章《韋應物》著重指出他寫出了切合時代的主題：對逝去的輝煌哀輓，包括文學、政治和文化。他的創作與盛唐風格有著密切的聯繫，在他許多優秀的詩歌中同時又體現了盛唐的衰退，預告、影響了中唐詩人。

二、宇文所安之盛唐詩研究

宇文所安的《盛唐詩》以盛唐詩風的產生、發展、演變為中心線索，全面地分析評價了這一時期的詩人作品。他認為研究盛唐詩必須注意三方面。首先，文學史並不能包括偉大天才的全部，李白和杜甫並不是這一時期的典型代表；因此，不能用重要的天才來界定時代，要用這一時代的實際標準來理解詩人。其次是關於時代風格的問題，時代風格是存在的，且擺脫不了歷史感。再者，盛唐詩的豐富多采雖是由於詩人個性的不同所造成的，但也是七十多年歷程中，文學發展演變的結果。〔註61〕宇文所安認為文學史應當研究詩歌的各種標準和變化過程，因此他設立了幾個具有普遍意義的關係範疇，將之貫穿整部書，大致地將盛唐時代與前後期區別開來。底下試從宇文所安之《盛唐詩》一書的內容脈絡，來證明其盛唐詩觀點。

（一）都城集團與都城詩人

宇文所安認為盛唐詩由一種我們稱之為「都城詩」的現象所主宰，這是上一世紀宮廷詩的直接衍生物。都城詩具有牢固、一致、持續的文學標準，並且涉及京城上流社會的社交詩和應景詩的各種場合，主要被當作一種社交

〔註60〕Owen, pp.302～316.
〔註61〕Owen, pp.xii～xiii.

實踐。但都城詩人中，除了王維，一些令人注目的詩卻是由都城外部詩人寫出來的；盛唐的其他詩人，有些人嚮往都城詩，有些人反對都城詩，但都在都城詩背景烘托下，他們成為真正具有個人風格的詩人。盛唐既有單獨、統一的美學標準又允許詩人充分自由地發揮個性才能。詩歌已成為朝廷士大夫和長安貴族廣泛實踐和欣賞的活動。宇文所安論述的「都城詩人」僅是其中最著名、最引人注目、最具有詩歌才能的人；在京城社會中，這些詩人由於詩歌活動的聯繫，形成一個較為密切的集團。此外，詩歌被認為是外來者在京城獲得知名度的工具，因此也包括一些地方詩人，他們與都城趣味一致，所以同為都城集團。

都城詩人的主要聯繫是社交活動，他們偏愛的主題是寂靜和隱逸，所喜愛的詩體是五言律詩，並且應景詩相當普遍。與都城詩人相對照的是外部詩人，那些外來者缺少都城詩人的共同連結，缺少上流社會的詩歌訓練，正因如此，相比之下，外來詩人往往具有鮮明的個性風格。都城詩人普遍忽視這些外來者，堅守著他們曾經賴以獲得聲譽的嚴謹均衡風格。

第一代都城詩人的核心人物是王維、王昌齡、儲光羲、盧象、崔顥等人；他們的應景作品深深植根於宮廷詩和初唐應景詩，但是，價值觀的各種變化，新的詩歌手法、新的審美感覺，這些都標誌著都城詩人與初唐詩法的不同，可是他們的延續性明顯存在，在詩歌觀念上，兩者都是社交現象。

在都城詩的標準下，外來者如孟浩然和常建，寫出了比都城詩人更活潑的山水詩；王昌齡和李頎雖然保留了都城詩的社交範圍，卻嘗試新的題材和模式；崔顥將初唐的七言歌行改造得適合新的盛唐美感；儲光羲在陶潛模式的基礎上，創造出自己樸素的田園詩。

安史之亂後，保守主義佔據詩壇，特別是在都城，這一時期的詩人將自己看成詩歌藝術主流的繼承者。這一時期的都城詩人風格一致，很難進行分組，人們以所謂的大曆十才子代表這一時期的詩歌；而十才子的並稱出自於各種宴會。這些詩人將自己看成是王維和都城詩人集團的繼承者，他們力求達到一種流暢圓美，雖然整體上缺乏創新，卻成了「詩匠」。如此看來，大曆詩人是盛唐的結束，而不是中唐的開端，大曆詩人的詩風是盛唐的餘波。

宇文所安對詩人之間的社交活動及詩歌交往非常重視，從詩人在京城中頻繁的社交活動中，發現了都城詩人集團和都城詩歌傳統的存在，社交關係牢固地將詩人們聯繫在一起。將宇文所安的都城詩觀點，歸納如下：（一）都

城詩是由宮廷詩發展而來的;(二)都城詩是以京城的社交活動爲背景所形成的;(三)都城詩是盛唐詩人所共同接受的「審美規範」,這個規範可讓他們得到詩歌技巧上的訓練,卻又不至於爲其所束縛,而能夠進一步在這個基礎上發展每個詩人的個性和風格。在這方面,初唐宮廷詩人就比較不幸,他們雖然也有一個共同的美學規範,但卻太狹窄了,以致於扼殺了詩人的天才;而在韓愈、白居易之後,卻又有太多的模範,且沒有一個社會所認可的權威存在。既有社會權威,又有詩人個性,這是盛唐詩歌神話的原因。(四)盛唐的社交詩雖是應酬作品,但仍可容納詩人的感受性,詩人們深植於歷史和社會的現實環境中。

(二)江南詩歌活動中心的形成

宇文所安認爲八世紀後期,長江下游地區成爲一個詩歌活動中心,與都城相匹敵,這一時期的詩人們都曾在東南地區遊覽、仕宦或避難;在東南文學圈子的和諧氣氛中,暫忘北方的戰事。在東南地區,劉長卿等都城詩人結識了本地詩人,如孟郊和詩僧們,在集會中,聯句盛行。在東南集團中,詩歌是一種爲了社交而存在的社交藝術,一種本身就是社交場合的消遣,而這一時期的詩歌活動中心人物是詩僧。

詩僧是東南文學活動中的穩定成分,世俗詩人與僧人們在一起作詩,用十分相似的方式,但都城的重要詩人們來來去去,但僧人通常留在原處。無論是在社會關係方面,還是在詩歌實踐方面,詩僧都是八世紀後期文學的組成部分,他們不是宗教詩人,就連作品中的佛教觀念,也都是都城詩的世俗佛教。

在東南文學活動中,皎然全心地沉浸於世俗社交活動和詩歌中,他是這一時期最引人注目的詩人:他是一位批評家,一位聯句詩人,更是一位嘗試多樣時代風格的文體家。

皎然的批評論著與他的詩歌密切地聯繫在一起,他對文學價值的維護,使他自由地脫離了都城詩的規範與復古擬古詩的對立;此外,他也批評了都城詩人對「本地詩人」的排斥,都城詩人對東南詩人的忽視,缺少了文學史意識和深度。

東南詩歌活動中心的形成,與都城集團相匹敵,他們沒有複雜的美學規範,有的只是和諧的氣氛與集會中的聯句;爲盛唐詩歌在都城集團中,開闢了不一樣的詩歌活動。

（三）盛唐的時代風格與詩人評價

宇文所安不盲信宋代以後批評家的觀點，他把主要精力放在詩歌評價上，既全面客觀地評價詩人，又從中探索時代審美趣味的變化。他肯定時代風格的存在，新風格的起源和舊風格的延續，在代與代之間清晰地顯現；因此可從時代風格中探討唐朝的界線問題。

正因爲宇文所安不盲從批評家的觀點，直接從詩歌著手，著實發現一些與他人不同的見解。例如，由於王維和孟浩然的詩在表面上相似，使得後人將他們聯繫在一起。宇文所安卻發現：他們在對隱逸和風景描述的共同興趣後面，卻隱藏著氣質和詩歌個性的差別。王維詩的樸素是一種拋棄的行爲，產生深刻的否定動力，由於他曾受過宮廷詩華麗修辭的訓練，因此一旦獲得書寫個人詩的自由時，就徹底洗盡宮廷修飾的痕跡，隱含著深刻的對立。孟浩然是外部詩人，他從未注意到正規文體和日常文體的基本對立，所以在他的詩中找不到王維的否定衝動。王維是標準的都城詩人，習慣於三部式結構和一致的語言，但孟浩然卻隨意地從一主題轉向另一主題，他的散漫風格是自由的標誌，與王維十分不同。〔註62〕

又如提到邊塞詩，後人常將高適和岑參並稱，並不對他們二人作區分；宇文所安指出這兩人都寫了大量的邊塞體驗詩，但風格卻迥然不同。岑參是較年輕的詩人，表現了新的天寶風格，有著基本的描寫天賦，喜愛異國情調，屬於盛唐第二代詩人。高適則是一位有著特定丰姿和情調的詩人，他的詩歌中極少眞實的描寫，描繪的都是用來激發悲壯情調的蕭瑟荒涼景象；此外，高適是盛唐的第一代詩人，獨立於同時代的都城詩人，形成自己的獨立風格。相比之下，兩人除了主題一致外，作品從未相似。宇文所安詳細地對兩人的並稱提出質疑，指出兩人的生活年代、風格範圍和詩歌觀念都很不一致，獨具創見。

提到盛唐，許多人都注意到李白與杜甫，將這兩位詩人認爲是盛唐詩人的主流，但在宇文所安從詩歌評價上看來，他認爲：這兩位詩人的特別光彩遮蓋了這一時期文學的眞面目；盛唐詩壇本來是複雜的變化過程，但卻被看成是天才的突然出現。因此，不能將盛唐與李白、杜甫混爲一談；文學史並不能包括偉大天才的全部，較爲謹愼的做法是力求確立其基本地位。仔細探討時代風格，會發現李白和杜甫並不是這一時代的典型代表；後人往往滿足

〔註62〕Owen, pp.77～80.

於李白、杜甫的形象，他們不僅被視爲詩歌的頂點，而且被視爲詩歌個性的
兩種對立典範；但詩歌背景使我們對李白、杜甫有了不同的眼光，看出他們
獨創性的本質和程度。宇文所安認爲不是用重要天才來界定時代，而是要用
時代的實際標準來理解詩人。

　　由以上宇文所安對詩人評價與時代風格觀點可看出，在盛唐時代風格統
一又多彩的情況下，他設立了幾個關係範疇，貫穿全書，也大致將盛唐的前
後期區別開來，書中所設立的關係範疇有：都城詩人、都城外部詩人、美學
標準、個性、應酬詩、詩歌傳統等。宇文所安設立範疇，不僅保持了體系的
完整，也較爲全面細緻地描繪出盛唐的眞實原貌。

（四）詩賦考試與詩歌教育

　　關於唐代進士科舉中的詩賦考試問題；在初唐，詩歌寫作被引入了進士
科舉，科舉目標特別是在於接受非出身於京城大世族的人，使他們成爲官僚
候選人。進士科舉被認爲主要是向寒族開放的道路。宇文所安指出，詩歌的
功用是使詩人被理解，許多詩人將詩歌作爲創造自覺的工具；而詩賦考試則
是將詩歌作爲入仕的資格考試，以及尋求有力支持者的介紹，其基礎正是表
現的理論。它設想詩歌通過眞實表現個人的內在本性，可以使默默無聞的詩
人被認識。這個論點非常新奇，提高詩歌自覺的價值，也爲科舉中的詩賦考
試投下新的研究觀點。

　　宇文所安探索詩人接受的詩歌教育對其創作道路和風格的影響；指出王
維在年輕時候接受了宮廷詩風的訓練，由此形成與宮廷詩的繼承與否定的關
係，以及最終形成他「樸素的技巧」。〔註63〕而孟浩然、李白和高適由於從未
受到宮廷詩的典雅訓練，所以他們也自然地獲得超越典雅的自由，從而形成
自己的個性風格。早期的王維已在詩歌中發展了個人特性，這些個性與上流
社會聯繫在一起，他的家族背景和詩歌訓練爲他進入上流社會作了充分準
備。李白與王維的不同則是因爲不同的詩歌教育；李白的詩歌中首聯常常打
亂詩歌中的平衡，而任何受過都城訓練的詩人都會知道，詩歌應開始於一般
景物的描寫。如此以詩歌教育的不同，發現詩人的個性風格，不失爲一個新
的研究觀點。

〔註63〕Owen, pp.27～30.

三、宇文所安之盛唐詩研究述論

　　盛唐是中國詩歌史上輝煌的藝術巔峰，一直是歷代詩評家評論的重點；而近年來也有多部專書問世，但多集中於王孟、李杜等一流大詩人的研究成果，極少涉及盛唐詩歌的綜合研究。宇文所安的《盛唐詩》以盛唐詩風的產生、發展、演變為中心線索，重視「歷史過程」，將盛唐的時代界定得比傳統還長。一般研究盛唐詩歌的學者常把盛唐時期內的詩人當作一個同時存在的整體，不去分辨這些詩人的年紀和輩分，也不去注意到盛唐這一時期也存在著代代相傳的發展性問題。宇文所安非常重視這些問題，他仔細地探討「盛唐」作為一個歷史時代的發展與流動的過程。因此，他在盛唐詩人中分出三個世代的詩人——從第一代的孟浩然、王維、李白、高適，經第二代的岑參、杜甫，到第三代的大曆詩人。此外，也設立幾個關係範疇貫穿全書，不僅保持了整體盛唐詩研究的體系完整，也較為全面細緻地描繪出盛唐的真實面貌。以下就宇文所安的盛唐詩觀點做一述評。

（一）關於都城詩人

　　宇文所安關於「都城詩人」的論述，因立論新穎，頗引人注目；然而，在處理這個課題時，筆者認為在歸納上有稍嫌草率的缺點，以至於看不清楚「都城詩人」的內涵和外延。首先，都城詩人顯然不是以地望為標準，否則的話，在宇文所安開具的標準都城詩人名單中，王維（山西太原人）〔註64〕、崔顥（汴州人）〔註65〕、儲光羲（潤州人）〔註66〕、王昌齡（京兆人）〔註67〕，只有王昌齡才可算是真正的都城詩人；而儲光羲為潤州人，就是現今的江蘇，還正是宇文所安認為與都城詩人相對立的東南詩人。可是，宇文所安又認為：外來詩人往往具有鮮明的個性風格。例如，東南詩人崔國輔長期居住在京城，卻幾乎不和都城詩人來往；這種社交隔離反映在他的詩歌特性上，其中大多體現了東南詩人的自覺姿態。〔註68〕崔國輔長期居住在京城，都不算是都城詩人，那麼到底都城詩人的地域條件為何？宇文所安始終沒有一個明確的描述。筆者認為盛唐詩的繁榮，除了政治、社會背景及文學史自身規律的因素

〔註64〕Stephen Owen, The Great Age of Chinese Poetry: The High T'ang, p.27.
〔註65〕Owen, p.60.
〔註66〕Owen, pp.63～64.
〔註67〕傅璇琮：《唐代詩人叢考》（北京：中華書局，1980年），頁103～141。
〔註68〕Stephen Owen, The Great Age of Chinese Poetry: The High T'ang, p.53.

外,科舉制度的完備,也是使詩人群聚都城的重要因素。唐代科舉經過初唐百餘年的發展,到盛唐時期達到成熟,科舉的政治和社會效應極大,以至於形成一種濃厚的以科舉入仕的社會風氣,據《通典》卷十五記載:

> 至於開元、天寶之中,太平君子唯門調戶選,徵文射策,以取祿位,此行己立身之美者也。父教其子,兄教其弟,無所易業。大者登台閣,小者任郡縣,資身奉家,各得其足,五尺童子恥不言文墨焉。
> 〔註69〕

科舉作爲政治的一部分,把政治和才學融爲一體,使詩人湧入京城,也開啓了都城集團,以詩歌交流的社交模式。此外,許多詩人在強盛國力的感召下匯聚都城,在以詩歌爲媒介的社交方式中,促使詩歌創作日益繁榮,表現了都城文化的亮麗景觀;同時又通過貶官外放等方式,將此種詩歌交往延向四方,最後形成以都城爲中心的開放式詩壇,也因而將此時期的詩歌創作推向極盛。宇文所安似乎從未探討詩人群聚京城的原因,因此也對都城詩人的地域條件定位不清。

其次,宇文所安認爲:都城詩人所偏愛的主題是寂靜和隱逸,所偏愛的詩體是五言律詩。〔註70〕但卻又同時指出:不過這些特徵並非一致,都城詩人中也有七言歌行和絕句的著名能手,例如崔顥、李頎、王昌齡。〔註71〕又說都城詩人崔顥對於雅致的五言隱逸詩幾乎全無興趣。〔註72〕其實,筆者認爲,李頎、祖詠、王昌齡的主要興趣也不在於隱逸主題的五言律詩;但是觀看宇文所安對於都城詩人的主體走向和詩體,似乎並未有一個標準存在,在詩體傾向和主題方面,宇文所安抓不到歸納的共同點,概念十分模糊,對都城詩人的界定也不夠嚴密。

宇文所安十分重視詩人之間的社會交往和詩歌的往來,正是從詩人在京城間頻繁的詩歌交流,發現了都城詩人集團和都城詩歌傳統的存在,這個新的研究視角,筆者十分佩服;但對於都城詩人的界定、都城詩人的主題、都城詩歌的特性等等問題,宇文所安的觀點有些模糊,立論也十分薄弱,應該需要更嚴密的歸納才是。

〔註69〕（唐）杜佑:《通典》(台北:藝文印書館,1956年),卷15,頁35。
〔註70〕Owen, The Great Age of Chinese Poetry: The High T'ang, p.52.
〔註71〕Owen, p.53
〔註72〕Stephen Owen, p.63.

（二）關於文學中心的形成

宇文所安提到初唐到盛唐時代，詩歌從所謂的宮廷詩轉變到都城詩，可看出以宮廷為中心的創作背景，到了盛唐逐漸形成以京城為中心的文學圈子。宇文所安提出文學中心的論點，的確是個很特別的觀察。此外，除了京城這個文學中心，在盛唐，長江下游以南的東南地區，出現一個與都城集團相對立的文學中心。宇文所安認為東南地區為貶逐詩的孤立提供了背景，許多詩人例如李白、孟浩然等人都曾在東南地區生活，寫了一些出色的作品；在八世紀後期的政治動亂中，東南地區成為安全的避難所，成為與京城相抗衡的詩歌創作中心。〔註73〕

筆者認為宇文所安所提的都城集團、東南地區這都是一個空間性觀察的視點，即文學中心的形成；這個觀點十分獨特，但宇文所安並未對文學中心的形成、文學中心的政教關係，以及文學中心的地緣關係加以著墨。筆者認為文學中心的觀點可以更加深入探討。盛唐文學中心的轉移呈現了物質文化、政治權力和文學活動等多重複雜因素。筆者認為可分成兩階段來加以討論：

首先是文學中心與政治中心的疊合時期。在這一時期裡，文化權力與政治權力是結合在一起的，政治權力控制著文化的創造、傳承，因此，政治活動的中心與文學活動的中心無法分隔。據唐朝，鄭綮《開天傳信記》記載：

> 開元初，上勵精理道，鏟革訛弊，不六、七年，天下大治，河清海晏，物殷俗阜。〔註74〕

又明朝，高棅《唐詩品彙·總序》中記載：

> 開元、天寶間，則有李翰林之飄逸，杜工部之沈鬱，孟襄陽之清雅，王右丞之精緻，儲光義之真率，王昌齡之聲俊，高適、岑參之悲壯，李頎、常建之超凡。〔註75〕

以上可看出由於盛唐國勢強盛，文學中心與政治中心緊密疊合，詩人在此盛唐氣象下，呈現各領風騷的蓬勃發展。關於政治與文學的緊密聯繫，筆者認為文化本身就是政治資源的一部分，文學在政治權力的支援下，才能存在；

〔註73〕 Owen, pp.15～16.

〔註74〕 （唐）鄭綮：《開天傳信記》，卷33（台北：藝文印書館，1965年）《民國十六年武進陶氏覆本宋咸淳左圭原刻，《百部叢書集》》，頁563。

〔註75〕 （明）高棅：《唐詩品彙》，卷576（臺北：臺灣商務出版社，1986年《景印文淵閣四庫全書》），頁843。

而文學也需要物質條件的支持，也需要政治權力的烘托。關於都城文學中心的形成，除了國勢強盛的吸引，也跟科舉有關係。科舉制度到了盛唐已完備，盛唐詩人紛紛湧向京城長安，追求自己的政治前途和文學聲譽，只有在京城，他們才能真正獲得文學上的名聲和地位。

至於東南地區文學中心的形成，宇文所安提到東南地區在八世紀後期的戰亂中，成為詩人的安全的避難所。〔註 76〕關於這個觀點，筆者十分贊同；但如果以文學中心文化與政治的關係，筆者認為可再深入探討，並以安史之亂為文學中心與政治中心的脫離。

在大曆時期，詩壇大體上形成兩個集團，一是以長安為中心，那就是錢起、盧綸、韓翃等大曆十才子，他們的作品較多呈獻當時達官貴人的生活情形。一是以東南地區為中心，那就是劉長卿等人。〔註 77〕

安史之亂使盛唐的政治、經濟和文化的版圖發生了顯著的變化，這種多元化的趨勢，可以在東南地區地位的突出上看出來。例如，八世紀後期有許多詩人避難於東南地區，也曾經被貶謫或漫遊於此，詩歌創作經驗的影響是深遠的。更甚者，例如詩僧皎然在東南地區建立起文學批評的地位和聲譽，代表著東南地區一個相對獨立、自成風格的詩歌傳統；文學中心逐漸南移，也逐漸脫離政治中心。關於文學中心的形成，宇文所安應該做更深入的討論，才能確立都城集團與東南文學中心的深遠意義。

（三）關於盛唐的歷史過程

按照傳統的分法，盛唐是從玄宗開元元年（713）到代宗大曆元年（766），時間並不常，只有五十年左右。因此，一般人只把這短時間內的詩人當作一個同時存在的整體，不太去分辨這些詩人的年紀和輩分，也不去注意盛唐這一時期也存在著代代相承的發展性問題。宇文所安對於盛唐的界線比傳統的分界要長些，包括從唐玄宗統治初期（710 年代中）至德宗貞元（790 初），約七十多年時間；仔細探討盛唐作為一個歷史時代的發展與流動過程。因為他對歷史過程的重視，使他注意到大曆詩人是盛唐的結束，而不是中唐的開端；韋應物屬於盛唐的尾聲，而不是中唐的先趨者。一般人對於盛、中唐的界限問題，都只是承襲舊說，並未深思熟慮過。宇文所安認為：在分界線的另一端，盛唐最後一位偉大天才杜甫去世後，盛唐風格仍餘音不絕，直至 790

〔註 76〕Stephen Owen, The Great Age of Chinese Poetry: The High T'ang , p.15.
〔註 77〕傅璇琮：《唐代詩人叢考》（北京：中華書局，1980 年），頁 232。

年代初，對復古的關注重新興起，這才真正進入了中唐。〔註78〕筆者贊同宇文所安的觀點，同時也認為，大曆詩人的詩風應該是盛唐的餘波，韓、孟、元、白才是中唐的開始。

探討唐詩的分期，南宋的著名詩論家嚴羽在《滄浪詩話》中有一章《詩體》，從詩風變化的角度把唐詩的發展劃分：唐初、盛唐、大曆、元和、晚唐五種體式，是唐詩演變的五個階段，提到「大曆之詩，高者尚未失盛唐，下者漸入晚唐矣」，意味着大曆詩風處於一種過渡狀態之中。他把大曆詩人與盛唐切開，形成一個過渡期，切斷了詩歌發展的脈絡。

當代學者鄭振鐸〔註79〕認為，盛唐時期雖只有短短的四十三年（713～755），卻展現了種種詩壇的波濤壯闊的偉觀，呈現了種種不同的獨特風格，包含了開元、天寶間詩歌的黃金時代。從鄭振鐸的觀點明顯可見排除了大曆詩人在盛唐的地位，從時代風格觀看，顯然不夠客觀。熊篤將盛唐的上限劃至開元初，下限到大曆五年；並且得出盛唐詩歌後期的天寶年間比前期開元年間還好，認為盛唐氣象不能用來概括盛唐文學，盛唐文學的高峰在後期，應以杜甫為主。〔註80〕此觀點加重了天寶後期詩人的地位，也將大曆詩人納入盛唐；宇文所安認為安史之亂後，詩壇趨於保守，大曆詩人崛起，他們做著格律完美的詩作，此時並非是盛唐文學的高峰。相較之下，宇文所安的觀點注重歷史過程與時代風格，較具說服力。

宇文所安從歷史過程的角度來研究盛唐詩，著重時代風格；盛唐的時代風格就是在都城詩的審美標準下，又容許詩人擁有個性發展，在此既有社會律則，又有詩人個性的模式下，才形成盛唐詩歌的蓬勃發展。因為注重時代風格，大曆詩人的崛起屬於第三代詩人，以開元時期都城詩人的都城詩為模範，加以繼承並發展成藝術風格，雖缺乏創新，卻仍保留了完善的都城詩。由此可知宇文所安認為大曆詩人是盛唐的餘音；一般學者將大曆詩人歸入中唐，忽視了時代風格。

（四）關於詩賦考試與詩歌教育

宇文所安指出，詩歌的功用是使詩人被理解，許多詩人將詩歌作為創造自覺的工具；而詩賦考試則是將詩歌作為入仕的資格考試，以及尋求有力支

〔註78〕Stephen Owen, P.xii.
〔註79〕鄭振鐸：《插圖本中國文學史》（北京：人民出版社，1957年）。
〔註80〕熊篤：《天寶文學編年史》（北京：中華書局，1985年）。

持者的介紹，其基礎正是表現的理論。他設想詩歌通過眞實表現個人的內在本性，可以使默默無聞的詩人被認識。〔註 81〕這個論點非常新奇，可惜立論的依據十分薄弱。唐代進士科舉加試詩賦，大約起於高宗年間。朝廷設立詩賦考試的目的爲何，《唐會要》卷七十六記載：

> 調露二年四月，劉思立除考功員外郎。先時進士但試策而已，思立
> 以其膚淺，奏請帖經及試雜文，自後因以爲常式。〔註 82〕

又卷七十五記載：

> 永隆二年八月敕：學者立身之本，文者經國之資……進士試雜文兩
> 首，識文律者，然後並令試策。〔註 83〕

科舉對於試文詞的重視，構成了一種社會文化氛圍；劉思立針對當時進士試策的膚淺，提出「試雜文」的建議，他認爲文詞之優劣最能體現士人才能之高下，因此決定用試雜文來進行變革，將「識文律」作爲進士試的首要內容和先決條件，將此作爲制度而確定下來，在以前的進士試中是沒有的。對於「雜文」一詞，趙翼的《陔余叢考》卷二十八〈進士條〉中肯定永隆二年詔文中，「雜文」與詩賦的關係：

> 永隆二年，以劉思立言進士唯頌舊策，皆無實材，乃詔進士試雜文
> 二篇，通文律者然後試策，此進士試詩賦之始。

由以上文獻可得知朝廷設立詩賦的目的是很明確的：僅試策論太膚淺，加試雜文（詩賦）則可以測試士人的文化知識和文學寫作之才，絕對沒有要通過考試詩賦來認識詩人的「內在本性」的意圖。且唐代的省試詩的題目，例如《四時調玉燭》、《金在鎔》之類，無論從題目或是內容都看不出有什麼「眞實表現個人的內在本性」的可能性。由此可見，宇文所安的論點是錯誤的，他對唐朝科舉詩賦取士的史實不太了解。

另一方面，宇文所安探索詩人所接受的詩歌教育對其創作道路和風格的影響；他指出：王維在年輕時接受了宮廷詩風格的訓練，使其產生自覺，以及最終形成他的「樸素技巧」。而孟浩然、李白和高適由於從未受到宮廷詩的典雅訓練，所以他們自然地獲得超越典雅的自由，從而形成自己的個性風格。

〔註 81〕 Stephen Owen, The Great Age of Chinese Poetry: The High T'ang, pp.24～25.
〔註 82〕 王溥：《唐會要》，卷 76（台北：藝文印書館，1970 年《百部叢書集成》），頁 342。
〔註 83〕 同前註，卷 76，頁 763。

〔註 84〕這個觀點看似合理，但立論卻不夠周密。宇文所安舉出李白的《訪戴天山道士不遇》為例，以此論證李白與王維相當不同的詩歌教育；他認為：首聯「犬吠水聲中、桃花帶露濃」有嚴重的毛病，打亂了詩中各組成部分之間應有的平衡，任何受過都城訓練的詩人都會知道，詩歌應開始於一般景象或點明場合。〔註 85〕但我們在王維詩中很容易發現類似的現象：《贈劉藍田》首聯：籬間犬迎吠，出屋後荊扉。《春夜竹亭贈錢少輔歸藍田》首聯：夜靜群動息，時聞隔林犬。這些詩中也犯了和李白相同的毛病，這又該如何解釋，如何從兩人詩歌教育的不同點，看出創作風格？宇文所安僅舉少量的例證，即匆匆推論歸納，這是不夠周密的。

　　李白出生於西域的商賈之家，父親李客終身未仕，所以他對李白的教育也顯得比較隨意而自然，在《上安州裴長史書》中，李白自述：「五歲誦六甲，十歲觀百家。軒轅以來，頗得聞矣。」可見他早期所接受的教育十分博雜，而儒家經典並非其必讀之學。這種寬鬆的教育並不是純正的儒學傳統，他所接受的是一種以黃老思想為依托、以縱橫家思想為主體、以隱者風範為楷模、融合諸家思想為一爐的複雜政治思想；這種思想決定了李白不會按照傳統儒士所走的入仕道路。筆者認為早期詩歌教育的不同，僅是會對社會角色產生不同的選擇傾向，而有不同的入仕和出仕觀點，但卻不是造成詩歌風格不同的絕對影響。

　　筆者認為，造成盛唐詩人不同的創作道路和風格，除了從詩歌教育的觀點來看，還可以從社會政治的變化來著手。朝廷政治的變化，不僅影響了朝廷士大夫的從政態度，而且對當時已經入仕或在求仕的詩人產生重大的影響。例如王維自稱「少年識事淺，強學干名利」（《贈從弟司庫員外絿》），可看出他初涉政道，銳意進取，憑藉其多才多藝，出入於王公、駙馬、權貴之門，深受貴族社會的歡迎；中進士後，雖屢遭貶抑，但不改初衷。「張九齡執政，擢（維）右拾遺。（《新唐書・王維傳》）得到張九齡的提拔後，他積極參與政事，為自己的政治理想奮鬥。張九齡罷相後，王維看到政治的黑暗和官場的險惡，因此，人生中淡泊樂隱的因素活躍起來，退隱山林的慾望漸趨強烈。從《終南別業》詩中可看出淡泊名利的政治態度。晚年，王維的政治和生活熱情越來越淡，「晚年唯好靜，萬事不關心」（《酬張少府》）這是他的真

〔註 84〕Stephen Owen, The Great Age of Chinese Poetry: The High T'ang, pp.76〜77.
〔註 85〕Stephen Owen, pp.109〜111.

實寫照。

觀看朝廷政治的變化，王維由少年「強學干名利」的銳意進取，到中年的「彈琴賦詩，嘯詠終日」的樂道山林，至到「晚年長齋，不衣文采」的枯淡寧靜；清楚地體現了隨著自身生活經歷的變化，以及社會角色選擇的差異。這些差異深刻體現了社會政治對詩人塑造的重大影響。筆者認為與其像宇文所安一樣，從詩歌教育來探討創作風格的不同，不如轉換觀點，從社會政治的變化上來探討，更能體現創作風格的不同。

宇文所安認為盛唐詩由一種「都城詩」的現象所主宰，這是宮廷詩的直接衍生物，具有牢固、一致的文學標準；盛唐的詩人分為都城詩人與外部詩人兩部分，在都城詩歌的烘托下，成為真正具有個人風格的詩人。都城詩是盛唐時期詩人所共同接受的美學模範，這個規範可使他們得到詩歌技巧的訓練，卻又不受其束縛，進一步發展個人個性與風格。

他提出東南詩歌活動中心的形成，認為東南地區除了是貶謫詩歌的代表，也足以和都城相對抗。這種都城集團、東南地區都是一個空間性觀察的視點，即文學中心的形成，是非常獨特的觀點，的確為唐詩研究注入一股新的活力。此外，對於大曆詩人的界定，將他們視為盛唐詩歌的餘音，更是從歷史過程、時代風格上加以考證，也為盛唐、中唐的界限問題，開闢新的思維。

綜觀全書，宇文所安以詩歌史的體例撰寫，他十分肯定時代風格，從產生、發展、演變、衰退來界定時代，這也構成了全書的主要骨架。除此之外，他重視詩歌內在發展的進程，強調「代」的區別，而不是把整整一個時代的詩歌說成是一個豐富多彩的片刻；在時代風格統一又允許詩人發展個人風格之下，我們發現他設立幾個關係範疇，將盛唐時代的前後期區分開來，主要範疇有：都城詩人、外部詩人、美學標準、東南地區、詩歌傳統教育等。宇文所安的《初唐詩》和《盛唐詩》都是採用詩歌史的寫作方式，但卻有不同的處理方式。由於初唐詩風較為統一，基本上是宮廷詩風格，所以宇文所安採取了尋找和確定詩人的創作特徵和美學標準的處理方式；而盛唐詩既有統一的美學標準，又容納豐富多彩的個性變化，於是宇文所安設立了關係範疇，既保持了體系的完整，也更全面地描繪出盛唐的真實風貌。

宇文所安的《盛唐詩》對盛唐詩歌和詩人做了詳細的描寫，但卻還是忽視了詩人的社會背景。雖然在書中也有論及社會背景，〔註86〕但僅涉及一個

〔註86〕Stephen Owen, The Great Age of Chinese Poetry: The High T'ang, pp.19～27.

方面，未能充分展示盛唐歷史發展、時代精神、宗教思想、文化背景等與詩歌發展的內在聯繫。例如佛教思想對王維的影響，李白詩歌中的道教思想，皆淺嘗即止，未作深入的探討，如能加強社會背景的描述，定能使盛唐詩歌的研究更加完備。

第三節　中唐詩研究

　　中唐是一個變革時期。元袁桷曾說：詩至中唐，變之始也；〔註87〕中唐更是一個開拓與創新的詩歌時代，中唐詩人在面對「極盛難繼」的詩歌處境下，尋求詩歌的新途徑，因此有著各種流派的出現。宇文所安認為如果要一系列地研究初唐、盛唐的詩，就不能不注意中唐的詩歌；但稱為「中唐詩史」是不恰當的，因為我們很難分割它與初唐、盛唐的確實年限。或許是某種錯覺，讓評論家認為中唐的詩歌從某些角度而言比盛唐缺乏「詩意」，但中唐的詩是非常寬廣的，因為它擺脫了早期詩的限制，顯得更有創造力。

　　宇文所安研究唐詩是從中唐入手，他的博士論文是《孟郊與韓愈的詩》，書中給予韓孟二人極高的評價，認為他們在中國詩歌發展過程中，開創了一種新的傳統，揭示了韓、孟二人在中國詩歌史上的特定地位。寫完博士論文後，他認為要了解唐詩的脈絡與發展，就必須溯源探討，因此，以詩歌史的寫作方式，致力於唐代詩史的研究，於 1977 年出版了《初唐詩》，1981 年出版了《盛唐詩》；但卻從未以詩歌史來寫《中唐詩》，對於中唐的文學狀況，在 1996 年出版了《中國中古時代的終結》，探討中唐的文學理論，研究的對象不再以詩為主，也兼及散文和傳奇；書中只是分析中唐的一些詩歌、散文和傳奇，也沒有對中唐的時期作歷史性的分析；由此可知，宇文所安的唐詩研究方法在中唐文學上，有了極大的轉變。因此，更讓筆者急欲探究宇文所安的中唐詩歌理論，及其不以詩歌史寫作中唐詩的原因。本節集中討論《孟郊與韓愈的詩》和《中國中古時代的終結》兩本著作，旨在探討宇文所安對中唐詩歌的觀點，釐清其不以詩歌史寫作的原因，以期能對唐詩研究有助益。

　　「中唐」是一個文學史的概念；前人在觀察這一時期的文學現象時，注意到它與前面文學有明顯的不同之處，於是有了與盛唐相併的「中唐」這一

〔註87〕（元）袁桷：《清容居士集》，卷48（台北：中華書局，1981 年，據宜稼堂叢書本校刊，《四部備要》）。

用語。清代葉燮提到中唐時說:「此中也者,乃古今百代之中,而非有唐一代之所獨得而稱中者也。」〔註88〕從這些論述中,不難看出中唐時期在整個中國古代歷史上的特殊意義。

在複雜多變的中唐文學中,中唐詩歌的價值與形式更加熟練了。葉燮在《唐百家詩序》中說:「貞元、元和時,韓、柳、劉、錢、元、白鑿險出奇,為古今詩運關鍵,後人稱詩,胸無成識,謂為中唐。」〔註89〕中唐詩人獨特的詩風,創新的手法,不僅直接開啓晚唐,而且從北宋的江西詩派到清末近代的同光體詩歌,多少受其影響。因此,對中唐詩歌作深入的研究,不僅能進一步把握唐詩發展的內在規律,也能了解中國詩歌美學的脈絡。底下筆者將略述中唐的時代分期與文學現象。

一、中唐的時代分期與文學現象

關於中唐的時代分期,眾說紛紜,頗有爭論。宋嚴羽《滄浪詩話》曾說:「……則大曆以還之詩,即中唐矣。」〔註90〕明高棅的《唐詩品彙》認為:「代宗大曆元年以後八十年間謂之中唐。」〔註91〕後人研究唐詩,大都以高棅的四分法之說為主,中唐就是大曆至太和之間(西元766至835)約六十九年。許多研究唐詩的學者往往沿襲舊說,不去考察歷史過程。

宇文所安認為791年至825年(即德宗貞元七年至敬宗寶曆元年)為中唐時期。他認為791年至792年間,韓愈、孟郊、李觀到長安應試,韓愈與李觀於792年中舉,柳宗元和劉禹錫則在次年考上進士;另一方面,韓愈等人提倡復興儒學,推動古文運動,對後來的文學帶來很深遠的影響,故宇文所安認為791年是中唐的開端。

在宇文所安的《盛唐詩》中也特別提到盛唐和中唐的分界,一般學者以安史之亂為分界,認為大曆詩人是屬於中唐;但宇文所安認為大曆詩人的詩風應是盛唐的餘波,韓、孟、元、白才是中唐的開始。此種以詩歌史為寫作方法,注重歷史過程,藉由對文本的詳細分析,提出韓愈推古文運動,是中

〔註88〕 (清)葉燮:《唐百家詩序》〈已畦集〉(臺南縣:莊嚴出版社,1997年《四庫全書存目叢書》)。
〔註89〕 同前註。
〔註90〕 (宋)嚴羽:《滄浪詩話》(板橋:藝文印書館,1966年,明崇禎申虞山毛氏汲古閣刻本,《百部叢書集成》影印)。
〔註91〕 (明)高棅:《唐詩品彙》(臺北:臺灣商務,1986年,景印文淵閣四庫全書)。

唐的開端。筆者認爲此種推論方法新穎，也非常合理。

　　綺靡華麗的駢文，一直十分盛行；到了唐代，反對駢麗文風的呼聲越來越高，初唐有四傑、陳子昂，盛唐有蕭穎士、李華、賈至，安史之亂後有獨孤及、梁肅、柳冕、元結等人，都在理論與創作實踐上提倡古文，反對駢儷文風。但是由於社會時代及個人才能等原因，他們並未成功。到了貞元、元和年間，韓愈強調文道合一：道是目的，文是手段；道是內容，文是形式。韓愈所謂的「道」就是以孔孟爲正宗的儒家思想體系。此外，也進行文體改革，建立新的文學語言：惟陳言之務去，惟古于詞必己出。韓愈更是將之融入於創作中，把古代散文提高到一個新的階段。韓愈大力推行古文運動後，終於掃除駢儷的文風，確立了奇句單行、自由靈活的古體散文在文壇中的統治地位。蘇軾曾說韓愈：文起八代之衰，道濟天下之溺。就是對韓愈推行古文運動的評價。中唐的古文運動之後，中國古代的散文大體上也就定型了。由此得知，韓愈等人提倡復興儒學，推動古文運動，對後來的文學帶來很深遠的影響，故宇文所安認爲 791 年是中唐的開端，是合理的推論。

　　此外，宇文所安認爲寫一部中唐詩史是不恰當的。中唐詩人和初、盛唐詩人不同，並不是一個專門寫詩的群體；而中唐並不僅僅是一個詩的時代，當中還有一些文體的發展，不比詩歌的意義小。因此，中唐文學太過複雜豐富，必須同時兼顧，才能反映出那一時代的獨特面貌。宇文所安在《中國中古時代的終結》序言中解釋：中唐時期的文學較前複雜多變，不易歸納其歷史演變過程；且中唐時期以文爲詩的風氣形成，詩歌、散文和傳奇間的差別不如從前明顯。故宇文所安在討論中唐文學時，不能如從前分析初、盛唐以詩爲主要探索對象及進行文學史演變的分析。

　　筆者認爲文學是反映豐富多彩的社會生活，隨著中唐社會、政治以及道教、佛教對於傳統儒學的衝擊，文學必定產生更多的創新與變化。除了詩歌外，中唐產生許多文學形式，中唐的古文運動使散文大體上定型；唐傳奇的出現，更是標誌著中國小說進入成熟的階段。初、盛唐時期，是傳奇的孕育期，作品數量少，思想和藝術尚未成熟；到了中唐時期，由於社會、政治、經濟、文化等方面的原因，尤其是詩歌創作的繁榮與古文運動的興起，都進一步助長了傳奇的成熟，達到傳奇小說的鼎盛時期。中唐的傳奇作者蔚起，作品數量多，質量高，許多名篇佳作幾乎都產生在這個時期，例如陳玄祐的《離魂記》、李公佐的《南柯太守傳》、元稹的《鶯鶯傳》等等，呈現出繁榮

的局面。

由於中唐詩人極富探索與創新精神，一種新的文學形式「詞」在中唐開始發芽。文人摹仿和創作的詞，大量地產生於中唐；如張志和、戴叔倫、王建、劉禹錫、白居易等人，都有一些比較優秀的詞作。他們的詞，除了具有濃厚的民歌風味外，感情細膩，生活氣息濃郁，藝術上也更加成熟，爲詞的進一步發展與繁榮，奠定了堅實的基礎。

由以上對中唐文體發展的大略介紹，我們知道中唐並不僅僅是一個詩的時代，當中還有一些文體的發展，不比詩歌的意義小。因此，宇文所安認爲中唐文學太過複雜豐富，必須同時兼顧，才能反映出那一時代的獨特面貌。他寫了《中國中古時代的終結》一書，探討了當時人們對詩歌觀念和作詩的看法，也探討了傳奇的變化；說明中唐作爲一個新時代的開始所具有的意義，所以不僅通過比較初、盛唐來突顯新的因素，而且更聯繫後世，尤其是宋代來說明其開創作用。這本著作反映了宇文所安在文學史研究中的宏通視野，不僅擺脫了歷史框架的限制，也擺脫了不同文體分野的限制；一方面在橫切面上注意各種傾向、文體的相互聯繫，一方面在縱面上揭示了不同時代文學發展的不同特色和關係。從這點來說，宇文所安對中國文學史的總體把握已進入了一個更高的層次。

但筆者認爲宇文所安不寫《中唐詩》，未對中唐詩歌流派作一個完整的分析，在唐詩研究上不免有些遺憾。因爲，中唐詩人與詩歌數量，遠遠超過盛唐。根據清康熙年間所編的《全唐詩》〔註92〕統計，唐代詩人共有兩萬二千多人，詩四萬八千九百餘首；其中，中唐詩人就有五千七百多人，詩一萬九千餘首，足見中唐詩壇的盛況。除了詩歌數量增多外，眾多的流派，獨特的風格，不僅是中唐詩壇的一大特徵，也代表了「中唐之再盛」的內涵。中唐詩壇流派眾多，詩人群體之間不僅表現出大體一致的創作與藝術風格，而且往往還有一套完整的理論。因此，宇文所安應該寫一部《中唐詩》，按年代組合，寫一部編年詩史；除了要作縱向的歷史考察，也要作橫向的客觀分析；既要考慮詩歌自身發展變化的因素，也要考慮其社會政治與文化藝術。相信，並定能完成一部可觀的中唐詩。

接下來，筆者將集中討論《孟郊與韓愈的詩》和《中國中古時代的終結》兩本著作，旨在探討宇文所安對中唐詩歌的觀點。

〔註92〕（清）康熙：《全唐詩》（台北：明倫出版社，1971 年）。

二、宇文所安的中唐詩研究

　　宇文所安雖未以詩歌史的方式寫作《中唐詩》，但關於其中唐詩歌理論，我們可以從其兩本著作《孟郊與韓愈的詩》和《中國中古時代的終結》一窺端倪。在《孟郊與韓愈的詩》一書中，以時間順序的方式，揭示了韓愈和孟郊的詩歌發展，發現兩人詩風改變的軌跡；在《中國中古時代的終結》中，宇文所安認爲中唐時期的文學文化與過去有所不同，中唐文人較重視個體的價值，追求個人的生活圈子，對傳統的成說敢於質疑，開啓宋代社會的新思潮。這種轉變與西方中古後期教會及中世哲學的權威受到挑戰相近，文藝復興與宗教革命成爲西方社會走向近代文明的楔機，結束西方的中古時代。宇文所安認爲中國的中古時代亦在中唐時期終結，所以以此爲本書的主題。筆者將集中討論《孟郊與韓愈的詩》和《中國中古時代的終結》兩本著作，探討宇文所安對中唐詩歌的觀點。

（一）孟郊和韓愈的地位與評價

　　《孟郊與韓愈的詩》是第一部較爲全面、系統、深入地研究孟郊和韓愈的學術專著。許多研究成果與國內近來的研究不謀而合，如韓愈的創作三階段、孟郊的苦寒等；這些見解顯現出宇文所安對唐詩高度的審美能力，對於唐詩研究的深厚造詣，以及不圍成說的開創精神。筆者特舉書中較具開創意義的觀點，相信對於國內研究「韓孟詩派」的學者將是十分有益的啓示。

　　宇文所安認爲孟郊和韓愈，有相同的文學目標；但他們的經驗和個人風格是不同的，他們的作品用著不同的方法朝向相同的目標：創造新的事物和個人風格去「復古」；這個尋找也讓他們回到了詩歌傳統。韓愈和孟郊的名字會被聯繫起來，是因爲「古文運動」與「駢文」相對抗，韓愈的散文被認爲是朝向古文型態，今日他被人所記得的大部分是散文風格與修辭，大過於詩歌風格。〔註93〕關於孟郊的地位，長期以來，對孟郊在詩歌發展史上的地位評價有欠公允；由於韓愈的光芒太過耀眼，使得許多批評家一向以在詩文上有著高度成就的韓愈，作爲「韓孟詩派」的開山領袖，卻將孟郊繫於其下，爲其「門弟子」。宇文所安認爲此種說法昧於事實，傳統的評論將孟郊視爲韓愈的門徒，最主要是因爲韓愈是散文的名家，在儒家傳統上享有名氣，但孟

〔註93〕見 Stephen Owen, The Poetry of Meng Chiao and Han YÜ（New Haven: Yale University Press, 1975）, pp.8～9.

郊卻在見到韓愈之前即展開個人風格詩歌。〔註 94〕宇文所安舉出許多韓愈稱譽孟郊，對之佩服的諸多詩作，主要是針對孟郊詩中的「奇險」風格而發，因此，推論出韓愈詩歌步向奇險，可能受到孟郊詩作的啟發。宇文所安肯定孟郊詩歌的語言藝術，在奇險詩派上賦予其篳路藍縷的先驅地位。

　　韓愈由於推動古文運動，所以在散文領域的名聲遠比在詩歌領域要大，許多學者提到韓愈的文學成就，一般都推崇他的散文。但宇文所安認為雖然韓愈的詩歌主張缺乏系統詳密的表述，但深入探究其詩歌思想和創作，是了解「奇險詩派」的重要環節。為了能更把握韓愈詩歌思想和創作的發展脈絡，宇文所安採取時間順序，分期探討韓愈的詩歌；除了傳統分為三期外，宇文所安還特別著重在散文體的形成、貶謫詩、風景詩、神話詩等領域。他認為韓愈的早期詩歌表現出向先秦、漢魏詩歌傳統學習的「復古」傾向，另一方面也表現出對佛、道二教「妖言惑眾」的揭露與批判；仕途塞阻，生計窮困後，多抒寫自身失意不平的矯激怨懟之辭，在創作中已出現尚怪奇的傾向；遭到貶謫後，詩歌思想有了明顯的轉折，常運用明褒暗貶的手法，有意突破儒家「詩教」的傳統，追求詼俳詭怪之美；晚年詩風趨於平易順暢，追求平淡之美，回歸傳統詩美的標準。

（二）苦吟的意義

　　修改詩作和「苦吟」這個詞的意義變遷有密切的關係。一開始，苦吟當然是指詩人在寫作時投入的程度；苦吟在八世紀還很少見，既存在於昆蟲鳴叫聲中，也存在於詩人的歌吟之中。蟋蟀和蟬鳴聲從未完全脫離苦吟的境地，例如孟郊就將自己的詩歌比喻成「寒蟬」。

　　「苦吟」按照字面上的意義，許多學者將之解釋為「苦澀的歌吟」，但宇文所安卻認為孟郊是第一個賦予苦吟特殊意義的詩人，「苦」成為詩人感情的質地，體現在詩人吟詠的聲音與字句之中。到了九世紀初期，孟郊完美地代表了吟詩成癖的詩人，因此，苦吟就有了努力修改詩稿的意思；苦吟已與吟詩聯繫在一起了。

　　到了九世紀中，苦吟已經從個人的經歷轉移到詩藝上了，從李商隱的詩中可看到苦吟已經從個人痛苦經歷轉到對詩藝的苦心經營。因此，這裡的苦吟幾乎難以找到對於深重痛苦的暗示，已經不像孟郊那樣的苦澀了。詩人們

〔註 94〕Owen, pp.24～25.

不斷擴大詩歌的門庭，苦吟逐漸變成對詩藝的沉溺，包括花費時間、花費精力；詩人常宣稱對詩藝的專心、投入佔據了所有的時間。〔註95〕

　　一般學者在研究中唐的「苦吟詩人」時，大多認爲苦吟乃是作詩的苦心；宇文所安賦予苦吟多重的意義，不僅探討「苦吟」這個詞彙的起源，並根據時間順序，了解苦吟詞彙意義的變化，對苦吟的詩境營造、詩歌美感及後續演變，給了許多值得探討的空間。

（三）個人主體觀

　　宇文所安相信中唐文士有個人認同，他們相信自己有較他人優勝的地方，可惜因此爲社會所排擠。如孟郊《讀張籍古樂府》所云：本望文字達，今因文字窮。顯示優良詩人的命途坎坷，容易爲他人所排擠。中唐文士的個人認同，令他們對傳統成說多持保留態度；對個人的詩歌特色亦有自覺，如白居易《自吟拙什因有所懷》說自己的詩：詩成淡無味，多被眾人嗤。上怪落聲韻，下嫌拙言詞。李賀《長歌續短歌》談到創作的辛苦：長歌破衣襟，短歌斷白髮。顯示詩人追求藝術成就的苦吟精神。〔註96〕

　　宇文所安特別發現由於中唐文士的個人醒覺，令他們產生一種佔有的心態，如韓愈《遊太平公主山莊》中：直到南山不屬人，詩中有「屬」，顯示詩人對擁有及擁有者的關注；白居易《遊雲居寺贈穆三十六地主》中有「地主」一詞，詩中有：大都山屬愛山人；宇文所安認爲仁者樂山，而愛山人即欲佔有此山。柳宗元《鈷鉧潭西小丘記》因喜愛小丘，「吾憐而售之」，因而購入此地成爲地的主人。宇文所安認爲中唐士人佔有土地即表示不容許別人進入，而韓愈批評佛教爲外來之教，同樣說明了中唐士人因追求個體而強調擁有。〔註97〕

（四）宇宙自然觀

　　宇文所安通過韓愈的《南山詩》對山形的描述，分析中唐士人對自然的看法。依宇文所安的分析，中唐士人對於自然界有兩種不同的看法：一是以韓愈爲代表，認爲上天是有意志的，南山的風景是有意地組合起來，背後有一造物

〔註95〕宇文所安：《他山的石頭記——宇文所安自選集》（南京：江蘇人民出版社，2002 年），頁 192～211。

〔註96〕Stephen Owen, The End of the Chinese 'Middle Ages'-Essays in Mid-Tang Literary Culture（Stanford :Stanford University Press, 1996），pp.13～24.

〔註97〕Owen, pp.25～33.

主的存在，本身有規可循；而另一派以柳宗元爲代表，《小石城山記》所顯示的風景，不是造物主有意義創造的，小石城山的風景是自然渾成的。〔註98〕

　　宇文所安指出中唐士人在理解上天是否有意義，進行不同的解說。他們不囿於成說，敢於提出自己的個人見解，這正顯示中國知識界擺脫過去的默守成說，轉向個人的探討，去建立新的解說。他們的解說雖不如宋人的有理想、有系統，但正同於西方文藝復興與宗教改革時期要求打破舊有思想模式的努力，宇文所安因而認爲這是中國中古時代終結的標記。在中唐士人的宇宙觀上，宇文所安以柳宗元的《天說》爲重點，分析韓愈和柳宗元對天是否有意志的問題來討論。韓愈相信上天是有意志的，物亦有靈；而柳宗元則相信上天是沒有意志的。對於生死觀念，宇文所安舉出韓愈《孟東野失子》詩、孟郊《杏殤》詩、李賀《公無出門》詩及白居易《念金鑾子》詩反映他們對生死問題都提出個人主體的解說，說明中唐士人對社會現象有所反省，顯示他們對自然及社會現象都能有個人的思考。〔註99〕

（五）私人生活與創作觀念

　　宇文所安從白居易的《食筍》談到中唐士人追求私人空間，反映白居易能自得其樂，通過家居小事獲取歡樂的生活。大自然能提供詩人創作的原料，但詩人通過他們的藝術加工來建構和解說自然。宇文所安更分析韓愈《盆池》、白居易《官舍內新鑿小池》和《洛下卜居》等詩，說明當時詩人努力營造他們的私人空間，家居生活的樂趣，顯示中唐詩人擺脫道德及社會成規的束縛，賦予個人生活的樂趣。〔註100〕

　　關於中唐士人的詩歌創作態度，宇文所安指出傳統中國文士如揚雄視文學創作爲雕蟲，但中唐文士認爲通過藝術的創造，家居瑣事亦可以成爲吟詠的素材。在日常生活中，「得」成爲詩人創作的重要泉源。韓愈《答李翊書》提到創作的歷程；李商隱《李賀小傳》言及李賀出門，「背一古破錦囊，遇有所得，即書頭囊中」，以及何光遠《鑒戒錄》記韓愈賀孟郊的推敲故事，都反映了中唐詩人的創作態度。宇文所安更舉了薛能《自諷》、姚合《喜覽涇州盧侍御詩卷》和賈島《戲贈友人》等詩篇，說明中唐詩人的創作成果，往往不是單純觀察自然而吟詠，而是通過詩人的藝術創作，達到「境生於象外」的

〔註98〕Owen, pp.35～54.
〔註99〕Owen, pp.60～82.
〔註100〕Owen, pp.83～106.

效果。〔註101〕

三、宇文所安之中唐詩研究述論

　　宇文所安的中唐詩歌理論，我們可以從他的兩本著作《孟郊與韓愈的詩》和《中國中古時代的終結》中一窺端倪；他提出許多特別的看法，有些觀點與國內學者不謀而合，但宇文所安研究中唐詩歌時，較少分析中唐文士創作詩歌的背景，而是直接從詩歌本身的內容進行分析和比較，因此，有些觀點還需再商議。以下就依宇文所安的中唐詩觀點做一述評。

（一）關於孟郊和韓愈的地位與評價

　　宇文所安確立孟郊的地位，他認為孟郊在見到韓愈之前，已經展開個人風格詩歌；更舉出許多韓愈稱譽孟郊，對之佩服的諸多詩作，主要是針對孟郊詩中的「奇險」風格而發，因此，推論出韓愈詩歌步向奇險，可能受到孟郊詩作的啟發。關於此點，筆者十分贊同，也對多年來許多學者貶低孟郊的地位，頗不以為然。孟郊在韓孟詩人集團中年齡最長，當韓愈與孟郊結識時，孟郊已有相當的創作成果，是一個詩風已經走向成熟的詩人了。由韓愈的〈孟生詩〉所述：「作詩三百首，窅默咸池音。」即能探之一二。所以，如果質疑孟郊的險怪詩風受到韓愈的影響，就是不正確的。

　　此外，韓愈對孟郊的人格風範與詩歌創作也極為崇仰。韓愈《醉留東野》詩云：「昔年因讀李杜詩，常恨二人不相從，吾與東野生並世，如何復躡二子蹤……韓子稍奸黠，自慚青蒿倚長松，低頭拜東野，願得始終如駏蛩。」把自己景仰孟郊的心情表達得無以復加。在韓孟二人訂交的《孟生詩》中，韓愈讚美孟詩為太古時的《咸池》樂章，可見好古且「少小尚奇偉」的韓愈，正是由於對孟郊其人其詩高古不凡的心醉神往，和其「神施鬼設」的獨特藝術追求的心儀，故而將其尊為前輩而師事之，視為楷模效法。趙翼指出：「昌黎之於東野，實有資其相長之功。」〔註102〕意即韓愈的詩歌創作曾接受過孟郊的啟迪和影響。其實孟郊詩歌的特點，不僅予青年時代的韓愈深刻的影響，也影響到後來的韓孟詩派其他詩人，孟郊實有開派之功。宇文所安確立孟郊的地位，肯定孟郊詩歌的語言藝術，關於這點是十分正確的推論。

〔註101〕Owen, pp.107～129.
〔註102〕（清）趙翼：《甌北詩話》，卷3（台北：廣文書局，1971年，《古今詩話叢編》）。

　　關於孟郊的詩風，宇文所安提出悲不勝寒的冷寂瀰漫到孟郊筆下，醞釀出一種陰寒冷峭、悲苦淒涼的情調，聚在一起形成中唐詩史上前所未有充滿奇特寒意的詩歌意境。他提出孟郊詩中的「清」與「冷」，並找出孟郊詩句寒苦顏色。〔註103〕但宇文所安研究孟郊的詩似乎較重視其「寒」的一面，對其「清」的一面注意不夠。筆者認爲孟郊的詩歌應是「寒於其骨，清於其神」，在解釋「清奇」時，不應該忽略「清」的意義；「清」不但是孟詩「寒」的補充，也是風韻的體現。這位不平則鳴、超凡絕俗的詩人，正是以操行與氣質的脫俗與古雅，向世人展示其詩篇既奇且清的詩美內涵和風韻。學者蔣寅曾論及：「脫俗而不委瑣，清洁而能自守，是值得稱道的操行和氣質，這是構成「清」詩的本質因素。」〔註104〕筆者認爲孟郊曾寫過許多明志詩歌，充分顯示出自我節律，以德處世的品行，由於其處境悲苦，使他的詩歌保持著高度的清質。宇文所安就孟郊詩歌「僻苦」、「寒瘦」來闡發孟詩的特點，但卻不大論及「清奇」的部分，對孟郊詩論的闡發似乎不夠詳細。

　　韓愈由於推動古文運動，所以在散文領域的名聲遠比在詩歌領域要大，許多學者提到韓愈的文學成就，一般都推崇他的散文，對韓愈詩歌理論的探討寥寥無幾；但宇文所安認爲雖然韓愈的詩歌主張缺乏系統詳密的表述，但深入探究其詩歌思想和創作，是了解「奇險詩派」的重要環節。爲了能更把握韓愈詩歌思想和創作的發展脈絡，宇文所安採取時間順序，分期探討韓愈的詩歌，認爲韓愈在詩歌思想上追求險怪之美有重大的成就，且因爲大力從事詩歌的革新而成爲詩壇巨擘。筆者也認爲韓愈在詩歌上有一定的成就，因此不應只討論其散文上的成就，對於韓愈詩歌上的革新的成就，也不容忽視。與孟郊相比，韓愈在詩歌思想上對險怪之美的追求更自覺、更明確，他在理論主張和創作實踐上均有新創。其次，筆者還認爲韓愈推動古文運動及詩歌改革之所以成功，與他的政治地位和眾多的門生弟子有關。學者陳寅恪在《論韓愈》一文中即指出：「退之所以得致此者，蓋亦由其平生獎掖後進，開啓來學，爲其他諸古文運動家所不爲，或偶爲之而不甚專意者，故韓門遂因此而建立，韓學亦更緣此而流行也。」〔註105〕這一論斷極爲有理，韓愈早年仕途

〔註103〕Stephen Owen, The Poetry of Meng Chiao and Han YÜ, pp.154～161.

〔註104〕蔣寅：〈古典詩學中"清"的概念〉，《中國社會科學》第 1 期（2000 年），頁 141～146。

〔註105〕陳寅恪：《金明館叢稿初編》（上海：古籍出版社，1980 年），頁 296。

蹭蹬，中年以後，官職逐漸升遷。中唐盛行「干謁」之風，韓愈以其文名與政治地位的關係，自然成爲士人爭相攀援的對象。韓愈樂於獎掖後進，因此使他具有凝聚詩派的感召力，因此在詩歌革新上大有助益。宇文所安分期敘述韓愈的詩歌創作，不僅探討詩歌創作的背景，也對韓愈的詩歌理論給予其領袖群倫的地位。

（二）關於苦吟的意義

宇文所安賦予苦吟多重的意義，不僅探討「苦吟」這個詞彙的起源，並根據時間順序，了解苦吟詞彙意義的變化，對苦吟的詩境營造、詩歌美感及後續演變，給了許多值得探討的空間。但筆者認爲宇文所安探討「苦吟」詞彙意義的轉變時，未探究苦吟風氣的形成因素，也未從社會背景來尋求，只是從字面上解釋苦吟意義的轉變，這樣探討不夠全面，不夠詳盡。

筆者認爲從政治社會環境來看，中唐政治日趨衰敗。帝王昏庸、宦官亂政、朋黨傾軋，科舉腐敗，仕途吾希望。例如唐穆宗即位後，沉溺於畋遊，大臣皆不知乘輿所在（《通鑑紀事本末・宦官弑逆》）。〔註106〕敬宗視朝，月不再三。憲宗因迷信求仙，相繼病故。憲宗、敬宗皆爲宦官所殺。朝政全把持在宦官之手。司馬光《資治通鑑・唐紀六十》云：

> 於斯之時，閽寺專權，挾君於內，弗能遠也；蕃鎮阻兵，陵慢於外，
> 弗能制也；士卒殺逐主帥，拒命自立，弗能詰也；軍旅歲興，賦斂
> 日急，骨血縱橫於原野，杼軸窮竭於里閭。〔註107〕

最能說明中唐政治的腐敗；加上朝臣之間，排擠攻訐，傾軋不斷，士大夫置身其中，進退兩難，因而縱情於詩歌中吟苦。

從思想與宗教來看，當時儒釋道三教，亦有心性化的傾向。儒家走向強調自我關照，面對內在之「復性說」；道教走向全眞、養氣；佛教走向治心、養心之禪宗法門，企圖在紛擾的世間，以禪悅境界淡化挫折與痛苦。中唐時期，悲觀、絕望、遁入內心成爲士人的普遍現象，因此，詩人便在詩作中加入韓苦的詩句。

從文學發展來看，中唐以來文化精神與社會變化，也影響詩人寫作。李肇《唐國史補》〔註108〕謂：「元和之風尚怪。」孟郊、賈島等人追求奇詭詩風，

〔註106〕（宋）袁樞：《通鑑紀事本末》（台北：商務印書館，1975年）。
〔註107〕（宋）司馬光：《資治通鑑》（北京：中華書局，）第9冊，頁7881。
〔註108〕（唐）李肇：《唐國史補》（板橋：藝文印書館，1965年，清嘉慶張海鵬輯刊，

實與當時風氣不無關聯。韓孟二人盛行聯句,兩人的聯句次韻,逞才使氣之餘,也多少促成苦吟詩風。筆者認為苦吟詩風的形成,詩人本身的個性,是重要的因素。從孟郊:「夜學曉未休,苦吟神鬼愁。」(《夜感自遣》),此種苦吟詩風雨詩人性格有關,苦吟的風氣,實與詩人本身之癡狂性格,脫不了關係。

宇文所安研究「苦吟」闡述了苦吟辭面上意義的轉變,讓我們對苦吟一詞的源流有更深切的認識,但他只從字面上來解釋,並未注意其社會背景與風氣,未免太過武斷。

(三)關於個人主體觀

宇文所安相信中唐文士有個人認同,他們相信自己有較他人優勝的地方,可惜因此為社會所排擠。他特別發現由於中唐文士的個人醒覺,令他們產生一種佔有的心態。這個論點雖然奇特,但以抽取單字來推論,以詩中有「有」、「屬」等字作例證,便推論作者要佔有或擁有的意思,恐怕仍有爭論。

最令人不能接受的是,宇文所安以「仁者樂山」而推論愛山人有佔有此山之意,更令人難以接受。中國人欣賞大自然,是否有強烈的佔有慾,是否到了中唐出現強烈的擁有欲望,恐怕不易從一二篇詩歌中探討,便有確切的結論。筆者認為「知者樂水,仁者樂山。」(《論語‧雍也》)朱熹解:「知者達於事理,而周流無滯,有似於水,故樂水。仁者安於義理,而厚重不遷,有似於山,故樂山。」(《論語章句集注》)如此可知,知者、仁者的品德情操與山水的自然特徵和規律性具有某種類似性,因而產生樂水樂山之情。宇文所安提出,愛山人欲佔有此山,未免曲解了這句話的涵義。

宇文所安提到柳宗元《鈷鉧潭西小丘記》因喜愛小丘,「吾憐而售之」,因而購入此地成為地的主人;認為中唐士人佔有土地即表示不容許別人進入,而韓愈批評佛教為外來之教,同樣說明了中唐士人因追求個體而強調擁有。筆者認為這個論點太過武斷,建立自己的園林,是否就是擁有強烈的佔有慾?根據學者李浩指出:唐代私家園林別業共有 508 處,園林別業對文人生活十分重要,這些文學愛好者裝飾華美的園林別業常常當作文學沙龍,私人園林常是文人遊憩娛樂、宴飲雅集、讀書靜修等各種文化精神活動的場所。〔註109〕

筆者認為中唐士人的園林建築與佔有心態無關。園林建築濃縮天地於一

《百部叢書集》)。

〔註109〕李浩:《唐代園林別業考論》下編(陝西:西北大學出版社,1998 年)。

園，正好合乎中唐文士崇尚的中隱範式要求——既不必登山涉嶺備嘗艱辛寂寞，又有與大自然類似的賞心悅目的景致。這成為官場中具有隱逸渴望的文人清新爽意之所在。再加上園林環境幽雅，空氣清新，也是人們療養疾病的好去處，元結：「與我一登臨，為君安性情」（《登白雲亭》）描述了園林修身養性的功用。園林是士人遊憩、作詩、宴飲場所，他們熱衷於建構專屬於自己的園林別業，希望在其中俯仰嘯歌，優遊卒歲，實在與佔有欲望無關；因此，宇文所安認為中唐士人有極大的佔有欲望太過於主觀。

（四）關於中唐的宇宙自然觀

宇文所安分析中唐士人對自然的看法，他認為中唐士人對於自然界有兩種不同的看法：一是以韓愈為代表，認為上天是有意志的；另一派以柳宗元為代表，《小石城山記》所顯示的風景，不是造物主有意義創造的，小石城山的風景是自然渾成的。在中唐士人的宇宙觀上，宇文所安以柳宗元的《天說》為重點，分析韓愈和柳宗元對天是否有意志的問題來討論。韓愈相信上天是有意志的，物亦有靈；而柳宗元則相信上天是沒有意志的。這個觀點與國內學者不謀而合，但關於中唐宇宙觀思想，宇文所安似乎研究得不夠深入。

韓愈相信天命的，認為天有意識，可以決定士人的貴賤禍福。他在《答陳生書》中說：「蓋君子病乎在己，而順乎在天。……所謂順乎在天者，貴賤窮通之來，平吾心而隨順之，不以累其初。」他認為有天命的存在，但人的作為也並非沒有意義，君子不能放任自己的行為，屬於自己努力範圍的，就不能鬆懈，至於貴賤禍福的命運和外間的評價，就不是自己努力所能左右的。〔註110〕筆者認為從韓愈的理論看來，他雖認為天有意志，但又認為天的意志是使善人遭禍，惡人得福；這恰與傳統天命論的天從人意，賞善罰惡說相反。柳宗元則不同意韓愈「天有意志」的說法；柳宗元繼承了王充之氣的一元論觀點，認為天地間就是充滿元氣的大自然，是無意識的。「彼上而玄者，世謂之天；下而黃者，世謂之地；渾然而中處者，世謂之元氣；寒而暑者，世謂之陰陽。」（《天說》）他認為天是無意志的，又怎麼能獎賞功勞、懲罰禍害呢？宇文所安對於「天有無意志」的觀點，採用西方浪漫主義的辯證對話方式，把韓愈和柳宗元的觀點充分展示出來，讓我們清楚地知道中唐詩人的宇宙觀；但宇文所安著重在字面上的解釋，對於韓愈和柳宗元的天論並無進一步

〔註110〕張靜二：〈韓愈的氣盛宜言說〉，《中外文學》第 16 卷第 7 期（1987 年），頁 217～244。

研究，更沒有討論到中國宇宙觀的思想脈絡，直接討論到韓愈和柳宗元的宇宙觀有些突兀。

對於生死觀念，宇文所安舉出韓愈《孟東野失子》詩、孟郊《杏殤》詩、李賀《公無出門》詩及白居易《念金鑾子》詩反映他們對生死問題都提出個人主體的解說，說明中唐士人對社會現象有所反省，顯示他們對自然及社會現象都能有個人的思考。這個論點許多學者都認同，只是沒有像宇文所安那麼把它概念化而已。對於中唐詩人的生死觀念，筆者另有不同的看法；孟郊喪子，先後作了《悼幼子》、《杏殤九首》以抒發哀傷，韓愈聞知凶訊，作《孟東野失子并序》贈之；為了安慰孟郊喪子之痛，託鳥為喻，說了一套孽子不如無子之論，又云：「有子且勿喜，無子固勿歎。」用心多麼良苦，語意多麼奇警。筆者認為全詩其實與《列子‧力命篇》之宗旨相同；如同前面所提，韓愈將失子之緣由，歸諸天命，期望孟郊收拾悲情，理性看待此一變故。宇文所安並無深入探究韓愈寫這首詩的動機，只是強調中唐詩人對於生死問題各自表述，提出不同的見解，正是勇於挑戰權威，開創新的思想。〔註111〕這種歸納太過牽強，也對詩中涵義詮釋不夠深入。

（五）關於私人生活與創作觀念

宇文所安認為中唐士人追求私人空間，通過家居小事獲取歡樂的生活，更分析韓愈《盆池》、白居易《官舍內新鑿小池》和《洛下卜居》等詩，說明當時詩人努力營造他們的私人空間，家居生活的樂趣，顯示中唐詩人擺脫道德及社會成規的束縛，賦予個人生活的樂趣。關於這個觀點，筆者十分認同；根據學者李浩的統計，一股股營造私家園林的風潮此起彼伏，尤以中唐為最盛。〔註112〕中唐文人的確是努力營造自己的私人空間。白居易《草堂記》記載：「凡所止，雖一日二日，輒覆土為台，聚拳石為山。」；姚合《題家園新池》：「數日自穿池，引泉來近陂。尋渠通咽處，繞岸待清時。深求好魚養，閒堪與鷗期。」；此外，中唐文士更是建築亭榭樓閣，使園林成為可居可遊，可以登高臨遠的多功能空間。由以上詩句可看出中唐詩人的確努力營造自己的私人空間，享受生活樂趣。

關於中唐士人的詩歌創作態度，宇文所安指出中唐文士認為通過藝術的

〔註111〕 Stephen Owen, The End of the Chinese 'Middle Ages'--Essays in Mid-Tang Literary Culture（Stanford University Press, 1996），pp.66～82.
〔註112〕 李浩：《唐代園林別業考論》，頁 150～253。

創造，家居瑣事亦可以成爲吟詠的素材。在日常生活中，「得」成爲詩人創作的重要泉源；更加說明中唐詩人的創作成果，往往不是單純觀察自然而吟詠，而是通過詩人的藝術創作，達到「境生於象外」的效果。筆者認爲中唐文人的生活中都充溢著一種濃郁的詩情詩意，處處皆是詩，日常瑣事也可成爲作詩的題材；例如在白居易眼中，普通的日常生活，他也能從中發掘出詩意，把寡淡如水的生活詩化。例如常人認爲睡覺並無詩意，但白居易的《春眠》、《春寢》、《睡起晏坐》等都是描寫春睡況味的好作品；就連睡不著，他也作了《不睡》來描寫內心想法。這些隨手拈來的瑣事，也可成爲詩作，可顯示中唐文士通過藝術創作，能夠化腐朽爲神奇。

　　宇文所安的中唐詩歌理論非常獨特、新奇，但在解說詩文論點時，也有不少論點讓人難以接受。平心而論，宇文所安以他西方文學的背景，提出新的、較少人注意的問題，增進我們對中唐詩壇的了解，的確有其價值，在研究中唐詩歌時，不可忽視。

　　宇文所安的中唐詩歌理論，我們可以從其兩本著作《孟郊與韓愈的詩》和《中國中古時代的終結》一窺端倪；在《孟郊與韓愈的詩》一書中，以時間順序的方式，揭示了韓愈和孟郊的詩歌發展，發現兩人詩風改變的軌跡；在《中國中古時代的終結》中，宇文所安認爲中唐時期的文學文化與過去有所不同，中唐文人較重視個體的價值，追求個人的生活圈子，對傳統的成說敢於質疑，開啓宋代社會的新思潮。許多觀點非常獨特，開啓了研究中唐詩歌的另一扇窗；但宇文所安研究中唐詩歌時，較少分析中唐文士創作詩歌的背景，而是直接從詩歌本身的內容進行分析和比較，因此有些觀點令人不能接受。在《中國中古時代的終結》中，他以中國中古世紀的結束來作本書的主題，但何謂「中古」，中古之後是中世或是近代，中古與之後的時代有何不同，這些問題宇文所安都沒有詳加解說。顯然地，他以西方社會的歷史分期來劃分中國的歷史，但中唐是屬於古代史還是中古史，學界至今仍未有共識，還沒有一個公認的定義；況且宇文所安在書中並未說明自己的依據，使人不易了解，更容易引起誤會，這是需要再討論之處。

　　再者，《孟郊與韓愈的詩》書中雖對孟郊、韓愈兩人的詩歌作一詳細探討，但卻沒有論及兩人所引領的韓孟詩派；舉凡這一詩派賴以形成的社會政治和學術思想、社會背景，這一詩派詩歌思想的淵源及其影響，都該做深入的探討，才能更加確立韓孟兩人的地位及評價。此外，宇文所安分析韓孟兩人的

詩歌流於字句的推敲，對於兩人的審美思想的形成是否受到前代及同代文化的影響，甚少涉略。

但宇文所安的中唐詩觀點仍有非常令人耳目一新的的看法；例如他論及「苦吟」意義時，以往學者只注意到語言鍛造上的要求，以爲僅僅是文字功夫。宇文所安在廣泛佔有材料的基礎上，點出「苦吟」的意義流變。由此得出結論，爲我們確立了新穎的研究方法的可行性。

我們知道中唐並不僅僅是一個詩的時代，當中還有一些文體的發展，不比詩歌的意義小。因此，宇文所安認爲中唐文學太過複雜豐富，必須同時兼顧，才能反映出那一時代的獨特面貌。他寫了《中國中古時代的終結》一書，探討了當時人們對詩歌觀念和作詩的看法，也探討了傳奇的變化；說明中唐作爲一個新時代的開始所具有的意義，所以不僅通過比較初、盛唐來突顯新的因素，而且更聯繫後世，尤其是宋代來說明其開創作用。不僅反映了宇文所安在文學史研究中的宏通視野，不僅擺脫了歷史框架的限制，也擺脫了不同文體分野的限制；一方面在橫切面上注意各種傾向、文體的相互聯繫，一方面在縱面上揭示了不同時代文學發展的不同特色和關係。從這點來說，宇文所安對中唐詩歌的總體把握已進入了一個更高的層次。他的中唐詩歌論點雖然散見於其他著作，但總體看來仍有獨特的看法，可爲中唐詩歌研究作一參照。

第四節　結　語

近年來許多美國漢學家對唐詩作了極有價值的研究，其中更以宇文所安的唐詩研究最引人注目。他獨自完成了對唐代詩歌的研究，成果體現在其論述唐詩的系列專著中；從博士論文《孟郊與韓愈的詩歌》，到將宮廷詩有系統的整理的《初唐詩》，再到探討詩歌的黃金時代的《盛唐詩》，屢有新穎的觀點發人省思。除此之外，面對中唐多樣的文學形式，他更寫了《中唐中世紀的終結》來闡述其獨特的詩觀；宇文所安雖未論及晚唐詩歌，但已構成對整個唐詩研究的體系。

宇文所安以宮廷詩貫穿整個初唐詩壇，把初唐詩放到宮廷時代的背景下加以討論，對宮廷詩的風格、慣例和修辭技巧有詳盡的詮釋，他認爲宮廷詩的傳統提供了大部分的固定成分：三部式結構、對偶技巧、意象的豐富聯繫。

詩人們一方面學習詩歌技巧，一方面遵守嚴格的詩歌格律，在宮廷詩的慣例中，根據題材及風格加以變化，雖然破壞了三部式的規範，但卻在詩中融入個人情感，在創作中擴大了詩歌範圍，也打破了宮廷詩人與外部詩人的界線。

　　筆者認爲宇文所安對初唐詩歌所作的整體研究，實屬此領域研究的第一人；綜觀兩岸三地的初唐詩研究，部分學者關注的焦點往往只在初唐四傑或陳子昂等人身上，卻漠視初唐時期詩壇主流的宮廷詩的存在。最近幾年，有些學者通過對初唐政治、文化、學術思潮等全面研究，強化了對初唐詩歌的認識，更對初唐詩歌革新有了不同的理解。例如大陸學者葛曉音的論文《論初盛唐詩歌革新的基本特徵》、袁行霈的《百年徘徊——初唐詩歌的創作趨勢》、杜曉勤《論龍朔初載的詩風活動的新變》等；值得一提的是大陸學者聶永華的專書《初唐宮廷詩風流變考論》，將初唐的宮廷詩分爲四個階段，詳細考察了宮廷詩的風格演變，與宇文所安的宮廷詩研究相輝映；不同的是宇文所安特重宮廷詩三部式理論的探討，聶永華則注重宮廷詩的延續面。此外，國內學者的初唐詩研究則多爲對專家詩的概括探討，之後則用宏觀角度，從唐詩發展、唐詩演變、美感特質等方面進行研究；有的作初唐詩歌的音韻分析，但卻未對初唐宮廷詩作整體的研究。以上這些關於初唐詩的論文有的通過對主要詩歌流派、主要詩人作全面的整理，有的則對當時思想文化背景作深層次的挖掘，深化了學者對初唐詩歌複雜歷程的了解。此外，值得注意的是大陸學者尚定的專著《走向盛唐》和杜曉勤的《初盛唐詩歌的文化詮釋》則偏重於從宏觀文化學的角度把握詩史。尚定繼承陳寅恪開拓的集團研究方法，從民族融合的角度考察初盛唐詩歌的演進過程；杜曉勤則從政治集團的升降挖掘初盛唐詩歌變化的內在根源，與史論結合，具有開創意義。但關於初唐詩歌的研究，除了宇文所安之外，未有專論宮廷詩的語法結構、演進規則、及宮廷詩對盛唐詩歌完備的重要性；宇文所安的《初唐詩》以詩歌史的方式寫作，注重從詩史演進的內在規則，把握整體風貌與特徵；既重視詩歌史演進中之線的連續，也注重點的深化，力圖展示近百年宮廷詩歌流變的軌跡和歷程。此種文學實際創作與文學史觀念並重的寫作方式，實爲嶄新的唐詩研究觀點。

　　關於盛唐詩的變化，宇文所安認爲盛唐詩由一種「都城詩」的現象所主宰，這是盛唐時期詩人聳共同接受的美學模範，這個規範可使他們得到詩歌技巧的訓練，卻又不受其束縛，進一步發展個人個性與風格。此外，他提出

東南詩歌活動中心的形成，認爲東南地區除了是貶謫詩歌的代表，也足以和都城相對抗。這種都城集團、東南地區這都是一個空間性觀察的視點，即文學中心的形成，是非常獨特的觀點，的確爲唐詩研究注入一股新的活力。盛唐詩歌與詩人一直是學者研究的重點，有些學者結合社會背景和具體的歷史細節審視盛唐詩歌，注重盛唐詩風的轉變；例如傅璇琮、倪其心的《天寶詩風的演變》特別注意天寶時期詩歌風格的演變，有極其詳盡的的論述。至於大曆詩人，有的學者將之歸納於中唐時期，並認爲大曆詩人詩歌成就不高，因而否定這一段盛唐過度到中唐的文學史實；有的學者，例如蔣寅的專著《大曆詩風》，從大曆詩人生平著手，對大曆詩歌進行了全面的綜合研究，對詩歌風格有詳細的說明，徹底改變了傳統印象式的評價，的確有創新的觀點。宇文所安與上述學者不同之處，在於他從歷史過程的角度來研究盛唐詩，因爲注重時代風格，大曆詩人的崛起屬於第三代詩人，以開元時期都城詩人的都城詩爲模範，加以繼承並發展成藝術風格，雖缺乏創新，卻仍保留了完善的都城詩；由此可之宇文所安認爲大曆詩人是盛唐的餘音；一般學者將大曆詩人歸入中唐，忽視了時代風格。

在中唐詩歌研究方面，以往的學者只侷限於中唐幾個較具代表性的詩人進行研究，近年來研究範圍大大擴展，有許多突破性的研究。陳貽焮的論文〈從元白和韓孟兩大詩派略論中晚唐詩歌的發展〉，將中唐詩歌作爲一個整體，研究中唐表現新變化的風格。傅璇琮《唐代詩人叢考》主要篇幅集中在中唐某些詩人生平、交遊的考證，試圖把握中唐豐富多彩的詩歌流派形成過程。目前關於中唐文學研究偏重於考證詩人交遊，以清理詩歌流派；有的學者則從歷史文化因素來探討中唐詩歌的特質。另外有一些學者從文學思想角度對中唐詩歌進行研究；代表性的成果有：孟二冬的專著《中唐詩歌之開拓與新變》，考察中唐的政治、文化、思想背景引起詩人心理狀態的變化，進而把握詩歌演變的脈絡；林繼中〈以雅入俗：中晚唐文壇大勢〉，分析中晚唐除詩歌外，其他文學形式的發展；朱易安〈元和詩壇與韓愈的新儒學〉，特別注重韓愈的新儒學運動，並加以評論。綜觀這些學者的中唐研究的確多采多姿，但宇文所安關於中唐文學形式的研究，較特別的是他認爲中唐文人較重視個體的價值，追求個人的生活圈子，對傳統的成說敢於質疑，開啓宋代社會的新思潮。此外，宇文所安認爲中唐文學太過複雜豐富，必須同時兼顧，才能反映出那一時代的獨特面貌。他寫了《中國中古時代的終結》一書，探討了

當時人們對詩歌觀念和作詩的看法，也探討了傳奇的變化；說明中唐作為一個新時代的開始所具有的意義，所以不僅通過比較初、盛唐來突顯新的因素，而且更聯繫後世，尤其是宋代來說明其開創作用。不僅反映了宇文所安在文學史研究中的宏通視野，不僅擺脫了歷史框架的限制，也擺脫了不同文體分野的限制；一方面在橫切面上注意各種傾向、文體的相互聯繫，一方面在縱面上揭示了不同時代文學發展的不同特色和關係。從這點來說，宇文所安對中唐詩歌的總體把握已進入了一個更高的層次。他的中唐詩歌論點雖然散見於其他著作，但總體看來仍有獨特的看法，可為中唐詩歌研究作一參照。

　　從宇文所安的《初唐詩》、《盛唐詩》、《孟郊與韓愈的詩》、《中唐中世紀的終結》這幾本著作，可以探知他的唐詩研究脈絡及觀點，茲整理如下：

1. 初唐的宮廷詩的三部式理論與慣例，成就了盛唐詩歌的完備；宮廷詩不只是盛唐詩的註腳，它更是過渡到盛唐詩歌中，不可或缺的重要媒介。

2. 宇文所安認為盛唐詩由一種「都城詩」的現象所主宰，這是宮廷詩的直接衍生物，具有牢固、一致的文學標準；盛唐的詩人在都城詩歌的烘托下，成為真正具有個人風格的詩人。他提出東南詩歌活動中心的形成，認為東南地區除了是貶謫詩歌的代表，也足以和都城相對抗。

3. 宇文所安認為中唐文學太過複雜豐富，必須同時兼顧，才能反映出那一時代的獨特面貌，於是探討了當時人們對詩歌觀念和作詩的看法，也探討了傳奇的變化；說明中唐作為一個新時代的開始所具有的意義，所以不僅通過比較初、盛唐來突顯新的因素，而且更聯繫後世，尤其是宋代來說明其開創作用。較特別的是他認為中唐文人較重視個體的價值，追求個人的生活圈子，對傳統的成說敢於質疑，開啟宋代社會的新思潮，關於這個觀點有新穎的想法。

綜合宇文所安所提出的唐詩研究觀點，由於從不同的角度切入，故有特別的觀點與想法；雖然有些立論太薄弱，但卻提供國內唐詩研究學者從另一角度探討詩歌，在平穩樸實的唐詩研究中，無疑是開啟了另一個研究角度，實在值得我們參考。

第四章　宇文所安之唐詩研究方法

　　本章主要探究宇文所安唐詩研究的方法：閱讀規則與詮釋角度、細讀文本、意象復現與形式分析、美學評論、詩歌流變史等研究方法。宇文所安援用西方文學理論分析唐詩，並對傳統詩歌作出更具系統及邏輯性的解說，在中西理論交融下，有其獨創的研究方法。茲分述於下：

第一節　閱讀規則與詮釋角度

　　宇文所安以「外在者」的身分研究唐詩，正因其外在者的身分，能以不同的角度從事研究，獲得一些嶄新的見解。他的唐詩研究恰好是中西文化的對話，在研究唐詩時，不可避免會加入西方文學的觀點；在解讀唐詩時，他的閱讀角度、規則等方法，值得加以討論。本章旨在探討宇文所安對唐詩的閱讀規則及詮釋角度，將集中討論其《傳統中國詩與詩學》，〔註1〕及〈詮釋的歷史性〉〔註2〕和〈詩與其歷史背景〉〔註3〕兩篇文章；此外，爲了呈現其特殊的閱讀視角，其比較詩學的著作《迷樓：詩與慾望之迷宮》〔註4〕亦將略作討論。

〔註1〕 Stephen Owen, Traditional Chinese Poetry and Poetics（Wisconsin: Wisconsin University Press, 1985）.

〔註2〕 Stephen Owen, "The Historicity of Understanding." Tamkang Review 14（1983～84）, p451.～460.

〔註3〕 Stephen Owen, "Poetry and its Historical Ground" ,CLEAR Reviews 12（1990）.

〔註4〕 Mi-lou: Poetry and the Labyrinth of Desire（Cambridge: Harvard University Press, 1989）.

　　宇文所安是在西方學術體制中接受學習的典型美國漢學家，他以對韓愈和孟郊的專論起家，繼而又出版以梳理詩歌史模式的《初唐詩》、《盛唐詩》，奠定其中國詩學專家的地位；但在研究唐詩時，他發現了歷史方法的侷限，因此，萌生寫作《傳統中國詩與詩學》一書，在書中提到寫作此書的目的：

> 這本書對增加知識力並沒保證，它並不在最新的批評浪潮中隨波逐流……這本書是對某種詩歌那種不能名狀的，而不是很容易命名的特徵之導論。〔註5〕

宇文所安並沒有提出新的觀點，避開西方文學批評的影響；由於他的這番宣言，在書中甚少出現「西方批評概念」；並且也明白指出此書與其他著作的不同點：

> 這本書與我早期有關文學史的作品不同，這書不是坐下來研究一個早已經定好的課題。〔註6〕

由此可知，本書是宇文所安研究唐詩的轉捩點，由早期詩歌史轉為對「詩學」的探討。對於詩歌中那種不能名狀、不易命名的特徵，宇文所安嘗試歸納出中國傳統詩歌的「閱讀規則」，強調中西文學傳統的不同。

一、閱讀規則

　　宇文所安的閱讀規則是以「每篇文本都有預期本身的詮釋」〔註7〕為論點，因此他在解讀詩歌時所出現的文本詮釋，有著高度自覺。在〈透明：閱讀中國詩歌〉，明顯地談到閱讀規則，他認為中國詩歌傳統是「非虛構的」（non-fictional）；因此，「解讀詩人」和「閱讀世界」是中國詩歌閱讀過程中的兩個首要對象。〔註8〕他又認為要分開兩者只是為了方便閱讀，實則閱讀詩人和閱讀世界是很難分離的，最終目的是「在閱讀世界中閱讀詩人，通過詩人的眼睛觀看世界。」〔註9〕所以，詩人與世界必須互相依存才能被理解。

　　宇文所安認為詩歌的解讀是重建文本的全部意義，沿著擴展意義的過程，讀者將面對解讀過程的兩個終點：詩人和產生詩歌的世界。在特定的時

〔註5〕Stephen Owen, Traditional Chinese Poetry and Poetics, p.3.

〔註6〕Owen, p.3.

〔註7〕Stephen Owen, "The Historicity of Understanding" ,Tamkang Review 14（1983～84）, p.451.

〔註8〕Stephen Owen, Traditional Chinese Poetry and Poetics,pp.62～63.

〔註9〕Owen, p73.

空條件下的讀者有著文學解讀的共同規則，這種解讀，宇文所安認爲是「透明」的，因爲這與西方詩學中分離性的譬喻運用有著質的不同；在非虛構性的中國詩歌中，作品本身就是圓滿世界的一個窗口。

宇文所安認爲大多數的詩中都有作者的自我體現，且通常表現在詩的結尾；這時，我們可以與詩人共享這種體現，也就是說通過寫詩，詩人在尋找「知音」。

由以上宇文所安的觀點可看出，文本被視爲作者內在心情生命性情的表現。由於宇文所安認爲詩是「非虛構的」（non-fiction）的，所以解讀詩人和解讀詩境變成閱讀的規則。通過寫詩，我們爲何能與詩人共同體現呢？筆者認爲，作者在創作的過程中把所見的景與情展現在作品上，作品中所隱含的形象或意義能與讀者直接照面，同時又能將讀者帶領至與作者創作時的同等情境，因而，能與作者同其感動與同其觀照，而能達到宇文所安所說的：透過寫詩，詩人在尋覓知音。

在閱讀詩歌時，有一個難題，那就是我們與文本是在不同的時空下，那麼身處現代的我們將如何與文本進行溝通？宇文所安認爲解讀詩歌是一種追尋體驗的過程，由作品中體驗出作者的精神意境。這是一種對作品結構的把握過程，其目的是透過這樣的手段，達到與作者心同感受的境界。因此，宇文所安特別強調解讀詩歌的規則，他認爲解讀詩歌有兩種程式：一是通過詩人的外在景象，一是通過詩人的內在生活。這兩種方式可並行使用。由於詩人寫詩總會在詩歌的後半段加入自我意識，因此，解讀詩歌的方法爲：前半部在解讀詩境中解讀詩人；後半部詩人進入詩中建立起自己的一般模式，我們面對的是詩人獨立於讀者的個性。

關於宇文所安的閱讀規則看似嚴謹，但筆者卻有點質疑：文學的價值乃蓄藏於文本之中，需透過詮釋者的發掘、攝取而展現出隱含其中之意義；然而，關於作者的人與事，似乎無法僅從其部分作品本身的理解而得知，這類的人與事若無法得知，即無法眞正了解該作品，因而，也就不能理解到作者的全部生命。但宇文所安卻認爲詩歌的解讀是要解讀詩人和解讀語境，並在閱讀世界中閱讀詩人，通過詩人的眼睛觀看世界。此看似合理，但僅從詩作的語境中探討詩人，是不嚴謹的，根本無法得知詩人的全部世界；再加上若詩人隱藏自己的情感，不表現在詩作中，那我們又如何能從詩作中得知作者的內心世界？

　　宇文所安以「每篇文本都有預期本身的詮釋」為閱讀規則的論證，但筆者認為詮釋的意義規範，應不限於對文本自身的理解，而是文本中所展現的作者精神與生命情感之所繫。然而，作者精神之全幅又非僅從某個文本之理解即可全盤得知；因此，在解讀詩歌時，若想要展現作者的生命情感時，將不可僅侷限於文本內部，而是一方面除了與文本之間尋求某種理解的一致性外，一方面又勢必要離開文本搜尋其他相關的奧援，以進一步確保符合原作者意向之期待。筆者認為：如果沒有全面地探究與作者有關的所有作品，則無法掌握作者的全部生命。

　　在宇文所安的閱讀規則中，他並沒有提到閱讀的客觀性與主觀性，只是提出「詮釋的合理性，不是我們這裡所關心的，意義的穩定性是一種虛幻。」〔註 10〕但閱讀文本無可避免地會遇到，到底應該是忠於原作者的客觀性，還是讀者詮釋的主觀性呢？雖然宇文所安力證在特定的時空下，讀者所共有的並不是「意義」，而是詩歌的共同概念。〔註 11〕但筆者認為：在解讀詩歌時，意味著詮釋者應在主觀面與客觀面與原作者同一化。客觀面指的是理解者必須能夠建立與原作者相同的語言程度、歷史知識；主觀面則是指詮釋者必須了解作者的內在與外在的生命之全體。所以，宇文所安雖不強調詮釋的合理性，但若不注重詮釋者的主觀性與客觀性，將無法精確地達到原作者的內心。

　　宇文所安認為通過兩部式的解讀過程，我們將可看到詩的真實意義：詩是對世界的體驗，是一種內在化的過程，是一種從外到內，從含混到清晰，從內在意義到反映意義的認知活動；詩成為了解詩人的一個途徑。

二、文本詮釋

　　以上探討了宇文所安對中國詩歌的閱讀規則，從分析中可看出他的閱讀規則以「每篇文本都有預期本身的詮釋」為觀點，並與西方盛行的詮釋學有相近之處。

　　「詮釋學」（Hermeneutics）一詞的出現可追溯至古希臘時代，即「透過某事物來說明其他事物」。到了中世紀後期，人們出於對聖經經文、法典內容的考證和意義解釋上之需要，乃逐步形成有關聖經與法律條文等之「釋義學」（exegesis），以及對古典文獻考證真偽之「文獻學」（philology）等。此表明

〔註 10〕Stephen Owen, Traditional Chinese Poetry and Poetics, pp.62～63.
〔註 11〕Owen, p.63.

詮釋學的作用在於「帶入理解」，並且，由於此過程中必然是以語言作爲媒介
所進行的，因而，在詮釋的進程裡，必然涉及語言的理解問題。〔註12〕宇文
所安也注重語言的理解問題，在詮釋學外，提出了「文學詮釋學」（Literary
Hermeneutics）的觀點，認爲我們如何能理解詩歌，我們應該如何理解詩歌？
這些問題，都奠基於日常語言的理解，日常語言的理解與修正，就是文學詮
釋的範圍。〔註13〕由以上宇文所安對文學詮釋學的觀點可看出：文學詮釋學
是宇文所安在詮釋學的傳統中，汲取其注重文本的理解及語言理解問題的理
論，加以融合爲專門解釋、理解文學的一種詮釋學觀點。〔註14〕

　　傳統的詮釋學除了語言的理解外，逐漸演變；後來，德國浪漫主義哲學
大師施萊爾馬赫（F. D. E. Schleiermacher, 1768～1834）則更進一步將詮釋學普
遍運用於哲學史之意義探討上，因而，擴大了詮釋學的應用範圍，它被視爲
是關於理解和解釋「作品」（work）或文本（text）意義的理論或哲學。〔註15〕
其後，詮釋學作爲一門哲學，雖因其歷史發展條件的不同，而有不同的演變
過程，然而，這樣的思想發展仍然是異中有同的，亦即不論整個詮釋學的發
展如何，其任務仍然是對文本意義的理解。「理解」（understanding）成了詮釋
學的核心問題，它表現了作者、文本和讀者的意義關係，解釋過程中整體與
部分的關係，釐清歷史傳統對理解的影響，探討作者心態對原文意義的涉入，
以及進而理解原文意義以及讀者自我理解的互動關係。宇文所安將詮釋學定
位爲對文本的理解，他認爲：

> 詮釋學是一門關於解釋的學問，較廣義來講，就是對一般性的理解。
> 透過多多少少的詮釋學，我們可使用它來解釋，但這樣的活動絕對
> 是以日常語言的詮釋學爲基礎，語言的特點使得理解變得可能，我
> 們可以輕易地在每天的生活中奇蹟般的理解。我們可以理解一首詩
> ——每個理解是有些不同的，可以同意這些理解是同樣的令人信
> 服，雖然有些是「誤解」，甚至於是更嚴重的錯誤。〔註16〕

可看出宇文所安在文學詮釋學中，特別注重「理解」的過程。此外，宇文所

〔註12〕 Rod Coltman, The Language of Hermeneutics: Gadamer and Heidegger in Dialogue（New York: New York State University of Press,1998）.
〔註13〕 Stephen Owen, "The Historicity of Understanding," p.437.
〔註14〕 Owen, p.437.
〔註15〕 F.D.E. Schleiermacher, Hermeneutics and Criticism and Other Writings（Cambridge :Cambridge University Press,1998）.
〔註16〕 Owen, p.436.

安以詩歌史研究起家，因此，在詮釋方法上傾向「社會脈絡」，他也認爲詮釋
傳統是深深植根於歷史脈絡中。關於詮釋學的歷史性問題，詮釋學家持兩種
不同的觀點。一是認爲文本有其固定意義，詮釋者則盡可能達到詮釋的精確
性；另一派則認爲我們不可能完全客觀地達到文本的精確性。上述不同立場
表現在詮釋學上，即形成有名之「歷史主義」之爭。〔註 17〕但是在〈理解的
歷史性〉中，宇文所安宣稱「詮釋必然是一種藝術形式」，在詮釋學上他避開
西方批評詞彙，並未攪入所謂的「歷史主義」之爭，而是單純地想創造一個
中國的詮釋學傳統。他認爲「西方詩學的概念性詞彙將微妙而嚴重地歪曲中
國詩學」；〔註 18〕他將帶有西方意味的「詮釋學」引用爲「詮釋的研究，甚至
廣義來說，是一般的理解。」〔註 19〕在詮釋中國詩歌傳統時，他以「文學詮
釋學」（Literary Hermeneutics）爲名詞，強調詮釋學的傳統，注重詮釋學的歷
史性。筆者認爲宇文所安試圖通過詮釋的合法性，盡可能地達到文本精確。

　　宇文所安指出詮釋應該是詮釋傳統之「延伸」（extension），而不是「重複」
（repetition）。筆者認爲宇文所安提到的個別與整體之間的詮釋關係，可以放
大到文本與作者，甚至是作者與其時代環境之間的整體性關聯。由於個別與
整體之間是一種辯證歷程的不斷延續，這就說明了人們即便能將作者的意象
視爲一個明確、有待理解者去重構的整體，但是對於意義整體的把握，卻仍
舊無法一次完成，亦即身爲理解者的我們，只有在不斷的詮釋過程中，才能
逐漸地深化、擴展先前的理解內容。宇文所安強調詮釋的傳統是一種延伸，「我
們尋找文學詮釋是爲了能跟古代的作家分享文本；理解的伸延使我們與古老
文本站在相同的位置。」〔註 20〕由於詮釋是延伸，而不是重複，所以靠著語
言規則的重建，我們可以與古老文本站在相同的位置。

　　從這個觀點看來，宇文所安的詮釋觀點有著文本互涉的影響，他提出以
下的看法：

> 我們必須懷疑，傳統中國概念世界及歐洲的概念世界，若以現代中
> 國口語之融合，是否可以讓傳統詮釋學繼續延伸。〔註21〕

〔註 17〕 F.D.E. Schleiermacher, Hermeneutics and Criticism and Other Writings, pp.350～
380.
〔註 18〕 Stephen Owen, "The Historicity of Understanding," pp.435～436.
〔註 19〕 Owen, p.436.
〔註 20〕 Owen, p.447.
〔註 21〕 Owen, pp.452～453.

因此，他建立一個論據：某種文學傳統的讀者可以相似的詞語，來理解那個傳統，且將之延伸，並參與其中。〔註 22〕此外，宇文所安也描述了自己的閱讀位置：

> 我生活在一間沒有窗的黑暗房間之中，你則從一隱蔽的耳筒中聆聽。有人從隔鄰的房間通過牆上的小洞向我說話。我不能確定那聲音後面的存在。我不停地說話去引他回應，但那聲音卻在喜歡的時候才間歇出現。我知道我聽見的可能只是自己的狂想，但當聲音來到的時候，我發覺它是屬於某人的；他有著自己的身分及想講的話。我明白我不是在說那些話，但正如我所曾講過的，我感到我可能會被騙。但是，在旁聆聽的你卻不會被騙。〔註 23〕

旁邊的人不會受騙，因為詮釋的自主權操之在己，宇文所安認為詮釋詩歌時，可以擺脫西方的文學理論，用傳統中國的文學詮釋來解讀詩歌。他相信「中國文本與西方詮釋學之間並無協議去讓那些文本解開意義」，而「中國詩的詮釋學應該以中國詮釋傳統為基礎。」〔註 24〕由上可知，宇文所安顯然假定西方有詮釋學，而中國只有文本，而中國所謂的「詮釋傳統」必須通過文本來呈現。因此，雖然我們不應用西方詮釋學去解讀中國文本，但我們仍有需要去建立一個中國詮釋傳統，以作為解讀中國詩的基礎。宇文所安指出這個基礎隱藏一個危機：「某文本只可按它被書寫時所理解的字眼，來被理解」。〔註 25〕於此我們發現宇文所安深信需要在重構中國詮釋傳統時，避免這個危機；因此，重構中國詮釋傳統時，有以下的特點：

> 首先，它必須被視作本身地重構，而不是被納入所重構的那個概念及藝術性世界；第二，它必定不能被視作客體，而是應該被看作藝術，一種讀者、旁觀者、觀眾參與其中的存在。〔註 26〕

在此兩個條件下，宇文所安肯定了「詮釋傳統」之形上存在；在重構詮釋傳統時，他強調要用中國本身的字眼，因為中國傳統的閱讀規則該與其詩作過程相配合。他視中國詮釋傳統的重構為一種可以在封閉、同質的環境下進行；並希望透過自己的論述，讓中國的閱讀傳統自我呈現。從宇文所安以上的論

〔註 22〕Owen, p.455.

〔註 23〕Stephen Owen, Traditional Chinese Poetry and Poetics, p.11.

〔註 24〕Stephen Owen, "The Historicity of Understanding," p.446.

〔註 25〕Owen, p.447.

〔註 26〕Owen, p.453.

點可看出：閱讀中國傳統詩歌時不該用西方的批評觀點，而是用中國傳統的詮釋規則，這樣就能免除西方的影響。閱讀中國文本的過程是一種自我呈現的詮釋傳統。

三、述 論

　　宇文所安推出中國傳統所謂的「閱讀規則」，強調中西不同的文化傳統。它以「每篇文本都預期本身的詮釋」為論證，在宇文所安的諸多作品中，他不停地向自己的論述提問，甚至為自己的論述寫評論；這個做法顯然是想以自己的文本為一範例，去說明「每篇文本都預期本身的詮釋」。因此，宇文所安經常對自己的角色及文本所引發的詮釋有高度自覺。他認為中國詩歌傳統是「非虛構的」（non-fictional），因此可以在閱讀世界中閱讀詩人，通過詩人的眼睛看世界；因此，宇文所安試圖建立一個自己的閱讀過程。認為透過他的論述，可以預示中國閱讀傳統中的一種詮釋學。這個論述看似合理，我們的確可以透過宇文所安的詮釋，從另一角度探討中國詩歌，但宇文所安的觀點就能代表中國的詮釋學傳統嗎？這個論點就太武斷了。

　　此外，宇文所安聲稱西方的理論將會扭曲中國詩歌，因此中國應有自己的詮釋學。在〈理解的歷史性〉一文中，宇文所安避開了西方「技術性詞彙」的論述分析，認為中國詩學就能是純粹「中國」的詮釋學。雖然避開西方的文學理論，但談到詮釋學，就免不了跟西方的「詮釋學」有很大的關聯。當然，宇文所安取用了這個詞的中性含意，亦即「詮釋的研究，廣義來說，是一般的理解。」，視「詮釋學」詞語為完全沒有受到西方的影響，用「文學詮釋學」來詮釋中國詩歌。然而，這個論點實有矛盾之處，因為在歸納閱讀規則時，宇文所安明明提到語言分析、解讀詩人、分析語境等方法，這明明就是詮釋學中的理論。宇文所安在使用詮釋學觀點時，並無絲毫西方的含意，但我們不禁要問，談論「詮釋學」之餘，又不談論西方的詮釋學，是否就可以建立屬於中國詩歌的「文學詮釋」呢？宇文所安顯然假定了西方有詮釋學，而中國只有文本，而中國所謂的「詮釋傳統」必須通過文本來呈現。他希望透過自己的論述，讓一種中國的閱讀傳統自我呈現。

　　中國是否無詮釋學？有一些學者認為中國詩學缺少全面的、系統的詩學專著，詩人和詩評家關於詩的發展史、詩的創作與鑑賞等方面的見解與闡述，多

屬於個人經驗和感悟式的，尚未自覺地進行理論建構和實現整體把握。〔註27〕
另一派學者說明中國詩學缺少真正科學意義上的理論範疇，沒有嚴格意義上的
理論命題，更不能嚴格地論證自己的結論，它更喜歡以比喻性的策略展示獨特
的內在感悟。這是一種典型的東方式詩學，不是西方意義上的理論，它展現出
來的是東方式智慧而不是西方式的智力。〔註28〕這顯然是由西方中心的視點作
出的判斷，同時也是缺乏中國詩學認識的偏見。筆者認為中國是有文學詮釋傳
統的，古代的文學理論、玄妙的抽象概念、複雜的歷史語境等等，這些都是詮
釋詩歌時的重要依據。當然正如宇文所安說的，「中國詩的詮釋學該以中國詮釋
傳統為基礎。」，但完全避開西方的詮釋傳統是不可能的，所以最佳辦法是西方
的詮釋學與中國的文學詮釋能融合，截長補短，這樣才能以最好的方法來詮釋
中國詩歌。宇文所安的文學詮釋學試圖創造屬於中國的詮釋學傳統，但刻意拋
開西方語詞，反倒是深受西方詞彙的影響而不自覺。

　　宇文所安提出閱讀規則與詮釋文本的角度，認為西方的詩論將會曲解中國
詩歌，因此應以中國的詮釋傳統來詮釋詩歌。他提出這個論點是因為他認
為中西文化，以至於現代與傳統之間存在一條不能跨越的鴻溝：「這條鴻溝是
絕對的，忽略它就只是對某人或某種文化之自滿。」〔註29〕因為對於重建中
國傳統詩學的有困境；宇文所安的閱讀位置是以「每篇文本都預期本身的詮
釋」為理論，在閱讀中國詩學時，可以將文本所隱含的詮釋規則，通過自己
的論述呈現出來；而中西方之間的鴻溝可以透過文本傳統的延伸，而克服誤
解的狀態。以上論點看似合理，他似乎並未仔細區方何者才是文學詮釋學的
最佳途徑；因為文本的詮釋有兩面，一是以作者的原意為正確理解的客觀基
礎，另一則是，詮釋者可以將自己的主觀情感帶入詮釋。究竟宇文所安的文
學詮釋學是屬於哪一項範疇，他似乎並未說得明白，只是強調尋找文學詮釋
是為了能跟古代的作家分享文本；但分享文本後該如何詮釋，是應忠於作者
的原初意，還是讀者的主觀情感為主呢？宇文所安似乎含混帶過，忽略了詮
釋學的最終目標。但在其新作《他山的石頭記──宇文所安自選集》中，筆
者發現其詮釋是多元化的，為了堅持理解詩歌的開放性，在〈只是一首詩〉

〔註27〕陳良運：〈論中國詩學發展規律、體系建構與當代效應〉，《文學理論：面向新
　　　　世紀》（山東：人民出版社，1997年），頁483。
〔註28〕季廣茂：〈比喻：理論語體的詩化傾向〉，《文學理論：面向新世紀》（山東：
　　　　山東人民出版社，1997年），頁572。
〔註29〕Stephen Owen, Traditional Chinese Poetry and Poetics, p4.

裡，他提到討論一首詩用不著非得爲了什麼目的，這些限制反而遮蔽了詩歌的原義；因此，閱讀詩歌應是自由的，儘可能達到文本的精確度，但也可不爲任何目的來解讀詩歌。至此，宇文所安的閱讀詩歌規則又有新的風貌，達到隨心所欲，自由自在的境界。

然而，宇文所安提出的閱讀規則與詮釋角度，將閱讀詩歌的步驟規則化，提供另一種解讀詩歌的技巧；並歸納出中國傳統的文學詮釋，使我們能擺脫西方理論的影響，企圖從中國詩學中解讀詩歌，這樣不但能避開西方理論的影響，也省思中國傳統詩學的歷史性，不失爲一種新穎的閱讀與詮釋觀點。

第二節　細讀文本與新批評

閱讀過宇文所安作品的人，總會讚賞他往往能在習以爲常的文本中，讀出新的意義；他從文本出發，注重意象、作品的內部結構和文本間相互關係的分析，這些特殊的研究方法與其所處的文化背景、文論思想有很大的關係。關於細讀文本等方法，與盛行於英、美的新批評有某種程度的相近之處，以下筆者將探討宇文所安如何將新批評運用到古典詩歌研究上。

一、新批評理論

「新批評」可以說是美國自 1930 年代至 1960 年代間最具影響力的文學批評流派，它的名稱係因美國批評家蘭森（John Crowe Ransom）1941 年出版的《新批評》一書後而得名。在這本書中，蘭森顯現出這派文學批評實受到了三方面的影響：（1）艾略特（T. S. Eliot）的批評觀念，如詩就是詩，而不是其他東西；（2）理查滋（I. A. Richards）的批評理論，如：藝術就只爲了藝術；（3）燕普遜（William Empson）在實際批評上的展現，如：七種模稜的類型。新批評的共同主張有：〔註30〕

1、重點是「文本」

文學批評的中心乃是「文學作品」，所以是屬於文學的「內在研究」；而凡是屬於「作品」之外的領域，如作者、時代背景、社會狀況，以及經濟條件等，都是文學的「外在研究」，不是批評的重心。

〔註30〕張雙英：《文學概論》（台北：文史哲出版社，2002 年），頁 350～405。

2、「文本」本身是自我完足的個體（self-sufficient entity）

文本是完整的個體，具有完整的獨立性；進一步來看，它更是一個具有生命的「有機結構」（organic structure），其內部中的各部分不但都具有生命的變化，各部分之間也是一種牽一髮而動全身的緊密關係（contextualism）。

3、新批評學派所重視的文學類型是「詩」

由於所重視的類型是詩，所以批評的重點並非作品內容的情節或人物特色，而是詩的「語言」。因此，批評的重點和方式就是針對詩的語言進行精細的閱讀。

4、在語言上避免使用邏輯嚴密的科學語言

由於新批評是針對詩的語言作精細的閱讀，所以避免使用邏輯嚴密的科學語言，也反對把日常生活中的實用語言入詩。也因為它別重視「抒情詩」（lyric poetry），所以在語言上，它關注的語言技巧是使抽象情意具象化，且達到深刻動人的豐富意象；使含意可以擴大到包含文化和習慣在內的「象徵」；以及藉由自我矛盾的設計而產生機智趣味的「反語」，及可以使意義更加深邃的「反諷」等。〔註31〕

總之，新批評乃是一個以「文學作品」為全部批評對象的批評觀念和流派。新批評的三個重要術語多義性（ambiguity）、張力（tension）、矛盾（paradox）是新批評家對現代修辭學的重要貢獻，是對文學語言和結構的根本特性的總結歸納。另一方面，這些術語也是對作品「真實性」的要求，新批評這幾個術語就是要求作品中包含、體現出現實生活經驗的多樣性和複雜性；它們是對作品中各種對立統一因素的描述、分析和總結，具備這些素質的作品才能夠成為「真實」的作品，成為包容、調和各種對立因素「綜合」（inclusive）作品。真實的文學作品可以傳達對世界具體、豐富和完整的知識，給世界重新賦予肌體。從這樣的文學觀念出發，新批評家們對作品展開了「細讀」（close reading），考察作品的詞彙、語義、韻律、結構、風格和作者的語調、態度等，追蹤這些不同的成分如何相互作用，以實現作品的意圖。新批評的「細讀法」常常能夠幫助讀者深刻把握即使是晦澀難解的作品，也能夠在對作者所知甚少的情況下，成功地解讀其作品，發掘其深刻的內涵；這種獨特的程序是一種「解說」（explication），也就是所謂的「細讀」，亦即詳細地、精確地分析一

〔註31〕同前註，頁402～405。

部作品（一首詩）內各個組成部分複雜的相互關係（interrelations）及其「含混」（多重意義）等現象。具體一點說，新批評的細讀法是一種「個體批評」（atomised criticism），即只論單獨的詩作，而不及整體的作品，所以原則上他們是不談文類的批評（generic criticism）。〔註32〕

　　宇文所安運用的是文本細讀的方式，這是新批評派從事文學批評實踐的批評方法，將文本封閉孤懸，對文本進行多重回溯性閱讀的基礎上，對文本語詞的意義進行研討。然而他的細讀超越了新批評，他運用細讀方法的建立的不是瑣碎的語詞結構探討，而是系統的體系建構，實際上建構的是一個特殊的唐詩研究方法，底下就從新批評的三個術語，來分析宇文所安的唐詩研究。

二、宇文所安之新批評的實踐

　　新批評學派把作品的文本視為批評的唯一出發點；宇文所安也十分注重從文本內部來探索作品的意蘊，在具體分析中通過細讀法，對文學作品作詳盡的分析和詮釋。底下就從新批評的張力、矛盾語術語，分別論述宇文所安如何將這些理論運用在詩歌研究上。

（一）張力與對等原理

　　1938年，艾倫・泰特發表（Allen Tate）〈詩的張力〉（tension in Poetry）一文，提出「張力」這一術語。他以「張力」一詞描述詩歌處於文學「中心地位」的成就；並以邏輯術語外延義（extension）和內涵義（intension）作為討論起點，自許「張力」為新批評一個全新的高度。泰特認為「張力」的提出讓蘭森的詩歌本體論發展更加完整，他說：

> 我所說詩的成就是指詩的張力，即我們在詩中所能發現的全部外延義和內涵義的有機整體。在詩歌中所能獲得最深遠的內涵義必須無損字面表述的外延義。或者說我們可以從字面的外延義開始逐步發展比喻的內涵義；在這過程，我們可以在任何一處停下說明已理解的意義，而任何一處的含意都屬於整個有機的整體。〔註33〕

綜觀上文的說法，張力除了外延義與內涵義各自的作用，更重要的是兩者間

〔註32〕趙毅衡：《新批評——一種獨特的形式文論》（北京：中國社會科學出版社，1988年），頁32～40。
〔註33〕Allen Tate, The man of letters in the modern world,（London: Meridian Books Press, 1955）, pp.195～193.

的相互作用。一首詩的外延義指向明析的字面意義，內涵義則指向豐富的象徵、暗示、隱喻、聯想等非字面意義。兩者之間還有聯合、衝突等作用，共同組成力的整體平衡結構，並以此構成詩的豐富意義。

　　宇文所安在詩歌分析的主要理論是使用羅門‧傑克生（Roman Jakobson，1896～1982）的結構語言學原理；他注重字詞間的結構關係，企圖拉近「對等原理」和「張力」的關係。在具體的批評操作中，往往從分析字詞、分析結構、句與句之間的結構關係、整首詩的內部結構等方面逐一進行。例如他在對杜甫〈旅夜書懷〉一詩中的評論，以文本爲基點，首先對詩中諸字詞之意象含義作深層次的挖掘，作爲結構分析的基礎：

> 細草有柔軟、彎曲微小、低矮之意蘊，同時又因其廣布河岸並牢牢置身於大地，引伸出眾多、穩固等含義。危檣有直硬、不彎、高大的含義，在此具體語境中又可引伸出岌岌可危、形單影隻之意蘊。繁星垂於天際故有永恆牢固眾多之意，月影落於江中，隨波起伏，而有孤單、不穩固之意……天地一沙鷗，天、地同樣體現了一種對立關係，而沙鷗則是在兩者之間運動的生物；天地間巨大的空間把這一小生靈襯托得微乎其微，但是它對巨大空間的獨力控制又賦予了它獨特的價值與重要性。〔註34〕

宇文所安逐步細讀文本，歸納出詩中有相互對立的兩類：一個是岸草、群星；一個是危檣、月影。前者含有微小而眾多，柔軟而牢固之意；後者意味著高大而孤單，剛直又危險。並由此引伸出孤直且處於危險中的詩人，和微小處於安全之中的眾多數之間的對立。在這一組組對立中，詩歌各句之間的對立結構原則得以明顯的呈現。此外，在句與句的結構基礎上，宇文所安又去尋求整首詩的內在結構；在前幾句對立互動的張力作用下，以一個中間性的生物體作爲一種隱喻來完成對立的解決與提昇，詩的整體結構便顯現爲對立及其消解。

　　除此之外，宇文所安更以詩人自傳詩的方式，認爲詩人杜甫在〈江漢〉一詩中，詩人的距離與親密的獨立，使詩歌本身就是一個更大的張力：

> 從一開始杜甫就從外面觀看自己獨存於一個廣大的空間，它不斷地轉換角色，從「客」到另一種狀態的放逐「一腐儒」。詩人與片雲共

〔註34〕Stephen Owen, Traditional Chinese Poetry and Poetics（Wisconsin: Wisconsin University Press, 1985）, p.27.

享無限，同時也與頁月一樣孤單。接著從外在自我轉向內在自我，從「腐」轉向新生，在乾坤的循環中物極必反。在風景中被放逐，在異鄉又產生新的放逐，但在秋天的肅殺中隱含著蓬勃的活力。最後詩人變形為老馬，作為自我精神的象徵，而不再留連於景色之中。它與別人的差異在於當別人在安穩舒適中死去時，他的放逐與孤獨最終拯救了他。〔註35〕

宇文所安認為，詩人杜甫所寫的自傳詩思考著自己的獨特處，詩中的獨特性與多重性交互作用，這兩種對立之下，顯現出詩中的張力，透露出詩人與他人不同之處在於：不同的自我穿過萬物後仍然能保持自己的獨特身分。這種距離與獨特的對立，果然是另一種不同的詩歌解讀，也顯現出詩歌的張力。

宇文所安解讀詩歌的「張力」說，與新批評有些不同，他認為各種對立、矛盾的因素構成了一種「緊張關係」，這就是張力。此外，宇文所安關於詩歌內部結構的分析，特別關注「二元對立」的結構，他詳述了對中國世界模式的看法：

在中國，整體是由兩個重要部分組成的，也就是事務的構成是二元的。因此我們用《易經》中的兩個概念「乾」與「坤」來理解宇宙；同理植物有草木之分，動物有飛走之分；與物質世界相同，觀念世界也是由成對對立的概念所組成的。這些成對的概念之間的關係可能從互補到對立，但兩者始終是相互依存的；高決定於低，直決定於曲，一切都是由內在的質和外在的文組成的。〔註36〕

宇文所安把上述所謂的世界模式引入詩歌分析中，他認為要真正領悟世界就是要領悟這種對立關係。由此可見，宇文所安專注於詩歌對句中所含的對立意象研究，因為他認為這是自然結構的語言表現。筆者認為宇文所安的觀點源於西方哲學中強調二元對立的傳統，將之轉移到中國進行詩歌分析；但宇文所安舉中國《易經》作為相對立的例子，《易經》所確立的陰陽關係強調的不是對立性，而是相互依存、相互轉化性，這和新批評中的對立說是不相同的。

從另一角度看來，宇文所安將張力說附屬於「對等原理」之下，突顯了「張力」說，更以大篇幅解釋「對等原理」中的文學藝術作用，這是其他新

〔註35〕 Stephen Owen, "The Selfs Perfect Mirror," in Shuen-fu and Stephen Owen, eds, The Vitality of the Lyric Voice: Shih Poetry from the Late Han to the T'ang （Princeton: Princeton University Press, 1986）, pp.93～100.

〔註36〕 Stephen Owen, Traditional Chinese Poetry and Poetic, pp.85～90.

批評們難以達到之處，並在細讀文本中，發現許多詩歌的獨特含義與美感，更讓其他唐詩研究者更清楚認識「張力」在詩歌批評上的運用。

（二）矛盾語的運用

「矛盾語」由布魯克斯（Cleanth Brooks）提出，1938 年出版的《理解詩》一書中對矛盾語的定義：

> 真相的陳述，往往在表面上看來自相矛盾，這是因在陳述形式語真實之間存在某種對立的原理；矛盾語相當接近於反諷。〔註37〕

在布魯克斯的新批評理論中，「矛盾語」一直佔有相當重要的地位。1942 年在〈詩裡面的矛盾語法〉（The Language of paradox）一文中，將矛盾語獨立出來。在這篇文章中，他認為矛盾語是清楚明白，而不是深奧難懂；是合理可解，而不是神秘不可解的。另一方面，他認為矛盾語並非如科學一樣把語言文字當記號一般的清楚明白，矛盾語是詩的語言：

> 某種意義而言，矛盾語是適用於詩，且是詩不可或缺的語言。科學家要求洗淨所有矛盾語的痕跡，而詩人欲接近真理的顯現，必然重用矛盾語。〔註38〕

區辨「詩語言」與科學語言的不同是新批評家所共有的特徵。它們賦予文學在科學之外，一個獨立而特殊的地位，卻又拒絕不可解的神秘方法，一種趨近於科學的作風，並且同時又否認科學理性在他們理論中的運作。這種態度本身就構成一種矛盾（Paradox）。布魯克斯企圖以「矛盾語」清理出一塊既不屬於科學理性，也不是神秘世界的領域；矛盾語在這兩邊夾縫中特別成為新批評術語中難把握的概念。

矛盾語與反諷（irony）有極密切的關係，反諷更強調說的過程，矛盾語的定義更著重結果的呈現；而聯繫矛盾語與反諷的重要元素是「言外之意」：

> 我更感興趣的是詩人在最自然的語言中所呈現的矛盾語。言外之意（connotations）與原意（denotations）在這類矛盾語中有同等的重要性，這種重要不是花邊裝飾作用那類，而是正發生的真實。〔註39〕

從「言外之意」理解反諷，可看出「矛盾語」帶有更多新批評性格，「反諷」

〔註37〕Cleanth Brooks, The Language of Paradox,（New York: Harvest Books, 1947），p.8.

〔註38〕Cleanth Brooks, p. 3.

〔註39〕Cleanth Brooks, Understanding Fiction,（New York: Harvest Books, 1975）, pp.8 ～10.

則爲較通俗的用法。將「矛盾語」應用到古典詩歌的研究中，筆者發現宇文所安特別關注詩歌結構自身所呈現的衝突、矛盾之處。宇文所安曾經討論到「聲音的陷阱」（The traps of voice），他認爲詩人無意中說出了自己不想說的話，而陷入困惑與不安。這就是討論詩人思考過程的潛在矛盾體現到作品中，反映在作品的結構層面就是衝突、矛盾和斷裂狀態。宇文所安以蘇軾的〈和子由澠池懷舊〉爲例，來加以證實：

> 詩歌的後四句，「從老僧已死成新塔」到「路長人困蹇驢嘶」表現了一種聲音的陷阱。「老僧」這一組對句屬於輓歌型詩的固定組成部分，但是作者的聲音出乎意料地暴露了詩人的自我。老僧已死葬入了塔中，我們的詩作也因圍牆的坍塌而終無痕跡。一向豪邁的蘇軾意識到自己和作品將面臨亡佚的命運，從而陷入迷惘，因此這一對句的意蘊與前兩句那種豪放、達觀的意蘊之間便有一道裂隙。最後兩句，則是裂隙意義上的延伸和補救，這反映了蘇軾正請求對方對曾共享記憶的證明和佐證。〔註40〕

關於這首詩的結構分析、語義轉折，有許多學者也曾論述過；但只有宇文所安從文本出發，從詩歌結構上的裂隙推知，呈現詩人思維中的矛盾。這種找尋詩中裂隙處，看出詩人的內心世界的方法，從不同的角度探索，新穎的見解，的確帶給我們不少啓發。

宇文所安的詩歌評論，常集中在對作品中的矛盾、衝突結構的分析上，這與新批評中的反諷、矛盾語有相似之處。在分析宇文所安於〈和子由澠池懷舊〉詩歌分析中，看出他強調在結構上出現的「裂隙」，把裂隙的出現歸之於「聲音的陷阱」，筆者認爲這便是詩人思維中的矛盾之處；宇文所安總結了新批評派對辨證結構的問題，提出各種對立、矛盾的因素便形成了詩歌中的精采之處。這種從文本出發，層層解析，找出詩中的矛盾處，及裂隙的補強處，果然是另一種獨特的詩歌解析方法。

此外，在〈傳統的叛逆〉一文中，宇文所安更語出驚人的指出，有數量蠻多的一批詩，恬靜只是徒有其表，其內部全是衝突，這類詩的生命力在於詩歌內部的叛逆力量；尤以頌揚詩爲例，頌揚中會摻有競爭之心、忌妒之心與詩人爲自己的優點超出被頌揚者之上的不可遏止的衝動。宇文所安舉出杜甫的〈春日憶李白〉來證明，指出杜甫極力克制自己的情感，但不免令人感

〔註40〕Stephen Owen, Traditional Chinese Poetry and Poetic, pp.130～135.

覺他是在盡力壓抑那些為社會所不容的內心衝動：

> 詩句開頭「白也……」引自《論語》孔子談論其弟子的話語，顯示
> 杜甫以長者自居；用《論語》中的語氣稱讚李白的同時，內心認為
> 李白有所不足，杜甫用《論語》句式，使得他對李白詩才的稱讚處
> 於一個廣泛的文化背景中。下兩聯詩可看作是李杜之間的對比——
> 杜甫是清新的庾信，而李白則是詩風俊逸的鮑照，鮑照比庾信更著
> 名也更長壽，出身門第也更高些，李白全面發展的卓越才能被杜甫
> 一步步地貶低。這首詩之所以能引人入勝，是因為它既有一個寬後
> 高尚的外表，又有一個不易察覺出來的高傲內涵。〔註41〕

一般學者評析頌揚詩，總是從詩人本身情感、光明面及字面上的語句來觀察
詩歌內涵；但宇文所安卻從文本出發，字字鑽研，尋找詩句中的矛盾處，發
現到許多詩歌均藏有叛逆聲音，並將這些詩句一一解剖，獨特的解析詩歌方
法，的確令人有耳目一新之感。

　　宇文所安運用矛盾語在詩中的影響，筆者認為「言外之意」佔有很大的
地位。宇文所安評論詩歌常常會拋開傳統學者「知人論世」的方法，從文本
著手，企圖發現詩歌的言外之意。他的「矛盾語」運用模式通常讓表面意義
與題旨所指方向相反，造成閱讀時先往一個相反方向走去，而後讀者又驚覺
有言外之意，宇文所安巧妙地使大家走向他所意指的方向；在此過程中來回
走上一趟，詩歌賞析開拓得更遠大，也更顯宇文所安獨特的解讀方法。

　　宇文所安獨特的解讀詩歌，來自於特有的研究方法。分析其將新批評理論
運用在古典詩歌上，可發現宇文所安十分注重文本分析，對文本的價值他一向
十分珍視：「我們應該學會把一首詩看成一件物品，一件由文字組成的結構……
詩中的一組組對句本身就是一個整體，一個感覺和思考的單元，有獨特的美學
價值」。〔註42〕宇文所安承認文本的價值，認為詩的含義和魅力在詩中而不是在
詩外，由於這個理念，使得他專注於文本本身的探索，的確獲得許多新穎的見
解；另一方面，對於文本之外，例如作者的生平事蹟、詩歌創作的社會、歷史
背景等因素卻較少涉及。筆者認為對作品中社會歷史層面的忽略，將不能客觀、
清楚地詮釋詩歌，對作者生平事蹟的忽略，僅從文本著手，將不易了解作者詩
中的隱藏、含蓄之處，也不能清楚了解作者的言外之意。宇文所安運用新批評

〔註41〕Stephen Owen, Traditional Chinese Poetry and Poetic, pp.212～218.
〔註42〕Stephen Owen, p.5.

方法，從文本著手，的確發現詩歌的另一面，另一種不同的解讀方法；但解讀詩歌應對詩歌本身、詩人作全盤的了解，才能客觀的解讀。

中國學者評論詩歌多從「知人論世」、「以意逆志」等傳統方式著手；但宇文所安認為文本具有一種潛能，這種潛能隱藏在作品形式的藝術表現中，因此要以新批評細讀的方式來探尋作品所隱含的曲折情意，如此在解析詩人的作品時對於形式上所含蘊之深微意蘊，都能有深入的開掘。在宇文所安運用新批評解讀詩歌中，筆者發現除了細讀文本、張力、矛盾語的應用外，他十分注重語象復現與詩歌分析中的形式分析；因此，下一節筆者將探討宇文所安如何運用意象的復現與形式分析來解讀古典詩歌。

第三節　意象復現與形式分析

詩是以最精練的語言來表達最飽滿內涵的作品，而讀者藉由探求詩中「意象」及其蘊含的意旨，更可發現一首詩的精隨所在。有關「意象」的研究在西方已成為文學理論與批評的一大課題。在西方現代文學批評理論中，對於詩歌方面所最重視的有兩點：第一乃是意象（image）的使用；另外一點則是詩歌方面所表現的章法架構（structure）以及在用字造句方面所表現的質地紋理（texture）；從西方文學理論意象的使用來看唐詩，乃是大可一試的欣賞新角度。國內關於唐詩研究的作品很多，但歷來研究者大多為傳統批評，或研究詩人生平、研究詩文風格、詩歌技巧，以「意象」來研究唐詩是近年來才漸有觸及，成果頗豐；筆者認為若能借用西方的研究方法，加以剖析，將可發現詩歌更豐富的內涵。本節筆者將略探意象研究的形成與研究概況，並探討宇文所安如何運用意象的復現與形式分析來解讀古典詩歌。

一、意象研究的形成與研究概況

「意象」（image），在文藝復興之前，這一術語僅僅指普通意義上的「影像」、「仿製品」，並不指詩歌中的藝術形象；那時，人們用一個專門的批評術語（icon），來指藝術作品中的「某物之像」。文藝復興時代修辭與邏輯的融合，孕育了一種視詩人為「制造者」的詩歌觀，在新科學、經驗主義等哲學思潮的影響下，「人為」一詞帶了貶義，一些散文家和詩人起而反對使用比喻，批評術語便隨之發生了變化，「意象」即是填補語彙空白的術語之一。英國哲學

家霍布斯（Thomas Hobbes，1588～1679）強調「感覺是一切知識的源泉，通過意象印在腦海裡」；英國文學批評之父德爾頓（John Dryden，1631～1700）不僅接受了霍布斯的想象說，而且開始把意象用於詩歌批評——分析玄學派詩人的藝術手法。不過，這並不是當時普遍認可的觀點，當時人們傾向把意象視爲純粹的裝飾品；到了十八世紀，一些批評家開始重視詩歌中意象的作用，漸漸意識到詩人的創造力在於他腦海中意象的豐富性。丹尼爾・韋布（Daniel Webb）認爲「詩歌之美主要來自詩歌意象的生動和優雅。」與此同時，他們也強調視覺對於捕捉意象的重要，可見意象作爲批評術語，是新的詩歌觀和新的感覺論美學的產物。

　　另一方面，在十八世紀的英國詩壇上，寫景詩漸漸繁榮，其主要標志爲，詩中自然意象正日益削弱在文藝復興時代經常充作理性辨說工具的色彩，增強了客觀描述的性質。因此，意象一方面成了描述的同義語，一方面取代了「修辭」，而成了它新的代名詞。近年來的意象研究，一方面繼續討論傳統的課題，一方面又在不斷擴展自身的學術視野；尤其是新興起的意象詩派和新批評派，給意象和意象研究注入了新的內容和活力，使其面貌發生了巨大的變化；英國學者休姆（T. E.Hulme，1883～1917）起而反對那種無病呻吟的浪漫主義詩風，主張詩歌要寫得明晰、實在、精確。龐德也開始尋求一種宛如「受靈感激發的數學」一般的詩歌；追求客觀性使他們二人結爲同道，並且促生了1912年開始的「意象主義」運動。意象主義者提出了一系列詩歌創作原則，其中「純意象」理論佔據著中心地位，即認爲詩人應該運用具体、鮮明而又生動的意象，無須加添任何評論。龐德發展「旋渦主義」，意象的作用被描述得幾乎已到了無可復加地步，意象派詩人的理論主張，以及他們所提供的以新詩論進行觀照的創作實例，促進了意象研究的發展。

　　在二十世紀約二十年代，新批評派開始展露頭角，並且不斷提出新的詩學主張，他們倡導「細讀法」，將批評目光引向詩歌作品的內在因素，而意象恰恰是既富含細微的「肌質」（texture）、又與整體「架構」（structure）密切相關的內在因素之一。他們強調，比喻（意象運用的一種基本模式）不是修辭手法，而是一種理解方式，一種根本不同於散文或科學陳述的感知和表達道德眞諦的手段。他們所創建的「歧義」（ambiguity）、「張力」（tension）、「架構」（structure）、「肌質」（texture）說法等等，也往往以意象爲主要的剖析對象。與此同時，英國學術界還出現了一種研究方法——意象統計法；這種方法操

作獨特，思路新穎，根據統計而來的意象在作品裡的復現次數，來探尋字面之下隱含的意蘊。儘管很難斷定它是否曾經受到過新批評派的影響，但研究意象復現次數的方法，的確有獨特的洞察力。近年來的意象研究，有著獨特的理論基礎和透視角度，與傳統的研究相比，已經不可同日而語了。

上一節筆者談論到宇文所安將新批評理論運用到古典詩歌分析中，他十分注重從文本內部去探索作品的意蘊，在具體分析中通過細讀法（close reading）對文學作品作詳盡的分析和詮釋。除了對文本作詳細分析外，對「意象」的研究更是新批評最具特色的研究之一。他們認為文詞不僅有「詞典意義」，還有暗示意義，我們在宇文所安的研究中也明顯感受到其詮釋詩歌所引用的理論；底下筆者將分析宇文所安如何利用意象的復現來詮釋詩歌。

二、意象復現的深層含義

對於出現於不同時代，吟詠同一事物、地點的一系列詩作，宇文所安特別從各文本間的不同與類同來把握其流變，在具體論述中，強調許多意象的反覆出現，以及此現象所包含的深層意義。這在其單篇論文〈地：金陵懷古〉〔註43〕中有充分的表述，現舉例說明。

金陵歷史悠久，是中國歷史上多個朝代的都城，幾經興亡，歷來是文人墨客懷古抒情，寄託幽思之處。宇文所安面對這些不同時代，吟詠同一地點的詩作，他關注的是文本之間所表現出來的聯繫，以及所隱含的意義。庾信的《哀江南賦》是追懷侯景之亂攻陷金陵，宇文所安認為其關注的不是地點本身，而是對家庭和他的朝代命運；李白的《金陵歌送別范宜》、《登金陵冶城西北謝安墩》、《金陵三首》等吟詠金陵的著名詩篇是時代產物，認為這是一個有著優雅教養的英雄時代，分別舉謝安、王羲之在東晉所扮演的角色來比喻自己。劉禹錫的金陵詩給予後人較多的語調和形象；到了晚唐，金陵主題成為許多詩人嘗試的主題，出現了許多優秀的詠史詩，當唐朝逐漸敗亡時，路過金陵成為令人痛苦的一個巨大的文化死亡象徵，韋莊的《上元縣》標示毀壞在秋風中的金陵形象。王安石的金陵詩則轉為對南朝衰亡作道德勸戒。〔註44〕很顯然，以上文本雖然都吟詠金陵，但各自與自身時代背景密切

〔註43〕Stephen Owen, "Place: Meditation on the Past at Chin-ling." Harvard Journal of Asiatic Studies, Vol.50/2（1990）,pp.417～457

〔註44〕Owen, pp.418～440.

相關，在意象的選擇上也各不相同，可見宇文所安主要以「不同」來點名其特點，為文本意象中的「類同」起對照作用。

　　關於金陵的意象復現，宇文所安認為金陵詩經過幾世紀的增添和潤飾，最終為一些極有權威的詩所支配；唐代詩人劉禹錫所寫的《金陵五題》、《金陵懷古》、《西塞山懷古》等詩，其藝術上獲得巨大的成功和無比的魅力，以至於後世寫作同一題材的金陵詩身受其影響，很難有所突破。〔註45〕宇文所安呈現出：一首詩歌的固定意象將支配整個詩作，雖然寫作者時代背景不同，但作品文本間卻出現類同的現象，文本中的意象為權威語象所干擾，呈現了類同的現象，這是個特別的研究視角。國內學者也有搜集某個地名的所有詩作，依照時間順序依序排列，並比較其詩作的相關性，但卻未提出意象復現的深刻意義；宇文所安從不同的文本中歸納出類同的意象，並指出意象復線索帶來的支配性，提供研究唐詩的另一視角。

　　在分析金陵詩中，宇文所安通過文本中「語象」〔註46〕復現的現象研究來揭示「類同」的特徵。在劉禹錫的金陵詩系列中，出現了後庭花、烏衣巷、燕子、石頭城、秦淮河等意象，這些意象是詩人從金陵的歷史傳說、自然環境中選取的意象，具有強烈的個人色彩；由於這類詩作極富魅力，令人朗朗上口，廣為人們所傳誦，對後代的金陵詩產生了巨大的影響；這種巨大的影響，宇文所安認為產生了「文化記憶」（cultural memory）；由於詩人們對劉禹錫的金陵詩已經十分熟悉，詩中的情景遍及於金陵的自然景物上，所以當人們來到金陵時，在內心縈繞多年的金陵詩歌和故事，受到金陵詩意象的影響，許多意象於是變成了固定形象，有了代表性的特徵。〔註47〕所以宇文所安才認為劉禹錫的金陵詩出現後，由於詩中的意象轉變為固定形象，所以我們難將歷史上的金陵與詩歌中的金陵分開，因其已化為詩人詩中的意象題材，深植於眾人心中。

　　顯然可見，宇文所安選用了文本間某些意象的復現，展示由文化記憶所帶來的「類同現象」。在劉禹錫之後的作品，杜牧的《夜泊秦淮》中有「秦

〔註45〕Owen, pp.439～442.

〔註46〕見蔣寅著《古典詩學的現代詮釋》（北京：中華書局，2003年），頁13～30。語象是詩歌文本中，提示和喚起具體心理表現的文字符號，是構成文本的基本素材。物象是語象的一種，特指由具體名詞構成的語象。意象是經作者情感和意識加工，由一個或多個語象組成，具有某種詩意自足性的語象結構。

〔註47〕Stephen Owen, "Place: Meditation on the Past at Chin-ling" ,p.430.

淮」、「後庭花」；范成大《凝望金陵行宮》有「靜聽西城打夜濤」與劉禹錫
「潮打空城寂寞回」非常相近；周邦彥的《西河・金陵懷古》中有「山圍故
國、怒濤寂寞打孤城、夜深月過女墻來、燕子不知何世、向尋常巷陌人家」
等句，不僅不少意象與劉禹錫詩作相同，而且許多句子顯然是詩作的變形。
按照宇文所安的說法，由於這些意象反覆在諸多文本中出現，反覆被人傳
誦，所以這些意象不僅僅具有其本身的意義，也逐漸具有詩歌文本相互影響
所賦予的象徵意義，同時也與金陵建立一種對應關係。筆者認為由於這些意
象已成為權威，且又不斷復現，與金陵相聯繫，所以每個讀者都會立刻認出
這僅僅屬於金陵而不是其他城市的場景和氛圍。宇文所安把這些類同的意象
與詩歌的主題聯繫起來。分析得出：雖然後世文本表現的是各自時代的事蹟
和情感，但總接近興亡、陳朝舊事這一唐代詩文所表達的主題。例如在分析
吳偉業詩時，宇文所安認為：明代南京的失陷，無疑是消失在回顧南朝舊事
的唐朝金陵中。〔註48〕於是在劉禹錫之後，由於文化記憶的影響，不僅詩歌
的意象有固化類同的傾向，而且詩歌的主題與意蘊也在某種程度上與類同相
結合。

在宇文所安的意象復現理論中，我們可發現新批評派的影響。新批評十分
重視文本中意象復現的研究；著名文論家羅斯羅普・弗萊（Frye）指出：對復
現語象的研究室新批評的方法之一，一個語象在同一作品中再三重覆，就漸漸
累積象徵意義的份量，最後使我們明白他必有所指（深刻意義），這是指向作品
的主題，在新批評內稱為主題語象（thematic image）。宇文所安對於意象復現
的研究，不局限於一首詩、一個詩人，而是從數千年、數個詩人、詞人的作品
著手，從某些意象在不同文本中的反覆出現，揭示其象徵化的特徵，最終指向
在劉禹錫之後的金陵詩，其題材由意象固化走向主題意蘊固化的趨勢。

其實在兩岸三地的唐詩研究者中，把一系列吟詠同一場景、事物的詩並
舉，從而進行辨析，他們也曾採用過；不過大多關注題材本身所包含意義的
流變，或是具體意象、句子的出處，以及後人對此的繼承與改變。他們所關
注的是某一組詩的發展線索，是從詩歌史的角度著手；而宇文所安則不然，
他所關注的仍然是文本，在諸多文本之間，以意象的復現與固化為研究核心。
因此，筆者認為宇文所安對金陵詩分析的獨特之處正是基於此種觀照角度，
他向我們揭示在歷史角度方法外，還可以從文本間的「不同」與「類同」出

〔註48〕Stephen Owen, p.442.

發，考察意象、主題的特徵，從而對此類詩歌本身的特性更爲把握。

三、形式分析的運用

　　二十世紀形式美學的發展，在多元形式觀的統攝之下，在不同層面對藝術形式的一次縱向和橫向相結合的揭示。總而言之，形式既是一個定量，一個區別於非形式存在的審美範疇，同時，它又是一個變數甚至變體，並非一成不變，也並不是可以一言以蔽之的。首先，將形式作爲客體範疇的重要代表流派是英美新批評、俄國形式主義以及結構主義及其敍述學。比如，新批評的代表人物蘭姆宣稱，「批評應恪守的第一條法律……就是客觀。」而客觀的先決條件，則是把作品作爲批評的唯一依據。所以布魯克斯把作品看成一個空間客體而不是時間過程，選擇了"甕"（urn）和"語象"（verbalicon）這樣的比喻。俄國形式主義的重要代表什克洛夫斯基則說：「藝術品的意義只有到文學文本的語言構成中去發掘，藝術形式就是以語言組成文本的手法和技巧，它是一個獨立自主的向心的也即指向自身而非指向外在現實的非實在性的存在。」所謂形式作爲一個客體範疇，正是在這個意義上來加以歸納的，這個客體不是指的客觀世界而是指的客觀文本。儘管新批評和俄國形式主義在強調形式的本質時仍各有側重，但在這一點上它們是相通的，它們關心語言的形式構成，關心語言作爲一種形式構成的獨立自主性。結構主義則從語言學出發又超越語言學的限制，公開打出「反人本主義」的旗幟，要求運用自然科學的方法達到人文科學的科學化，因此，文學被揭示爲一種按照社會價值體系產物的法則而不斷變動的過程。每一種文學活動的以及每一種言語行爲的結果都是一段本文。因此，結構主義提出了本文結構與現實結構是同一的這一影響深遠的觀點，通過確認文本結構與現實結構的同一性，結構主義從而進一步確認藝術形式的客觀性，結構作爲一個形式範疇，存在於一種超驗的關係模式之中，它既是擺脫了偶然性與隨意性的永恒之物，同時它又存在于共時的水平關係和歷時的垂直關係的對立之中，是事物背後看不見的"網"，不以人們的意志爲轉移。從這個意義上說，結構主義跨越了新批評的具體文本的界限，將藝術形式置於更大的範圍來加以審視。不管是哪一派的形式分析，都主張文本的客觀性，而宇文所安也十分注重詩歌的形式分析，他認爲透過層層拆解下，定能發現詩歌有意義的形式。

　　在詩歌分析中，宇文所安十分重視對詩歌形式的分析，從他的分析中可

看出他將「形式」視為詩歌表意的方式之一。在詩歌分析時，除了細讀文本，從字面上研究其意象外，也應觀看整個詩的形式，找出詩歌的隱含意。例如在分析李商隱《正月崇讓宅》中的詩句：「密鎖重關掩綠苔，廊深閣迴此徘徊，先知風起月含暈，尚自露寒花未開。」對詩歌的分析仍是先從詩句中字、詞的含意入手，再推引出其形式方面的特點，最後把這一特點提升為全詩的意蘊所在。詩歌分析如下：

> 徘徊是一個回環往復的動作，花未開即為花蕾，而其形狀是環形的；
> 寒露有著冰冷的「圓形」；月暈環繞著月亮也呈現環狀，深廊迴閣也
> 是環狀，而這一切都為密鎖重關所包圍。〔註49〕

由字詞入手，宇文所安歸納出這四句共同意象的特點都是「環形」，因而推論出這是一首關於障礙、閉瑣的詩，詩句中封印了某種隱藏的事物。面對同一首詩的評論，國內學者往往結合詩歌創作的背景，從內容方面來解析：前二句說明宅第因久無人居住而成為廢宅；妻子已逝，無人話語，詩人只好在此處獨自徘徊；後兩句用環境的淒涼，襯托出詩人心境的淒涼。〔註50〕有的則認為李商隱的悼亡詩有時不僅深深地傷悼王氏，而且懷有更大範圍的親故零落之痛。如《正月崇讓宅》：崇讓宅，先前熱鬧、繁華，是親人相聚之地，但此時卻是不堪愁對的一派荒涼景象。從選擇的背景看，悼傷的物件除以亡妻為主外，似還包含其他親故。當然，此自悼亡之詩，追憶感舊而歸於傷逝悼亡：詩後半追憶亡妻，動成疑似、深致其哀的婉切表現，從此處可看出評論者是從詩人妻子亡故後，詩人獨自回到洛陽岳父家（崇讓宅），睹物傷懷這一背景出發，直接從文句中分析，並在景物描繪上加以印證，從而突出「悼亡」的主題。〔註51〕但宇文所安還是從文本著手，從形式上分析，得出整首詩呈現「環狀」的形式，實在為傳統唐詩評論，提供另一個切入點。

　　宇文所安除了從字詞上分析意象，得出整首詩的形式外，也擅長利用特殊的切入點，異於傳統的詩歌評論，利用電影停格的方式，分析其形式，讓人驚嘆不已。例如宇文所安就認為唐詩充滿著表演藝術與戲劇性，主角總是擺好姿勢，等候觀眾的注目禮，一展表演慾望。在分析王翰的《涼州詞》中，宇文所安就認為詩作的中央是表演者，四周圍繞著觀眾，觀眾對表演者的回

〔註49〕Stephen Owen, Traditional Chinese Poetry and Poetic, p47～53.
〔註50〕王思宇：《唐詩鑑賞辭典》（上海：上海辭書出版社，1993），頁1229。
〔註51〕沈文凡：〈李商隱詩歌題材取向與藝術表現〉。

饌是十分重要的，分析如下：

> 邊塞服役的士兵忘形痛飲，企圖不去想到「古來征戰幾人回」的事
> 實，詩中的在場觀眾親眼目睹、驗證了戲劇化的表現，並藉由「君
> 莫笑」包含在文本中。主角在表演中由「君莫笑」的請求，承認了
> 自己可從外界的角度看到自己的面貌。這首詩形式上是一種社會性
> 的表演，一方面是完全的沉浸，一方面則是通過周圍觀眾的眼睛所
> 看出來的自覺意識，涉及了死亡的危險。〔註52〕

很明顯的，宇文所安抓住詩作中的主角——飲酒的士兵，然後把隱含在詩作
中的觀眾點出來，帶一點「黑色幽默劇」的形式，這種殘留的痕跡可從觀眾
席發出的笑聲看出；筆者認為整首詩的關鍵處在於「現場觀眾」這一轉折點，
由於「君莫笑」，現場觀眾介入了詩中，才帶出「古來征戰幾人回」的死亡意
含。宇文所安認為整首詩在形式上帶有公眾性的表演藝術，因而認為筆下的
主角一方面宣稱自己多麼沉浸在眼前的情境，另一方面還跳脫自我，從外界
的角度觀看自己。宇文所安解讀這首詩，一開始就從公眾表演性著手，找出
主角與觀眾，並從戲劇張力上加以描述，彷彿大家欣賞這首詩時，一幕幕場
景在眼前上演，這的確是特別的觀點。

關於這首詩的評論，大都認為這是詠邊寒情景之名曲。全詩寫艱苦荒涼
的邊塞的一次盛宴，描摹了征人們開懷痛飲、盡情酣醉的場面。首句用語絢
麗優美，音調清越悅耳，顯出盛宴的豪華氣派；一句用「欲飲」兩字，進一
層極寫熱烈場面，酒宴外加音樂，著意渲染氣氛。三、四句極寫征人互相斟
酌勸飲，盡情盡致，樂而忘憂，豪放曠達。關於這兩句，蘅塘退士評曰：「作
曠達語，倍覺悲痛。」歷來評注家也都以為悲涼感傷，厭惡征戰為主要評論
觀點。清代施補華的《峴傭說詩》評說：「作悲傷語讀便淺，作諧謔語讀便妙。」
筆者認為從內容看，無厭惡戎馬生涯之語，無哀歎生命不保之意，只有非難
征戰痛苦之情，如果說是悲涼感傷，似乎勉強；但施補華的話有其深度，也
提供我們從另一角度思考。

國內學者評論這首詩時，總是認為這是邊塞詩，這是以豪放的情調描寫
軍中生活，士兵飲酒作樂，軍中已奏樂安排宴飲；就算醉臥殺場也不可笑，
因為打了仗能夠回來，實屬難得，還不值得慶祝嗎？這首詩單純地描寫戰罷

〔註52〕宇文所安：《他山的石頭記》（南京：江蘇人民出版社。2002），頁 177～178。

回營,設酒作樂的情景。〔註53〕

　　當我們把這兩種評論角度不同、分析形式不同的論述,擺在一起觀看時,各自的特徵變十分明顯;由於我們已熟稔從背景、內容所進行的傳統研究,所以當宇文所安轉換角度,關注於「形式」意味的追索,讓我們對從小所熟悉的文本有了不同的感觀,有了極新奇的解讀,原來還可以從另一面來解讀詩歌,豐富了對詩歌理解的可能性。

　　在〈地:金陵懷古〉(Place: Meditation on the Past at Chin-ling)一文中,宇文所安不侷限於一首詩、一個詩人,而是從數千年,數個詩人、詞人的作品著手,從某些意象在不同文本中的反覆出現,來揭示其象徵化的特徵,指出在劉禹錫的金陵詩後,金陵題材的詩詞由意象的固化走向了主題意蘊固化的趨勢。筆者認為詩歌主要靠意象來構成詩的意蘊,而詩歌中意象的組合方式是多種、多樣的;不管是並列還是對比,是通感還是荒誕,詩歌的意蘊就蘊含在它們的不同組合中,詩歌創作中這些手法的運用,使詩歌呈現出無窮的魅力。意蘊層面通常伴隨著意象在腦海的形成和語音節奏感的刺激,所以解讀詩歌的確可以從「意象」來著手,宇文所安研究金陵詩歌中意象的復現,認為詩歌中的意象被權威性所支配,後代作同一主題的詩歌往往離不開這幾個意象,因而有意象固化的傾向;並由意象固化轉為意蘊的固化,這真是獨特的推論方法,也為詩歌的析賞另闢蹊徑。

　　從宇文所安對李商隱詩《正月崇讓宅》的分析中,可看出他十分重視形式分析,經過層層的形式分析後,從中得出歌詩的主旨——這是首關於障礙與閉瑣的詩。新批評有一種「形式賦予生活以秩序」的理論,他們認為藝術的情感是非個人的,是一種普遍意義的情感。「在藝術形式中表現情感的惟一方式就是找到客觀關聯物」(T.S 艾略特),藝術家要表現這些情感必須找到與這些情感密切相關的內容形象、情境、情節等等適當的媒介,通過具體作品才能使審美客體感受到藝術家要表現的情緒、思想。比較宇文所安與其他派別的形式分析,可看出他們皆注重從形式中引發出作品的意義,的確有某些切合之處;但宇文所安並非只強調形式,他認為「形式並不是詩的總和,但沒有形式也就沒有詩。」可見宇文所安採取形式分析的客觀性,並加以轉化為詩歌評論的方法之一。

〔註53〕余冠英:《唐詩選注》(台北:華正書局,1991),頁84。

第四節　美學評論與現象學觀點

宇文所安在閱讀中國詩歌時，發現其中有許多耐人尋味的現象，其中以「回憶往事」的心理狀態和寫作手法，引起他極大的興趣；因此寫作《追憶──中國古典文學中的往事再現》，書中論述在中國古代文學中，人們面對過去的東西，所產生的一種特定的創作心理和欣賞。宇文所安對「回憶」作為中國古典文學中往事再現的心理狀態的解析，體現出豐富而深刻的文學意義，他結合具體的典型作品分析寫作中如何以「追憶」的方式處理時間性的斷裂和隔膜，這些遺忘的幻滅和記憶的破碎，都變成某種心理力量重新描述時間的聯繫，不但構成一種傳統的文學感受，而且產生出不同的寫作方式與心理氛圍。

在論述「往事回憶」中，宇文所安以過去、現在、未來三相之線性時間，來處理「回憶」的行為，全書充滿了現象學觀點的運用；宇文所安更使用許多美學理論來分析回憶在審美活動中的地位和作用，並對中西文化背景和文學傳統各自的特點、差異加以闡述。本節筆者將略探現象學觀點及線性時間觀，並探討宇文所安如何運用現象學觀點與美學理論來分析「回憶」的行為。

一、現象學的時間觀

現象學（Phenomenology）是由德國學者胡塞爾（E. Husserl, 1859～1938）創立的一個哲學學派，分析性地描述人的意識活動。胡塞爾對於「意識活動」有一種新的看法，他認為意識活動不只是心理學意義上的實在的活動，從根本上講是一種意向性的（intentional）活動或行為（act）；這種活動的特點就是總要依據現有的實項內容，來統握或拋投出浮現於實項之上的、有穩定性和普遍性的意義，構造出超實項的觀念之物或意向物件，並通過這意義和觀念指向某個東西。這就是他常講的「意識總是對某個東西的意識」的含義，人的意識總是在幻化緣生，含有構成萬法的種子。意向性行為就是這樣一粒含有構造出意義和意向客觀性的構成機制的「須彌芥子」。〔註54〕

海德格（M. Heidegger, 1889～1976）將胡塞爾的「意向性行為的構成」徹底化，以至超出了一般意義上的個人意識，透入人的原發實際生活體驗中。

〔註54〕E. Husserl, "Phenomenology" in Encyclopaedia Britannica, 14th ed. Vol 17, pp. 699～702.

這乃是一種體驗與言說相交合的、憑語境而說話的言語方式，他充分擴張了胡塞爾意向性學說中的「虛構」的維度。在現象學的新視野之中，讓事物呈現出來，成爲我所感知、回憶、高興、憂傷……的內容，即成爲一般現象的條件，就是令我們具有美感體驗的條件。換句話說，美感體驗並不是希罕的奢侈品，它深植於人生最根本的體驗方式之中。〔註55〕

　　胡塞爾進一步反思了這樣一種意向性構成的前提。他注意到了作爲「實項」參與的還有一種更重要的在場「因素」，即任何意向性活動都要運作於其中的視域（Horizont）或邊緣域。以感性知覺爲例，當我看桌子上的一張白紙時，不可避免地要同時以較不突出的方式也看到圍繞著這張紙的周圍環境以及其中的各種東西，而這種邊緣域式的「看」以隱約的和隱蔽的方式參與著、構成著對這張紙的視覺感知。在我看這紙之前（那時我正在看桌子那邊的墨水瓶），我已經以依稀惚恍的方式看到了它；再往前，我則是以更加非主題的方式知覺這張紙的所處的環境；而當我的注意力或意向行爲的投射焦點轉向這張紙時，它就從這個它一直潛伏於其中的邊緣域裏浮現出來。當我的注意力轉開後，它又退入隱晦的知覺視域之中。儘管胡塞爾的這一邊緣域的思想受到過詹姆士（James）的意識流思想的影響，但這種知覺的「邊緣域」和「暈圈」對於胡塞爾來講絕不止是心理學意義上的，而是一切意向性活動的根本特性；它更深入地說明了從實項內容到意向物件的意向性構成爲什麼是可能的，如何實現的。這個視域或邊緣域爲意向性行爲「事前準備」和「事後準備」了潛在的連續性、多維性和熔貫性；使得意向行爲從根本上講是一道連續構成著的湍流，而非經驗主義者們講的印象序列。而且，它還爲從整體上看待人的生存方式提供了新的理論可能。〔註56〕

　　由此亦可看出，任何現象或意向性行爲，比如知覺，從根底處就不是單個孤立的，它勢必涉及到邊緣域意義上的「事前」與「事後」，也就是現象學意義上的「時間」。這種時間比我們平時說的物理時間、宇宙時間更內在和原本，胡塞爾稱之爲「內在時間」或「現象學時間」。對於時間本性的追究更清楚也更嚴格地表明瞭視域的不可避免。絕對不可能有一個孤立的「現在」，因而也就不可能有傳統的現象觀所講的那種孤立的「印象」；任何「現在」必然

〔註55〕M. Heidegger, Phenomenology and Theology（The Piety of Thinking, trans. J.G.Hart and J.C.Maraldo）, 1976, pp. 3～21
〔註56〕E. Husserl, "Phenomenology" ,pp.700～720.

有一個「預持」（Protention，前伸）或「在前的邊緣域」（Horizont des Vorhin），以及一個「保持」（Retention，重伸）或「在後的邊緣域」（Horizont des Nachher）。它們的交織構成著具體的時刻。這也就是說，任何知覺從根本上就涉及想象和回憶，只是這裏涉及到的想象和回憶是原生性的（productive，生產的）而不是再生性的（reproductive，再造的）；也就是說，它們是使任何一個現象（知覺現象、時間現象、意志現象……）出現所必然具有的構成要素，而不是依據已有的現成現象而做的二手性想象、聯想和回憶。依據這種時間觀，直觀超出了純粹的現在點，即：它能夠意向地在新的現在中確定已經不是現在存在著的東西，並且以明證的被給予性的方式確認一截過去。我們的內在時間意識和眾多體驗共同預設、構成和維持著一個「世界視域」，晚期胡塞爾稱之爲「生活世界」，它是一切認知活動，包括科學認知的意義源頭。當然，由於他將這本是純境域的生活世界最終歸爲「先驗的主體性」，將其產生的意義作觀念（idea）或意向物件式的理解，視域構成的思想被大打折扣，並沒有被發揮到極致。

海德格爾充分吸收了現象學中所包含的意向性構成，尤其是視域構成的思想，他認爲離開了那原發的、預先準備下各種可能勢態的世界境域，就不會有現象學意義上的人的生存；而脫開人的根本的「意向構成」視域，也就不是這樣一個潛伏的意境世界。海德格的起點就是他在 1920 年時稱之爲「實際生活的體驗」；這種生存境域化的體驗是眞正「自足的」和「充滿意義的」，這是人與世界相交相生的原發狀態；是充分混沌化和境域化了的，還沒有受制於「主體性」和「觀念化的意向物件」，但又飽含隨時展現、乘機發動的生存勢態和領會可能。

再一次討論現象學的時間觀；筆者認爲經緯交叉點上是指任何事情都發生在時間與空間的交彙處，從而具有具體性；而「時空阻隔」是指因時間的延續和劃分，空間的隔離和分割，使得任何事情都具有了發展中的間斷性，間斷性的連接，又使得事情具有了歷史性。

時間的流逝正如「抽刀斷水水更流」。但綿延的河流仍可以「某河段」或上、中、下游來劃分，時間也可以相對地區分爲過去、現在和將來。這是一種已廣爲人們接受的時間劃分法。但德國哲學家、存在主義者海德格對此不以爲然。他認爲，這種劃分實際上暗含著兩個前提：其一，這種時間觀以「現在」爲核心，「過去」是已經過去了的「現在」，而「將來」則是尚未到來的

「現在」；其二，這種時間觀以過去、現在、將來三點爲一線，時間形成爲一條勻稱地、無回復性的線性之流。因此，海德格主張，「過去」是我們早已生活在其中的地方，是孕育萬物的胚胎和土壤，它不存在「遺忘」，只存在「回復」。而將來能讓我們喚醒回憶，來到過去的澄明境界。因而，過去與將來是相通的，時間就是不分過去、現在和將來的「迴圈」。表面看來，上述兩種對時間的看法是相對立的，實際生活中，海德格爾也是以自己的時間觀反對常識時間觀的，但從內容上看，兩者是一致的，即它們都承認時間的延續性和間斷性，只不過它們對過去、現在和將來的理解不同罷了。時間的延續性及間斷性的連接，使時間具有了歷史性，使時間能夠從過去走到現在，從昨日走到今天，使時間的綿延不斷的發展進程中出現了相對的階段。

一、美學應用

在現象學中，有一「日常」生活觀點，就是日復一日的平常生活，這是非日常生活所並不具有的。顯然，與時間相遇，是用不著某種非同尋常的體驗或事件的。對於時間的意識乃是我們日常生活的組成部分。自從海德格爾《存在與時間》中對日常生存與本眞生存作了區分之後，日常性和日常世界就成了哲學中的流行概念。儘管如此，人們至今仍很少注意到，「日常的」這個詞的構成，已經是某種時間經驗的積澱了。既然時間是不斷流動著的，那麼，日常生活便具有歷時生成的特性。

這種日常生活的延續，就是一種「歷時性」的不斷生成。 日常生活的生成便構成了世界歷史的現實基礎，它並非是任何類型的意識流變。美的活動所佔據的時間，即「審美時間」，亦是日常生活時間的一個組成部分。在與其他類型的時間比較中，更可見一斑。在美學的分析中，審美時間顯然不同於爲物理時間與邏輯推論時間、正確的算術時間等等，但卻與感覺的世界和回憶的時間有千絲萬縷的關聯。其實，前者這類「時間眞的就是邏輯的和算術的，也就是：可推論的和可度量的」， 換句話說，是脫離了日常生活的抽象時間。審美時間卻與日常生活的時間（如感覺世界、回憶時間等等）具有巨大的親合力。但是，「藝術否定生活論」則不這樣認爲，他們將美和藝術視作永存的事物；因而，這種永存不在時間之中，它既不由時間所包含，更不由時間所度量。實質上，這種言論的背後是一種審美區別的觀念，亦即對審美意向事物和一切非審美特性的分辨，也就是美與現實生活的隔絕。這種區分恰恰定義了伽達默爾所反對

的「共時性」（Simultaneously）的審美意識。在審美意識中，共時性將一切使作品有效的歷史性維度都過濾掉，從而把遺留因素提升到同時存在的層面。這樣，藝術作品就被孤立出原本的生命關聯和文化語境，審美意識也濾析掉了歷史性條件，而保留且並置著被抽離出的審美質量。

與共時性相對的則是「同時性」，它與前者的時間平面化相反，它是在完滿的現在性中吸納過去、現在和未來的歷時三維。一方面，作爲美的本質的時間，要在不斷的演變和複現中獲得其存在，這是因爲現在總是由過去而來才流向未來。這是由於，固化的審美物件總是要在歷史中不斷地被一代又一代的人所理解。另一方面，這種時間形式又要在不斷自我更新中創造其形式，這是由於過去又是現在內的過去，並指向嶄新的未來。這種因爲，即便是對同一件審美物件，每一次的理解也都會有所不同，從而形成現代解釋學所說的「效果歷史」。所以，在現在、回憶和展望的時間經驗中，人們認識經歷著過去、現在和未來之間的那一場活躍的對話。可見，審美時間，也是美的本質性的規定，它要在歷史的演變過程中來加以理解。

因此，由上可知道美的活動是如何置身於時間之流中的。一方面，美的活動是日常生活時間的延續，它的審美瞬間正是這種日常生活綿延的橫斷面，亦即的「垂直地切斷純粹的時間流逝」；另一方面，美的活動作爲對日常生活的阻斷，形成了一種「同時性」的生成狀態，亦即過去——現在——未來的三相時間之對話的狀態。可以說，美的活動之時間性生成，既是日常生活綿延的延續、中斷、延續，又是在審美「同時性」層面上的拓展與遷躍，從而成爲向著無限和永恒展開的時間帶。

總之，美與日常生活之間，構成了一種現象學的關聯，這種關聯實質上是一種「對話性」的交往過程。美的活動在直觀中才能達到本質，讓本質就呈現於審美直觀之中。作爲本質直觀，美的活動其實也是「回到事物本身」的本眞生活方式之一。

宇文所安的《追憶》一書，明顯地以過去、現在、未來三相爲要素的線性時間觀，來處理「回憶」的行爲。他認爲：「每一時代都念念不忘在他以前的，已經成爲過去的時候，縱然是後起的時代，也渴望它的後代能記住它，給它以公正的評價，這是文化史上一種常見的現象。」〔註57〕這與海格爾：過去與將

〔註57〕Stephen Owen, Remembrances: The Experience of the Past in Classical Chinese Literature（Cambridge: Harvard University Press, 1986）, p.17.

來是相通的，時間就是不分過去、現在和將來的「迴圈」。宇文所安的時間是可復返的，回憶的這種行爲也具有了過去、現在、未來三相，並以此三者爲構成要素。底下，筆者將探討宇文所安如何將「追憶」運用在中國文學中。

三、追憶的形象運用

作爲一個含蘊豐富的思想和藝術行爲，追憶不僅是對往事與歷史的複現與慨歎，也寄寓著儒家知識份子追求「不朽」的「本體論」的焦慮；更體現了「往後看」這一延續了幾千年的中國文化的傳統和思維模式。

全書不按年代排序，也不求分類闡述，宇文所安通過新穎獨到而又論證充分的闡述與分析，力圖爲我們建構一個追憶的殿堂：詩、物、景劃出了一塊空間，往昔通過這塊空間又回到了我們身邊。

《追憶》分爲"導論"、"黍稷和石碑"、"骨骸"、"繁盛與衰落"、"斷片"、"回憶的引誘"、"復現"、"繡戶"、"爲了被回憶"等篇章，運用與回憶有關的論述中心而構成全書，以中西文學、文化傳統爲背景，運用許多較新的文學、美學理論來理解和透視中國文學中種種「追憶」的現象，給人許多新的啓發。本書圓滿地實現了宇文所安的自我期許：「它提出來的應該是一些複雜的問題，這些問題的難度不應該被簡化。」作者沒有借用西方文論中某些宏大的理論框架或「陌生化」的切入角度，就算運用了複雜的現象學觀點，也只取其時間觀念上的看法，自成一家。他令人意外地採用了一種深深「沈浸」到中國古典文學文本中的細讀方式，披露那些潛藏在我們熟知的文本下面，而我們可能從未覺察過的細微思緒；在他的觀照下，一些我們耳熟能詳的篇章有了新的旨趣。底下，筆者將細分宇文所安如何對追憶進行形象的運用。

（一）不朽與往事回憶

《左傳》曾以「立言」爲三不朽之一，魏文帝曹丕的《典論‧論文》更認爲文章乃經國之大業，不朽之盛事，明確表達了希望通過優秀的文章傳名後世，成爲被人追憶的對象。由於這種強烈的誘惑，中國古典文學裏滲透了對不朽的期望。作家關注往事、古人，並且希望自己也成爲值得追憶的對象；而與這種願望成正比的是懼怕湮沒、銷蝕的焦慮。

在《導論：誘惑及其來源》中宇文所安提到，中國古典文學給人一種承諾——優秀的作家借助於它，能名垂不朽。基於這種強烈的誘惑，中國古典

文學中有著對「不朽」的期望，所以到處可看到和「往事」有關的聯繫。「既然我能記得前人，就有理由希望後人會記住我」，這為作家提供了信心，讓他們從往事中尋找根據，拿前人的行為和作品來印證今日的覆現。

宇文所安追索杜甫《江南逢李龜年》的詩意所在。這是一首跟追憶有關的詩，兩人之間的相遇，不單在於喚起昔日的繁華，引起傷感，而是在這種距離。詩意在於通過回憶的途徑，詩人回憶自從不能再與李龜年常常相遇以來的這一段時間距離；記憶力使他們意識到自己失去某種東西。詩人追憶當時文人的聚會，顯現在頭兩句詩裡，接著便消失了。記憶的幻象從我們眼前消失，面對的自然風景就取而代之，這種取代又深化成為提示我們想起失落的東西，繁華的季節已經終結了。這是回憶、失落和悵惘的詩：失去的過去，可以想見完全沒有希望的將來。然而，整首詩中沒有一個字談到「喪失」，有的只是相會。〔註58〕

（二）回憶者與失落

〈黍稷和石碑：回憶者與被回憶者〉講到每一個時代都念念不忘以前的、已經成為過去的時代，也渴望它的後代能記住它，給它公正的評價。有一條回憶的線索，把此時的過去同彼時的、更遙遠的過去連接在一起，而鏈條也向臆想的將來伸展，我們得到一個結論：通過回憶，我們自己也成了回憶的對象，成了值得為後人記起的對象。回憶總是和名字、環境、細節和地點有關，而在朗讀碑文時，人們回憶起了回憶者，因為人們熱衷於把傑出的回憶者們的名字銘刻下來，刻在石碑上，雖然時光不會倒流，但依靠這些石碑我們可以重溫故事、重遊舊地、重睹故人，這些場景或典籍是回憶得以藏身和施展身手的地方。

宇文所安對《晉書・羊祜傳》羊祜登峴山悲懷古人的故事、孟浩然作《與諸子登峴山》等作品，以時間三相為線索，對孟浩然的回憶，作了如下的評論：孟浩然告訴我們，他是怎樣回憶起回憶者的，而他自己又把己身的回憶行為銘刻在詩裡，對我們讀詩者而言，他又成為了回憶者。〔註59〕

〈骨骸〉文中借《莊子・至樂》的寓言說明人死了就不會再想要通過運用這種自由來得到快樂，不會再有心思為這些可能誤解死亡的人來排惑、解

〔註58〕Stephen Owen, Remembrances: The Experience of the Past in Classical Chinese Literature. pp.3〜8.
〔註59〕Owen, p.25.

疑。通過莊子的寓言的自我解析，我們理解到──代表了一種為這樣的文明所不容的威嚇。這種威嚇的核心所在是人的骨骸，某種來自過去的、不明身分的殘存物，這個骨骸代表了一種失落：身份的失落、時代的失落和家族的失落。當我們面對無名屍骨時，我們會發現對他缺乏足夠的了解，因為有了身分，有了在我們世界中的位置，才能成為一個真正的人，所以當面臨要承認骨骸中已經不存在人性，這是非常困難的；在莊子的寓言中，顰蹙雙眉的骷髏向活著的人證明活人所理解不了的歡樂，我們可看出，摧毀了語詞、形象，不按它們原來面貌來理解時，才能把握內中的意蘊。

（三）朝代的興衰與斷片

〈繁榮與衰落〉中提到「赤壁大戰」，以杜牧的《赤壁》詩來體現朝代的繁榮與衰落，我們讀到了城市的盛衰，清楚地看了自然必然性在這個過程中所起的作用，自然是一種與道德無關的機械運轉，在其中，任何繁榮昌盛都必定會為衰敗破落所取代。

〈斷片〉講到當我們在回憶過去時，通常有某些斷片存在於其間，它們是過去與現在之間的媒介，且以多種形式出現：片段的文章、零星的記憶、某些殘存於世的人工製品的碎片。斷片把人們的目光引向過去，之所以感動我們，是因為它起了「方向標」的作用，起了把我們引向失去的東西所造成的空間的那種引路人的作用。中國文學中充滿著斷片型態：作品是可滲透的，可以和作詩以前和作詩以後的世界連結在一起，詩也以同樣的方式進入讀者的生活，我們看到的雖是一則表面的斷片，卻足以使我們朝整體延續下去。

（四）回憶的引誘與復現

〈回憶的引誘〉提出在回憶的行動裡我們暗地裡植下了被人回憶的希望，然而回憶也能成為陷阱，因為回憶過多就會排擠現實，而同樣的危險也出現在回憶的外在化中，一種奇特的賦予回憶以定型的行為；這是一種好古的激情，在其中，過去的價值體現到某些具體的古物之中。以李清照為例，我們把她這種複雜的回憶行為放在當時的現實中，這是一個正在衰亡的朝代，收藏品的流失就發生在這樣的背景裡，是這個朝代的衰亡導致了它的流失。宇文所安對李清照的《金石錄後序》一文詳加分析；他首先注意到李清照在描繪自己早年生活的段落中，反覆強調自己家庭的節儉和寒素，及由此導致收集碑文、古玩的艱難。接著探索李清照的內心世界，「節儉」話題反覆

出現，是出於對命運循環的恐懼；宇文所安更揭示了《金石錄後序》中敘述人稱的使用上存在著微妙的變化，進一步從中透視夫妻感情的微妙處。

〈復現〉中特別提出凡是回憶觸及的地方，我們都發現一種隱秘的要求復現的衝動，唯有通過回憶，復現才有可能。作家們在心理反覆進行同樣的動作，用多變的技巧來掩飾他們的復現，他們是多麼強烈地渴望能夠擺脫重複，然而一旦我們在新故事的表面下發現老故事又出現時，我們知道這裡有某種他們無法捨棄的東西；而一個作家是否厲害，可以用這樣的對抗力來衡量，那種想要逃脫以得到某種新東西的抗爭，那種想要復現的衝動之間的對抗。宇文所安特別提及《浮生六記》中關於沈復童年生活的一段有趣回憶，宇文所安認爲因爲沈復老想逃進一個小世界中以緩解現實的壓力。他不是碰巧遇上這樣一個世界，沈復是打算去發現一個或者建造一個這樣的世界。當他想像自己變得很小，而外物變得很大時，他的願望就在幻想中實現了：他逃離了現實世界，獲得了屬於自己的無限空間。這段童年回憶與成年沈復醉心於園藝、假山等藝術創造活動有密切關係。宇文所安敏銳地指出，沈復在敘事上採取了這樣的策略：他努力使讀者相信事實就是如此，實際上他卻是按事實應該如此來講述的，《閒情記趣》中的「趣事」經過精心選擇、修飾，沈復在回憶它們時，實際上傳達了一種焦慮不安的心緒：自由自在的幸福生活是短暫的，隨時可能被外來侵入的東西所破壞。

（五）回憶的藝術與為了被回憶

〈繡戶：回憶與藝術〉提出寫作是由回憶產生的許多復現模式中的一種，但是寫作竭力想把回憶帶出它自身，使它擺脫重複；寫作使回憶轉變爲藝術，在這過程中，想要控制住這種痛苦，想要把握回憶中令人困惑、難以捉摸的東西，它使人們和回憶之間有了一定的距離，使它變得美麗。回憶的轉形越是需要運用匠心，作家就越是不得不去研究藝術的要求，一首體現出傳統風格的詩詞，即是主宰回憶的嘗試，也是對前人技巧的冥思。「繡戶」字面的意思是繡花的門，這樣的語言爲紛繁錯綜的藝術品提供一種重要的、比喻的詞彙，在這樣的藝術品裡，單根的線在整幅織物中消失不見了，個人的東西通過內旋的形式出現在眾人眼前，其內旋的程度使得它無法被人看出，也無法再次還原爲個人的東西。

〈爲了被回憶〉中提到回憶是不落窠臼的，是別具一格的，它不是一成不變的東西，書中提到張岱的《陶庵夢憶》，追憶在清朝統治之前，他在南方

的生活，自序一開始就表明他同社會脫離了所有的聯繫，從社會中分離出來，他成了中國傳統典型的孤寂和痛苦的形象，他不僅回憶過去，而且回憶起了前人作為典範而經常回憶起的人物：司馬遷、伯夷、叔齊。張岱為了紀錄過去而活了下來，張岱的眷戀知情包含了不同的內容：眷戀的人和所眷戀的東西，它可以是過去的生活、現在的生活，或者是企求他的名字被後人回憶起來的期望，正是眷戀之情創造了歷史，眷戀之情通過寫作而顯現出來。這是《追憶》的最後一章，直接點明了主題：「為了被回憶」。宇文所安認為惟有在中國浩瀚的文學傳統裏，這一主題才呈現出更明媚的面貌；這是文人們對「不朽」的渴望。為了被回憶，後人眼中的被回憶者在文本裏，在生平事迹裏，設置了種種繁雜的圈套，並在時光的滋養下成長為迷人的誘惑。它吸引著回憶者的眼神，同時消解或者加深了他們對不朽的焦慮。

四、述　論

在《追憶》中，宇文所安所採取的不是西方式的、線性的、生命不返之河的時間，而是與東方、中國似輪、似盤、似滾桶的迴圈的時間，彼此疊加。「有一條回憶的練索，把此時的過去同彼此的、更遙遠的過去連接在一起，有時鏈條也向臆想的將來伸展，那時將有回憶者記起我們此時正在回憶過去。」〔註60〕從中我們可看出「回憶」行為也具有了過去、現在、未來三相，宇文所安並以此三相為構成要素，對具體作品進行分析；以下筆者將就宇文所安「追憶」行為的運用，作一探討。

（一）關於不朽

宇文所安認為惟有在中國浩瀚的文學傳統裏，這一主題才呈現出更明媚的面貌：這是文人們對「不朽」的渴望。為了被回憶，後人眼中的被回憶者在文本裏，在生平事迹裏，設置了種種繁雜的圈套，並在時光的滋養下成長為迷人的誘惑。它吸引著回憶者的眼神，同時消解或加深了他們對「不朽」的焦慮。此外，宇文所安強調回憶者在回憶更遠的古人，這一行為中隱含著希望後人也因此記住自己的心態。筆者認為宇文所安突顯了個人恐懼湮沒和銷蝕的心態，從而突出了個人的獨立價值，在魏晉時期，士人們有著憂慮自己被後人遺忘，深怕被埋葬在時代的洪流中；因此，對於不朽，的確有渴望

〔註60〕Stephen Owen, Remembrances: The Experience of the Past in Classical Chinese Literature. P17.

與焦慮。

　　從宇文所安所受的西方背景來看，在西方文化傳統中人本主義佔有重要的地位，強調個人的獨立性、價值與尊嚴，他們認爲一個人只有從所有的社會角色中撤出，並且以「自我」作爲一個基地，對這些外礫的角色作出內省式的再考慮時，他的「存在」才開始浮現。〔註61〕在中國文化傳統中，人的觀念始終和社會、團體觀念聯繫在一起的，人只有在社會關係中才能體現，個人是所有社會角色的總和，如果將這些社會關係都抽離了，那麼個人也就蒸發了。〔註62〕由以上可知，中國和西方對個人價值的定義雖不同，但宇文所安認爲個人因恐懼湮沒，所以欲創「不朽」盛事，實屬給予我們從另一角度重新審視「不朽」在中國文學中的可行性。

　　筆者認爲，在儒家文化中的超驗因素，或對於超越個體生命的永恒不朽的價值的追求，更具體地表現爲對「名」，尤其是「身後之名」或「不朽之名」的追求上。對身後不朽之名的追求，正是傳統儒家知識份子超越個體生命、追求永生不朽的一種獨特形式。中國古代文人士大夫普遍有一種留名後世的強烈欲望，這往往是驅使他們在有生之年有所作爲的秘而不宣的內在動力。對不朽之名的追求正是所謂文人士大夫者流生活的終極目的與原動力之所在；對他們來說，個人生命的意義，即在於爭取青史留名，流芳百世。也即借助「名」的獲得而成爲「不朽」；這種追求具有超越個體有限生命，以進入永恒與無限境界的意味。但事實上中國儒家文化中對名的追求，卻並未導致西方意義上的個人主義的強化。這是因爲「名」從根本上而言是要依賴於他人和群體的認可才能成立的。即使不依賴當世之人，也要依賴後世之人；這就決定了求名者通常不能公然以利己的姿態出現，強調一己之權益；也不能過於離群索居，素隱行怪，追求我行我素的個性發展。尤其是想通過立功、立德以成名者，更不能脫離群體；相反卻要努力使自己成爲群體利益的代表者、群體道德規範的體現者。這就決定了中國儒家知識份子不是以具有獨立權利和義務的個人，而總是以社會群體代言人的身份參與社會公共生活。而宇文所安認爲中國文人求取「不朽」，關注往事、古人，並且希望自己也成爲值得追憶的對象，而與這種願望成正比的是懼怕湮沒、銷蝕的焦慮。這個論點只關注對自身湮沒和銷蝕，在中國文化傳統上的內涵上提出新意，加入西

〔註61〕孫隆基：《中國文化的深層結構》（香港：集賢社，1983 年），頁 11。
〔註62〕同前註，頁 12。

方文化的個人主義色彩，重現了中國文化傳統中的精隨。

（二）關於時間觀

從《追憶》一書中，可發現回憶行爲在宇文所安的論述中，具有過去、現在、未來三相，並以此三者爲構成要素，對具體作品進行分析。在孟浩然的《與諸子登峴山》中，宇文所安仍以三相爲線索，把古人、羊祜、孟浩然、讀者四者概括爲回憶行爲的組成要素，體現了時間觀的特點。筆者認爲把回憶行爲歸爲體現著時間三相的幾個要素，固然能使複雜的懷古、回憶行爲，能從新的視角作一整體把握，但另一方面也可能因這普遍模式的形成，而將內涵豐富的回憶行爲抽象化、形式化。宇文所安認爲孟浩然的詩使我們恍然如置身於一場追溯既往的典禮中……行禮如儀，每一種典禮儀式，都是一種固定的形式。參預其事的人只是適應這種場合的一個角色，按照這種場合的要求而承擔某種功能，他在其中不是一個有個性的人。在舉行典禮的過程中，所有東西的個性都被淹沒了。……正因爲有個性的東西消失不見了，同樣的事情才有可能反覆進行；正因爲有可能反覆進行，典禮儀式才有可能存在。〔註63〕與文所安的這段話的幾個關鍵詞：典禮、功能、角色、個性、反覆。這些勾勒出回憶行爲作爲典禮的構成要素。筆者認爲一旦把回憶視爲一種典禮，雖然在符合時間觀的意義上基本模式，但如此一來，人在其中只是角色、功能，其個性、特徵等內容層面的含意就被忽視、簡單化了。在中國古典詩歌中，「登臨懷古」是代代相繼的題材，其中不僅寄寓了歷代詩人複雜、細緻的情懷，也蘊含了中國文化傳統中的社會倫理、價值觀等深層意識；但宇文所安卻僅僅將其視爲一種非個性、反覆進行的儀式，或許是忽略了中國傳統文化的深層意識。

筆者認爲雖然中國古代詩人登臨懷古之作，表面上有一種對大自然週而復始、循環往復，對人生一逝不復的概嘆；但其中往往還有一種深刻寄託著「建功立業」志向的悲嘆。就孟浩然《與諸子登峴山》來說，羊公實暗指張九齡。張九齡貶荊州長史時，詩人正在洞庭。詩人曾與張公同登峴山，情形頗類羊祜登峴山。此詩作時，張公已因排擠而卒，因此詩人報負再次落空，登臨感慨，悲嘆時不遇也。由此可見，詩人的個性是鮮明的，並有建功立業的意識蘊含其中。

〔註63〕 Stephen Owen, Remembrances: The Experience of the Past in Classical Chinese Literature, p.24.

又如陳子昂的《登幽州臺歌》：前不見古人，後不見來者。單從文字表層意義看：前（古人）、詩人（現今）、來者（將來），這與時間的三相十分吻合；但進一步分析便會發現，詩中的古人是有所指的。登幽州臺，旨在追懷古燕國昭王一事，旨在感嘆那些能夠重用賢才的聖明君主已一去不返，詩人感嘆建功立業之抱負無法實現，這是愴然淚下的主要原因；但與文所安卻只關注在時間三相，並未對詩人的個性與情懷多作探討。〔註64〕

（三）關於回憶的引誘

這是《追憶》的第五章，是這本書最讓人讀來頓生驚豔之感的一章。宇文所安大呈才情，將李清照為丈夫趙明誠的《金石錄》所寫的後序加以細緻入微地剖析。沒有人不為宇文所安的手藝歎服；沒有人不承認，是他的追憶，激蕩起了這個平實文本的生機；「這篇文字中的告誡的力量來自一種認識，認識到她自己的愛而不捨為她留下的傷疤，認識到推動那些狂熱的愛而不捨的人們去做他們非做不可的事的那種共有的衝動，在她身上也發揮過作用。她也被回憶的引誘力所攫取，被纏卷在回憶的快感和她無法忘懷的傷痛之中。」〔註65〕關於追憶，我們再也無法讀到比這更透徹的文字。

宇文所安對李清照的《金石錄後序》一文詳加分析。首先注意到李清照在描繪早年生活的段落中，反覆表白、強調家庭的節儉和樸素，以此說明收集碑文、古玩的艱難，在這多次的重複中，隱含著李清照某種內心秘密。因此認為李清照文中所描述收藏品、家產等都在說明，她的生活即使談不上豪華，也還屬於殷實之列；但「節儉」的話題反覆出現，這是出自於對命運循環的恐懼。宇文所安利用「心態分析」，直接切入作者的內心世界，使我們了解到李清照的另一個新的側面。

另一方面從「人稱」的變化，宇文所安發現到《金石錄後序》中敘述人稱的使用上存在著微妙的變化，進一步發現李清照夫婦感情的微妙處。李清照在描寫他們新婚生活時，文中描述總是用「我們」，強調了夫妻倆的感受是相同的；而後人稱的問題變得越來越敏感，李清照用了第一人稱，把她自己的感受和丈夫的感受區別出來，由此可看出他們夫妻間的地位發生了微妙的變化。

〔註64〕程鐵妞：〈試論斯蒂芬‧歐文之中國古典文學研究〉《漢學研究》第一集（北京：中國和平出版社，1995年），頁244。
〔註65〕Owen, p97.

關於李清照和其夫婿的情感，大陸學者王汝弼提出質疑；他認為兩人在感情上有矛盾，主要表現在兩個方面：一是趙明誠納妾，根據《金石錄後序》中的「殊無分香賣履之意」一語，無意中流露趙明誠蓄有妻妾，且認為〈鳳凰台上憶吹簫〉一語有難言之隱，主要是對趙明誠移情別戀的不滿。二是兩人對於書籍、古董的收藏態度不同。〔註 66〕朱淡文先生重伸王汝弼先生的看法，認為「殊無分香賣履之意」透露出趙明誠不止一個侍妾，而「余性不耐，侯素性急」諸語顯示了兩人的性格差異。〔註 67〕陳祖美先生也對李清照內心隱密處，作深刻探討，對〈鳳凰台上憶吹簫〉、〈聲聲慢〉二詞進行新的詮釋，認為〈鳳凰台上憶吹簫〉的「欲語還休」是有難言之隱，〈聲聲慢〉則是表達無嗣；〔註 68〕陳祖美先生並對李清照的內心隱密進行了開掘，對其許多詞作作了新的詮釋。

當然持反對意見，周桂峰基本上認同趙明誠的納妾之說，但不同意納妾會對兩人的感情造成傷害；他認為兩人之間的關係是古代社會裡難得的夫妻兼朋友之義的良好範例，他認為「殊無分香賣履之意」是表達趙明誠對身後之事了無牽掛。〔註 69〕張宏生對陳祖美的看法提出反駁，他認為陳祖美對趙明誠的論說，明顯遵循著無嗣、納妾、疏妻這一邏輯。無嗣是事實，但是否一定導向納妾，即使納了妾，是否就一定疏遠李清照，這些都是推測，也有可能例外。張宏生還認為「殊無分香賣履之意」與納妾之事無關，而是說明，趙明誠認為該說的都已說過，他和妻子心意相通，不必再多言。〔註 70〕

筆者認為陳祖美提出趙明誠納妾的問題，並對李清照內心情感的探析、體悟確有令人耳目一新之處，但趙明誠是否納妾，在無確切史料證明的情況下，只能看成是一種合乎情理的假設；陳祖美雖提出通過李清照詞中的用典來說明趙明誠納妾，這只能是一種臆測；因為典故的意涵具有多義性。

筆者認為正反兩方的說法難有最終結果，趙明誠是否納妾，夫妻倆人是否感情不睦，在沒有新的史料發現前，將只能做為一種假說，李清照的內心

〔註 66〕王汝弼：《李清照研究論文集》（山東：濟南市社會科學研究所，1984 年）。
〔註 67〕朱淡文：〈論李清照漱玉詞中的愛與鬱〉，《上海師範大學學報》第 3 期（1989 年），頁 241～256。
〔註 68〕陳祖美：〈對李清照內心隱密的破譯〉，《李清照研究文集》（大陸：齊魯書社，1991 年）。
〔註 69〕周桂峰：〈趙明誠與李清照夫妻情感論析〉，《淮陰師範學院學報》第 3 期（2000 年），頁 26～32。
〔註 70〕張宏生：《重看趙李情緣》（南京：南京大學出版社，1995 年）。

是否有怨懟，還有待更科學而堅實的探索。

　　與其他學者不同的是，宇文所安在分析文本本身時，常能隨自己思緒的自然流動，進而捕捉到心中的瞬間感悟，並將自己的觀點直接抒發出來。在《金石錄後序》中提到李清照的丈夫向她交代了不得已時，丟棄家產和收藏品的順序時，有著她本人的位置──與宗器共存亡。宇文所安對此憤恨不平，他認為此時李清照的心中應該會有一絲怨恨；在這裡，歐文融入了西方文化傳統中的人道主義精神與價值觀，這種直接抒發自己的觀點不僅是超出了我們固有的理解外，更顯示了中西文化觀念的衝擊點，這是值得我們研究的地方。

第五節　詩歌流變史與歷史進程研究

　　宇文所安最讓人感到驚訝的是以一人之力，撰寫了《初唐詩》、《盛唐詩》兩部著作，來考察詩歌體式、風格的流變，作家群體的形成；在唐詩史的研究上可稱為巨作。本節筆者今從詩歌流變史與歷史進程研究著手，探究宇文所安以詩歌史寫作初、盛詩的研究概況。

一、詩歌史發展環節研究

　　中國是個詩歌的國度，也是個歷史的國度，詩學與史學自來就是最發達的學問。然而，融合二者的學問「詩史」卻一直沒有發展起來。如果說劉勰《文心雕龍・時序》及沈約《宋書・謝靈運傳論》、蕭子顯《南齊書・文學傳論》以降的史書《文苑傳論》已是古典意義上的詩史研究的話，那麼這種研究延續了千餘年，直到清代葉燮《原詩》、魯九皋《詩史源流考》也沒形成系統化、規模化的格局，始終停留在籠統的描述與印象式判斷的階段。

　　中國詩史流變之可概括為「三源一流」。三源分別是以《詩經》為代表的儒家詩學體系，以《莊子》為代表的道家詩學體系和以《楚辭》為代表的楚騷詩學體系，而漢末建安時代是三源匯合的關捩點；從漢末建安迄近代中國，則是詩史的一流時代，無論是對外在因素（哲學思潮、詩人人格建構、詩學理論、詩樂關係等）的探察，還是對內部結構（詩之體、詩之音、詩之象、詩之意）的關照，無不顯示出對詩歌構成了一個相對完整、相對獨立的詩歌系統。中國詩史分期的看法是每一位文學史研究者無法回避的問題，已成為文學史論家所關注的主要課題之一。有人依據歷史朝代的變遷，將文學史劃

分成不同的段落，但越來越多的學者已意識到這是一種僵化的模式，並不契合詩史自身流變的規律，也不能揭示詩史內在本質。於是就有一些學者，如宇文所安，嘗試按照詩歌嬗變的內在規律進行歸納，將初、盛、中唐的分期重新劃分，蓋因其對「歷史過程」的重視，及對詩歌嬗變的再研究，的確為唐詩的分期注入新的活力。

宇文所安之《初唐詩》、《盛唐詩》新義疊出，精彩紛呈，但其最大特點也即最引人注目之處，是作者所顯示出的「通觀」意識。這首先體現在對整個唐詩活動及其內在理念在歷史流變中的演化軌跡，所作的宏觀把握和準確定位。唐詩在不同歷史時期的呈現出各自不同的特點，而相互之間又有著一以貫之的內在關聯；例如盛唐的「都城詩」就深受初唐「宮廷詩」的影響。

詩歌史的任務是解釋歷史，基本概念應在不同層面展開；筆者認為詩歌史的寫作任務概括為二個方面：一是理清詩歌流變現象、發展脈絡，點明盛衰消長的原因；二是揭示詩歌的審美創造精神。宇文所安的詩歌史寫作方式緊緊圍繞詩人對詩歌的認識與需要，把握唐詩的命脈。他更認為應該堅持詩歌本位，詩歌史是詩歌的歷史，應注重從文本入手，特重歷史文化背景；詩歌研究一定要納入歷史的視野，不應忽略歷史的層面。借鑒史學界的研究思路，注重把握歷史事件的關聯，加強對「過程」的研究；必能從詩歌的流變史中，找出演進的規律。

從宇文所安的詩歌史環節研究中可看出，始終貫徹一種本體論的研究立場。無論是理論，還是詩歌剖析，都立足於詩歌的特點，都落實到意象、語言、形式、技巧變化的觀察之中。在各個時期詩歌現象的論述中，作者帶著「開放問題」的強烈意識，切入具體的歷史形態，回到文學史現場，充分展示唐詩的複雜性與豐富性。他的詩歌史研究創新之點，首先是在唐詩史構建上的新的史識與觀念；在對唐詩的不斷尋求突破的考察中，揭示其存在的「問題鏈」。作者在充分尊重歷史複雜性的基礎上提出問題，並以具有穿透力的問題重返歷史，在該著作中形成良性互動，從而論述中有不少新見，對一些為研究者長期關注的問題的討論，也有許多深化與拓展。此外，在體例和架構上宇文所安更是別出心裁，既順應了唐詩演變的歷史流程，又在對歷史的動態觀察中，捕捉到不同時期唐詩問題的轉移、變換，及應對的策略。他在論述中不時表現出對歷史細節的驚人敏感，以及由此產生的別致的闡釋。這種對細節的珍視和獨特闡釋，有力地揭示了歷史進程中的裂隙和不規則，這在

唐詩研究上具有重要意義。在他看來，詩歌流變史的任務在於闡明唐詩的傳統，追溯詩歌體裁演變的歷史，梳理詩歌風格、流派的更替、消長以及確定重要詩人的地位與價值。這一概括無疑是非常精當的，而將闡明唐詩的傳統放在首位，尤其具有現代的眼光。正是在這種詩史觀念的主導下，宇文所安的《初唐詩》、《盛唐詩》的視角始終建立詩歌的文學價值表現的機能、方式之發生與變遷上，論述詩人或作者總是著眼于其對詩歌傳統的參與。

　　唐詩是中華民族文化藝術寶庫中的瑰寶，唐詩研究自唐代即已開始，迄今一千餘年，構成古典文學領域裏的一門顯學──唐詩學。清理唐詩學的歷史進程，總結其豐碩的成果與經驗教訓，目前還沒有人系統做過。宇文所安的《初唐詩》、《盛唐詩》從詩歌史流變著手，首次對初、盛唐詩學千餘年來的豐厚積累進行了全面系統的清理和盤點，不僅可以填補這一空白，也對唐詩審美傳統起了積極的作用。

二、歷史文化的綜合研究

　　和傳統的唐詩研究著作相比，宇文所安最顯著的特色就是具有強烈的歷史文化意識。這種意識首先表現爲能從當時的歷史文化趨向中，來考察詩歌體式、風格的流變，作家群體的形成，創作傳統的承繼和變革。而這種考察又不像過去僅僅把社會概況作爲外部附加物硬是貼在作家作品身上，而是找出歷史──文化發展的趨向與文學發展趨向之間互相影響、互相促進的一種相關性。因而宇文所安抽繹出「宮廷詩流變」、「都城詩人與外部詩人」這兩條唐詩轉型過程中，最重要的線索，分別對初盛唐詩歌中所走過的文化歷程進行回顧，從而揭示出盛唐詩歌所蘊含的文化精神的歷史淵源。

　　更值得注意的是，作者在做歷史──文化的綜合研究時，不滿足于借用史學界、文化學者的已有成果，而是自己沈潛到原始材料中去，從文本著手，對論題所涉及到的，而史學界並未注意到，或未能完全解決的歷史問題，作更深入的探討，所以雖然只是初、盛詩歌史研究著作，但作者對於整個唐詩研究背景、社會環境、集團勢力在朝廷的興起等問題的闡述，也都具有一定的史學價值。

　　爲了能更準確地對初盛唐詩歌的藝術演變過程，及盛唐詩歌高峰到來的前因進行更深入、更細緻的研究，宇文所安在宮廷詩與初盛唐詩歌之間藝術關聯的基礎上，發掘出這一段詩歌藝術發展史中的一些尚未被人注意但又比

較重要的環節；例如較深入地探討了宮廷詩的文學史意義，認爲上官體屬於初唐四傑等人批判的範圍，他們一方面接受它，一方面又加入個性，冀望能顯現出自己的風格。再如，宇文所安在考察武后、中宗朝宮廷詩歌時，指出武后時期留下很多宴會詩，而這些完備的詩歌給了宮廷詩豐富的語料系統。

在研究一個時期的文化背影及由此而產生的時代總體精神狀態下，綜合的「歷史——文化」趨向研究是必然的，要怎樣形成作家、士人的生活情趣和心理境界，從而產生出一個時代、一個群體以及個人特有的審美體驗和藝術心態；這些都是唐詩史研究未來的趨勢。文學研究不僅要考慮文學與其他社會背景的關係，更要探索文學的總總歷史——文化在環境中怎樣顯示其特色。它不是使文學隱沒，而應是以文學作爲主體，使其更加突出。

三、述 論

細讀宇文所安的兩本詩歌史作品，可以發現，宇文所安多能從一般人所忽視的角度，提出新見，而這些見解，又都是深入到原始材料中，將其一點點心得積累起來，歸納而成的。例如，在探討都城詩人與外部詩人的詩歌較中，除了探討其家庭背景，並得出由於都城詩人受到良好的宮廷詩歌訓練，所以能寫出優美的都城詩；反觀外部詩人沒受過嚴格的詩歌訓練，所以詩風保有質樸的個性。這樣的創見，由於是從大量的材料的爬梳、排比後歸納抽繹出來的，所以令人信服。

對初盛唐詩壇的構成關係及其發展變遷，宇文所安有自己新的認識。由於他採取詩歌史流變的寫作方式，因而注重詩歌內部的演進規律，把宮廷詩歌處理爲初唐詩壇的邏輯主體，而初唐四傑、陳子昂等詩歌革新方面的代表人物，則受到宮廷詩歌的壓力和技術影響，發生藝術激變。作者認爲，陳子昂是來自四川偏僻之地的詩人，由於對地方特性的感覺，由於開始時受到都城文學獨裁者的排斥，陳子昂轉向對立詩論和復古理論是十分自然的，以此解釋陳子昂對宮廷詩的態度和他自己的創作，顯示出作者對文學地域觀念的重視。與此相關，他對初盛唐詩歌中的「都城詩」表現出突出的興趣。他認爲，盛唐詩歌是以王維代表的京城詩人繼承並革新了宮廷詩人的創作傳統，直接影響了時代詩歌主流。而盛唐的所有詩人，都可以根據他和京城詩人的創作距離來分析其藝術走向。而李白和陳子昂一樣，由於地方性的影響，從寫作裏出現的大量的悖於規矩中，重建了自己特殊的天才個性。

　　宇文所安從詩歌文本中，以「京城」這樣帶有地域性的觀念來分析一個橫向展開的詩壇規模，進而完成詩歌主流從初唐到盛唐再到大歷的縱向演化，這種邏輯是相對完整而周密的，顯示出作者創獲新知的努力。作者並沒有沿用我們經常所認爲的山水田園詩派、邊塞詩派的論述框架，對於前者，他僅僅強調了王維等京城詩對陶淵明詩歌傳統的發現與繼承，這使我們將其與初唐時期王公貴族的山池隱居和開元前後文人的山林隱居聯繫起來，思考陶詩對唐詩的意義。對於後者，他把高適和岑參分化爲第一和第二代盛唐詩人，並且辨別他們在藝術上的區別，強調天寶詩壇求新、好"的風氣對岑詩的意義。這種宏大的論述框架和仔細的辨析能力相結合，使得他的結論獨具特色而又暗合詩史的基本觀念。

　　無庸諱言，宇文所安在具體論述過程中，也存在著一些不足和缺憾。如在論述初唐四傑與宮廷詩的關係時，過分強調他們與宮廷詩處在矛盾地位，既包容，又努力擺脫束縛，創造個人風格，只能詩歌文本入手，並未對週遭環境作更深入的分析，就顯得不夠客觀、辯證。又如，宇文所安在對陳子昂的家學淵源進行探討時，並未提及其家庭教育是否影響其復古詩論，是否對陳子昂的思想產生過影響、產生過多大影響，這些材料的處理顯然不夠謹慎。不過，總括看來，宇文所安視野開闊、角度新穎，且論述深入、多有創獲，是歷史——文化綜合研究方法在唐詩研究領域所取得的一大成果。

　　觀看宇文所安以詩歌流變史寫作的《初唐詩》、《盛唐詩》，對照兩岸三地學者的成果，可發現學者對唐代詩歌進行「史」的研究的成果，主要體現在唐詩概論、唐代詩歌史等著作中，而在「史」的研究中，又主要涉及到唐詩史的分期問題、繁榮原因等問題。近幾年的著作中，羅宗強的《唐詩小史》〔註71〕描述不同時期唐詩發展的不同風貌時，交錯闡述形成原因。在縱論唐詩的藝術成就時，該書較多地著眼於詩歌的內部規律，突出各個時期唐詩的獨特藝術成就；從唐詩發展的史實出發，給以史的考查和評價，進行理論的概括和總結。許總的《唐詩史》〔註72〕改變了傳統的以政治盛衰爲依據的"四唐"分期法，從詩歌體式、藝術淵源、時代精神、文化特性等多方面考慮，認爲唐詩史的演進歷程與存在方式表現爲承襲期、自立期、高峰期、扭變期、繁盛期、衰微期等六大階段的遞嬗與交接狀態。該書特別注重對唐詩史的歷

〔註71〕羅宗強．：《唐詩小史》（陝西：人民出版社，1987 年）。
〔註72〕許總：《唐詩史》（江蘇：教育出版社，1994 年）。

時性與共時性、規律性與偶然性、遺留態與評價態的辯證關係的的把握和展示。

關於唐詩的分期，宇文所安從詩歌內部規律與歷史過程探究，因此他的初唐時期比一般學者還長，也把盛唐時間延續到大曆時期。大陸學者黃澤浦、李嘉言都很贊同胡適《白話文學史》中所提出的「二分法」，黃澤浦從西元 755 年前後唐詩的時代背景的不同、唐詩內容、風格、章法的比較中，進一步指出，唐詩的發展可以概括爲兩個時代，一爲「李白時代」，一爲「杜甫時代」。李白時代即爲前期的唐詩，杜甫時代即爲後期的唐詩，而作爲兩時代的分界線者則爲「七五五年」（唐天寶十四年）。〔註 73〕李嘉言則從政治、經濟二方面論之，認爲李白以前爲浪漫主義時代，杜甫以後爲寫實主義時代，而這兩個時代的詩歌創作又都與佛教的不同影響有關。〔註 74〕余冠英文則按照詩歌作風的轉變，把唐詩分爲八個階段：（1）唐初，（2）四傑至開元前，（3）開元初至安史之亂，（4）安史之亂爆發至大曆初，（5）大曆初至貞元，（6）貞元初至大和初，（7）大和初至大中初，（8）大中以後至唐末。〔註 75〕倪其心則提出了「三分」說，他認爲，第一階段從高祖至玄宗開元年間，詩歌撥亂反正，走向繁榮；（2）第二階段從開元末至憲宗元和時期，詩歌掀起高潮，趨向創新；（3）第三階段是穆宗長慶以後，到唐王朝覆滅，詩歌走向新形式創造道路。〔註 76〕袁行霈文則主張將初唐詩歌的下限花到開元八年（西元 720 年），他指出：若從唐詩本身考察，西元 713 年這一年實在沒有劃時代的意義，所以他認爲最好把盛唐的開始定於開元九年（西元 721 年）。在這一年以前，初唐的詩人如陳子昂、蘇味道、杜審言、宋之問、沈佺期均已去世。而從開元九年開始，盛唐大詩人逐漸開始走上詩壇，嶄露頭角。〔註 77〕

許多學者從不同的觀點看待唐詩史的研究，但宇文所安仍有其獨特之處，以注重詩歌史研究脈絡，注重詩歌內部演進規劃，注重歷史進程研究入手，因此他的唐詩分期、詩歌史評論分析、流變探討，的確有其過人之處。

〔註 73〕黃澤浦：《七五五年"在唐詩上之意義》（上海：上海古籍出版社，1995 年）。

〔註 74〕李嘉言：〈唐詩分期問題〉，《文學遺產》第 9 卷第 3 期（1994 年），頁 241～256。

〔註 75〕余冠英：〈唐詩發展的幾個問題〉，《文學評論叢刊》第 7 輯（1980）。

〔註 76〕倪其心：〈關於唐詩的分期〉，《文學遺產》，1986 年第 4 期，頁 9～19。

〔註 77〕袁行霈：〈初唐詩歌下限新說〉，《北京大學學報》1991 年第 6 期，95～104 頁。

第六節　結　語

　　宇文所安的唐詩研究之最引人注目，因是其獨特的研究方法，筆者探究宇文所安唐詩研究的幾個方法：閱讀規則與詮釋角度、細讀文本、意象復現與形式分析、美學評論、詩歌流變史等研究方法。宇文所安援用西方文學理論分析唐詩，並對傳統詩歌作出更具系統及邏輯性的解說，在中西理論交融下，有自己獨創的研究方法。

　　宇文所安推出中國傳統所謂的「閱讀規則」，強調中西不同的文化傳統。它以「每篇文本都預期本身的詮釋」爲論證，在宇文所安的諸多作品中，他不停地向自己的論述提問，甚至爲自己的論述寫評論；這個做法顯然是想以自己的文本爲一範例，去說明「每篇文本都預期本身的詮釋」。閱讀規則與詮釋角度，將閱讀詩歌的步驟規則化，提供另一種解讀詩歌的技巧；並歸納出中國傳統的文學詮釋，使我們能擺脫西方理論的影響，企圖從中國詩學中解讀詩歌，這樣不但能避開西方理論的影響，也省思中國傳統詩學的歷史性，不失爲一種新穎的閱讀與詮釋觀點。

　　宇文所安獨特的詩歌解讀，來自於其特有的研究方法。分析其將新批評理論運用於古典詩歌上，可發現宇文所安十分注重文本分析；且利用新批評中的「張力說」、「矛盾語」對中國詩歌進行嶄新的評論，令人驚奇。此外，宇文所安更將新批評深入研究，運用意象的復現與形式分析來解讀古典詩歌。宇文所安研究金陵詩歌中意象的復現，認爲詩歌中的意象被權威性所支配，後代作同一主題的詩歌往往離不開這幾個意象，因而有意象固化的傾向；並由意象固化轉爲意蘊的固化，這眞是獨特的推論方法，也爲詩歌的析賞另闢蹊徑。宇文所安與其他派別的形式分析，可看出他們皆注重從形式中引發出作品的意義，的確有某些切合之處；但宇文所安並非只強調形式，他認爲「形式並不是詩的總和，但沒有形式也就沒有詩。」可見宇文所安採取形式分析的客觀性，並加以轉化爲詩歌評論的方法之一。

　　在論述「往事回憶」中，宇文所安以過去、現在、未來三相之線性時間，來處理「回憶」的行爲，全書充滿了現象學觀點的運用；宇文所安更使用許多美學理論來分析回憶在審美活動中的地位和作用，並對中西文化背景和文學傳統各自的特點、差異加以闡述。

　　關於詩歌史的流變寫作，宇文所安最讓人感到驚訝的是以一人之力，撰寫了《初唐詩》、《盛唐詩》兩部著作，均花費一定篇幅，來考察詩歌體式、

風格的流變，作家群體的形成；在唐詩史的研究上可稱爲巨作。

筆者認爲宇文所安採用豐富而多變的研究方法，因此能獲得許多獨特的研究成果及觀點。兩岸三地學者研究唐詩，也採取許多西方的批評理論；例如，朱光潛採用開闊的學術視野下寫出《詩論》，〔註78〕雖說旨趣並不在比較，但對中國古典詩歌藝術特徵的分析全是以西方詩歌爲參照系作出的，客觀上就成了一部對中西詩歌作全面比較的力作。趙昌平根據自己研究唐詩的心得，提出意興、意象、意脈三者是唐詩創作論的基本範疇，也是理解唐詩藝術精神的關鍵，由此建立起一套解讀唐詩的原則和方法；這也是直接從作品中抽象出理論的有效嘗試。〔註79〕葉嘉瑩《杜甫秋興八首集說》，〔註80〕將歷代評註「秋興八首」的論著分爲編年、解題、章法大旨、集說四類，頗有新批評的影子。梅組麟、高友工，關於杜甫組詩《秋興》八首的分析。〔註81〕論者試圖證明的是，音型、韻律的特點對於詩歌的內在蘊含和感情色彩不無增飾效果。楊文雄《李賀詩研究》，〔註82〕在研究方法上首次採用「新批評」，對詩歌語言中的意象、節奏加以探討，並認爲應融合中西文學理論。楊文雄的《李賀詩研究》採用傳統研究與新批評理論相結合的方法。從「外緣研究」（包括背景，家世，生平，年譜，交遊，文學觀念等），「內在研究」（包括詩歌意象的構成要素與塑造技巧，平仄、用韻、句式、句法等節奏問題，詩歌境界等）兩方面對李賀詩歌進行了系統解析。既有西方語言哲學和心理學方法的滲透，如關於語法、語義類型以及詩歌境界的劃分與探討；又不乏傳統細緻的考證功夫，是李賀研究中的重大收穫。這些學者多使用新批評、意象並置研究，在研究上卻有精采之處，與宇文所安的唐詩研究方法相暉映。

全面檢驗宇文所安的唐詩論著，發現其唐詩研究方法雖然繁多，有以詩歌史寫作的方法、新批評、現象學觀點、意象復現等等西方批評理論；但筆者發現，他試圖突破和超越自己原來的批評模式，在評論中國詩歌時能靈活運用批評方法，從獨特的角度切入，不囿於批評方法的限制。筆者認爲這是因爲宇文所安對中國詩歌的研究帶著「同情的了解」，在接觸中國文化的同

〔註78〕朱光潛：《詩論》（台北：洪範出版社，1982 年）。

〔註79〕趙昌平：《唐詩論學叢考》（上海：上海古籍出版社，1999 年）。

〔註80〕葉嘉瑩：《杜甫秋興八首集說》（台北：桂冠出版社，1994 年）。

〔註81〕梅祖麟、高友工著，黃宣範譯：〈分析杜甫的「秋興」試從語言結構入手作文學批評〉《中外文學》1972 年 11 月。

〔註82〕楊文雄：《李白接受史研究》（臺北：五南圖書公司，2000 年）。

時，本身西方文化背景的影響就顯現出來了，其他學者也許會強加生硬的西方批評，帶入中國詩詞研究中，但宇文所安的研究方法其實正是中西文化理論的融合。

西方詩學的評論向來具有分析性、系統性的特點，宇文所安為了突破這種固有的批評模式，融合中西理論，從理論上概括為三個層面的涵義：風格、文體特徵、評價標準，從而在理論上為其批評實踐打下了基礎。在實際運用下，宇文所安在批評中嘗試運用心態分析、精神分析、細讀等多種方法，使其批評理論從一元走向多元，從固定走向隨意，力圖建立一種由多個中心組成，由思緒聯繫在每個論述中心，批評理論隨作品展開，方法、角度隨詩歌的特點不斷變化；教特別的是在評論詩歌時，他總會加入自己的種種感悟與想法，有些類似中國的「評點」，而這些論點每每令人驚艷，屢有創新之見。

在詩歌的結構分析上，宇文所安雖然採用新批評研究方法，特重細讀法，但還是有獨到之處；例如宇文所安總是先選取一個主題，隨思路任意翱翔，在中西文學、不同的文化背景中，自由地抒發自己的見解。在《追憶》裡便有一個較為突出的例子，這裡提到以杜牧的詩《赤壁》為論述點，由詩中的「戟」引入歷史的必然性與偶然性的思考，再由此引入中西方對命運的看法，最後在中西方的背景中探討了對「悲劇」的認識。

在具體的作品評論中常會選擇不同的切入點、不同的分析法，而這也得出與他人不同的觀點，別有一翻趣味；在《追憶》中歐文對李清照的《金石錄後序》一文詳加分析。歐文首先注意到李清照在描繪早年生活的段落中，反覆表白、強調家庭的節儉和樸素，以此說明收集碑文、古玩的艱難，在這多次的重複中，隱含著李清照某種內心秘密。歐文認為李清照文中所描述收藏品、家產等都在說明，她的生活即使談不上豪華，也還屬於殷實之列；但「節儉」的話題反覆出現，這是出自於對命運循環的恐懼。利用「心態分析」，直接切入作者的內心世界，使我們了解到李清照的另一個新的側面。

而宇文所安也從「人稱」的變化，發現到《金石錄後序》中敘述人稱的使用上存在著微妙的變化，進一步發現李清照夫婦感情的微妙處。李清照在描寫他們新婚生活時，文中描述總是用「我們」，強調了夫妻倆的感受是相同的；而後人稱的問題變得越來越敏感，李清照用了第一人稱，把她自己的感受和丈夫的感受區別出來，由此可看出他們夫妻間的地位發生了微妙的變化。

在分析文本本身時，宇文所安也能常能隨自己思緒的自然流動，進而捕

捉到心中的瞬間感悟，並將自己的觀點直接抒發出來。在《金石錄後序》中
提到李清照的丈夫向她交代了不得已時，丟棄家產和收藏品的順序時，有著
她本人的位置──與宗器共存亡。歐文對此憤恨不平，他認為此時李清照的
心中應該會有一絲怨恨；在這裡，歐文融入了西方文化傳統中的人道主義精
神與價值觀，這種直接抒發自己的觀點不僅是超出了我們固有的理解外，更
顯示了中西文化觀念的衝擊點，這是值得我們研究的地方。

　　以上這些宇文所安隨手拈來的特殊觀點切入，都反映了其融合中西文學
批評，力圖內化為自身的理論。有時一首詩歌評論看似平淡，但卻能在平淡
中見其精心設置的驚奇。例如對對張岱的《陶庵夢憶》的寫作方法進行論述，
特別指出這種無序狀態都是精心構思的，是一種深含寓意的形式。很顯然的，
歐文把「有序」與「無序」視為兩個點，有序的東西呈直線性，但同時也意
味著封閉和排斥；而無序地巨集在一起的東西打破了封閉與排斥，讓外物能
夠進入其間。比較之下，歐文側重「無序」。

　　宇文所安往往能夠從我們習以為見的文本中，讀出新的意思，他認為這
是注重「細讀」的緣故。細讀是一種工具，有助於幫助克服由於太熟悉而產
生某種障礙，或是不假思索的習慣，如果被先驗的印象牽著走，那就看不到
另一面了；而文學作品是要設法找出其更深的內涵，建立新的張力。他認為
細讀的最佳方法就是回到文本本身，從文本出發的細讀，正是擺脫成見的一
個好方法；例如在詩歌的結構分析上，歐文分為內在與形式兩方面，都以文
本為基點；內在結構上，首先對詩中的字詞意象含義作深層次的挖掘，而後
從句與句的結構基礎上去尋求整首詩的內在結構，這是基於文本本身層層深
入分析出這種結構，給人一種具體、實在的感覺，讓大家知道原來我們熟稔
的詩竟有如此精緻的結構，如此的蘊含；形式分析上，歐文認為形式是有意
味的，找出詩歌形式方面的特點，可以提昇為全詩的意蘊所在。歐文提出提
出細讀文本的方法，讓我們對熟悉的詩歌感到新奇而獲得某種啟示，開闊我
們的視野，也豐富了對詩歌理解的可能性。所以在《金石錄後序》的分析中，
由於細讀文本，他發現「咀嚼」在詞面上不僅有咀嚼果實之意，而且還有「玩
味」、「思索」碑文中的詞句喻意。宇文所安的細讀法與其他學者不同，除了
在字句上的斟酌外，他還傾向於「內心式」的細讀，因此才發現李清照文中
「人稱」細微變化，因而發現兩人感情不睦。不管其分析方式合不合理，不
過以「人稱」的細微變化為切入點，分析趙、李兩人情感方面的問題，這是

第一人。

　　此外，宇文所安突破自身固有的文化、批評模式，企圖融合中國文化傳統；除了自由地評論詩歌外，他十分強調讀者「閱讀」的自由。他認為「雖然沒有必要設立某些閱讀中的標準，因制式的解讀將會背離行動本身，會讓我們誤入歧途，讓我們忘卻作為閱讀者的充分自由範圍。」〔註83〕筆者認為宇文所安強調閱讀的自由是根據讀者的「主體性」強調。此外，宇文所安評論詩歌總是隨不同的切入點，而屢有令人驚艷之處，除了融合中西批評理論外，本身不同的切入點，在詩歌評析上，就呈現了精采的張力。

　　宇文所安以一個「外在者」的身分研究唐詩，雖其有濃厚的西方文學理論背景，但在評論詩歌時，確能融合中西文學理論，轉化為自身獨特的評論基礎與方法；且不囿於制式的理論，往往能另闢蹊徑，從不同的切入點得到嶄新的論題及研究成果，此種特殊的研究方法值得借鏡。

〔註83〕Stephen Owen, Traditional Chinese Poetry and Poetics（Wisconsin: Wisconsin University Press, 1985），p.5.

第五章　宇文所安唐詩研究之意義與定位

　　國外漢學家對中國傳統經典閱讀，自有其特殊的理解方式，並顯現了他們的思想方法和理解及角度的特異；在中國古典文學研究中，詩歌可能是中國古典文學中最爲精微的一個門類了，閱讀詩歌的難處，就是對其精美幽微之處的領悟和解說。如果這種閱讀在兩種語言世界和文化傳統之間展開，那麼語言的隔閡和文化的差異，都可能讓詩歌的精微處變得更不易捉摸，而產生誤讀的危險。但是，讓人感到驚喜的是，美國漢學家宇文所安的唐詩作品與唐詩研究方法，表現出傑出的跨文化詩歌閱讀之水準，爲唐詩研究注入新活力。

　　本章旨在將宇文所安之唐詩研究放到整個美國漢學界之唐詩研究的背景下加以檢視，透過美國漢學界唐詩研究概況的了解，來呈顯宇文所安唐詩研究的意義。此外，藉由考察兩岸學界的唐詩研究成果，來說明宇文所安唐詩研究的獨特之處，俾能由不同的角度反映出宇文所安唐詩研究之定位。

第一節　宇文所安唐詩研究之意義

　　美國之唐詩研究大致分爲三個方面：唐詩通論研究、專家詩的研究、唐詩理論及修辭技巧的研究。許多學者在這些領域中，交出亮眼的的成績；但鮮少有學者的唐詩研究能橫跨這三個領域，宇文所安就是其中一位；其唐詩研究的意義和特色有下列幾點：

一、超越唐詩研究的限制——從詩歌史、專家詩、句法修辭等多元角度詮釋唐詩。

宇文所安的唐詩研究並不侷限於一個領域，而是多方開掘新的研究觀點；例如其成名代表作《孟郊與韓愈的詩》，除了詳述韓、孟兩人的詩歌成就外，更指出在中唐詩歌的變革時期，「復古」是重要的理論，復古調和了繼承和變革的矛盾。宇文所安指出孟郊和韓愈的詩之所以在中國文學史上佔有重要的一席地位，主要是因爲他們爲後來的復古派樹立了準則。與其他美國漢學家相比較，宇文所安的韓、孟研究較特別的是將之放於整個中唐時期來討論，並加入復古運動，凸顯兩人的特殊地位。

此外，宇文所安認爲要釐清唐詩發展的脈絡，就必須向前回溯，因此相繼開始了《初唐詩》、《盛唐詩》的寫作。在美國漢學界，宇文所安首創以文學史的角度來研究初唐的詩歌，由於其特別重視「歷史過程」，仔細地探討「初唐」作爲一個歷史時代的發展與流動的過程，發現了「宮廷詩」的準則。在《盛唐詩》方面則承續了初唐詩的流變，關於初盛唐的分界，宇文所安指出初唐詩講究得體，盛唐則意欲破格；宮廷詩人爲皇宮、貴族效力，盛唐詩人則著墨於下層社會；宮廷詩人爲拘泥形式而自豪，盛唐詩人則喜歡平直、樸素的風格。但他強調初唐詩與盛唐詩的連續性，他說：

> 有時文風的改變十分緩慢和微妙，經過幾十年的演變，無法劃出清楚的分界線，初唐時代風格到盛唐時代風格的過渡就呈現了這種情況。〔註1〕

初唐的宮廷詩提供詩人們作詩的技巧與規範，並讓詩人們有許多的練習機會，因此，他認爲不能否決昔日詩歌的根柢——初唐詩。宇文所安特別提高初唐詩的地位，在書的序中提到作此《初唐詩》是爲了替往後的《盛唐詩》作一探源工作，但是深入研究後才發現初唐詩更爲精采之處，初唐的詩歌傳統、宮廷詩、復古詩學無一不成爲盛唐詩的基礎。在美國漢學界中，很少有人將初唐詩作此詳細的詩歌流變說明，很少有人將宮廷詩分析得如此透徹，提高了宮廷詩的藝術價值，也很少有人把初唐詩和盛唐詩的關係探討得如此清晰，宇文所安確信：盛唐詩繼承了初唐詩的詩歌傳統，盛唐的律詩源自初唐宮廷詩，盛唐古風直接承接了初唐詩人陳子昂與當時的復古詩學，盛唐的

〔註 1〕 Stephen Owen, The Poetry of the Early T'ang, pp.P383.

七言詩保留許多武后時期的七言詩旨、道德說教與辭彙慣例。

　　在美國漢學界中，有關初唐詩的研究略嫌不足，只對寒山詩歌作研究，未注意到初唐詩歌整個概況分析，視野太狹隘。直到宇文所安的《初唐詩》出版後，以文學史的角度來研究初唐的詩歌，特別重視「歷史過程」；他仔細地探討「初唐」作為一個歷史時代的發展與流動的過程；因此，他將初唐詩歌區分為三部份——宮廷詩、脫離宮廷詩、過渡到盛唐。他認為宮廷詩的各種慣例、標準、法則組成了一個符號體系，隨著詩人們應用及突破這些標準與慣例，就形成各種不同的風格與語言；宇文所安自始至終都將宮廷詩當成一種「語言」來處理，試圖從複雜的語言、個別的詩篇中重建體系。關於初唐詩的研究，宇文所安力求超越文學史編年體、紀傳體的傳統框架，勾勒出詩歌演變的過程，在對初唐詩作整體研究方面早於中、日學者，因此廣受好評；這也是宇文所安唐詩研究的獨特之處。

　　宇文所安確立了初唐和盛唐的關係，重新探討唐詩的整個流變過程，可以從詩歌史的觀念來重新認識初唐詩，無異是為大家開了一條研究唐詩的新途徑。在美國之唐詩研究領域，初盛唐詩整體研究中，除了宇文所安的《初唐詩》、《盛唐詩》外，再也沒有人從事相關的研究，所以宇文所安以詩歌史寫作，提供許多不一樣的看法，為唐詩研究開啟了另一扇窗。

　　在唐詩句法研究方面，宇文所安的專書《傳統的中國詩和詩論：一個預言的世界》、《追憶：中國古典文學中的往事再現》和單篇論文〈地：金陵懷古〉等著作皆有精采的分析。例如受到新批評的影響，宇文所安在解讀詩歌時強調「細讀法」；在分析句法時，注意到同一地點吟詠一系列詩歌時，產生了意象的復現。此外，宇文所安更採用了現象學觀點，探討對「回憶」作為中國古典文學中往事再現的心理狀態的解析，體現出豐富而深刻的文學意義，他結合具體的典型作品分析寫作中如何以「追憶」的方式處理時間性的斷裂和隔膜。

　　這些關於唐詩的句法分析，宇文所安往往採取多樣的研究方法，從最適合的角度入手。在美國漢學界也有很多人從事唐詩的句法分析研究，例如高友工與梅祖麟兩位的文章《唐詩的語意、隱喻與典故》，把句法分析和詩學探究結合，探討句法與意象，對句法現象進行精緻細密的分析，提出不少獨具慧眼的論點，〔註2〕令人耳目一新。將兩者的唐詩句法相比較，會發現宇文所

〔註2〕Yu-Kung Kao and Tsu-Lin Mei. "Meaning, Metaphor and Allusion in T'ang

安雖遵循新批評的研究方法，但在分析句法時並不拘泥於此種研究方法的限制，宇文所安反而能將研究方法與自己的研究領域相結合，從最適當的角度切入，果然有令人耳目一新的研究成果。

宇文所安之單篇論文〈地——金陵懷古〉，亦有非常深入的句法分析。對於出現於不同時代，吟詠同一事物、地點的一系列詩作，宇文所安特別從各文本間的不同與類同來把握其流變，在具體論述中，強調許多意象的反覆出現，以及此現象所包含的深層意義。有許多美國漢學家也採用「意象研究」來評析詩歌，但大多採用「意象統計法」，對詩歌中意象出現的頻率做了統計。筆者認爲此方法在一定程度上割裂了意象與語境的聯繫，有時反倒遮掩了詩人選取和運用意象的匠心。反觀宇文所安也是採用「意象」進行句法分析，但卻注意到詩歌的固定意象將支配整個詩作，雖然寫作者時代背景不同，但作品文本間卻出現類同的現象，文本中的意象爲權威語象所干擾，呈現了類同的現象；較特別的是提出意象復現的深刻意義，指出意象復現所帶來的支配性，提供研究唐詩的另一視角。

宇文所安以一人之力，橫跨了專家詩、詩歌史、唐詩句法分析等三大領域，並能得出嶄新的研究成果；除了顯現出學識深厚淵博外，他更突破了唐詩研究的限制，悠遊於唐詩研究三大領域，實在是唐詩研究上不可忽視的一位重要級人物。

二、積極創新，提出新穎觀點

學術研究最難能可貴的是能提出新觀點，否則就是老生常談，了無創見；在宇文所安的每本著作與單篇論文，總會提出令人耳目一新創見，獨特的觀點總能給予學術研究者開闢研究的另一條路。例如在《初唐詩》中，對初盛唐詩壇的構成關係及其發展變遷，宇文所安有新的見解，他把宮廷詩歌處理爲初唐詩壇的主體，以宮廷詩貫穿整個初唐詩壇，把初唐詩放到宮廷時代的背景下加以討論，對宮廷詩的風格、慣例和修辭技巧有詳盡的詮釋，的確有獨到的見解；尤其是慣例，他認爲宮廷詩的傳統提供了大部分的固定成分：三部式結構、對偶技巧、意象的豐富聯繫。詩人們一方面學習詩歌技巧，一方面遵守嚴格的詩歌格律，在宮廷詩的慣例中，根據題材及風格加以變化，

Poetry." HJAS 38/2 （Dec. 1978），pp.281～355.

雖然破壞了三部式的規範，但卻在詩中融入個人情感，在創作中擴大了詩歌範圍，也打破了宮廷詩人與外部詩人的界線。綜觀美國和學界的唐詩研究，在初唐詩歌的整體研究方面，沒有人將初唐詩歌作一全面分析，所以宇文所安實屬此領域研究的第一人。

在《盛唐詩》研究方面，宇文所安以「宮廷、京城」這樣帶有地域性的觀念來分析一個橫向展開的詩壇規模，進而完成詩歌主流從初唐到盛唐再到大曆的縱向演化，這種邏輯是相對完整而周密的，顯示出創新觀點的努力。與其他漢學家相比較，宇文所安並沒有沿用他們經常認爲的「山水田園詩派」和「邊塞詩派」的論述框架，對於前者，他僅僅強調了王維的京城詩對陶淵明詩歌傳統的發現與繼承，這使我們將其與初唐時期王公貴族的山池隱居和開元前後文人的山林隱居聯繫起來，思考陶詩對唐詩的意義。對於後者，他把高適和岑參分化爲第一和第二代盛唐詩人，並且辨別他們在藝術上的區別，強調天寶詩壇求新好奇的風氣對岑詩的意義。其他漢學家有的從宗教入手，或從詩句分析著手，往往使得他們把具有禪宗意義的山水詩視爲王維詩歌的全部世界；反觀宇文所安不強行分類「山水田園派」，而從詩歌分析著手，並將王維放之於盛唐詩歌脈絡中，這種宏大的論述框架和辨析能力相結合，使得他的結論獨具特色而又暗合詩史的基本觀念。

其他盛唐詩的獨特觀點，例如在美國唐詩研究中，王維的研究相當盛行，有關王維的詩歌翻譯和傳記十分普遍，原因在於，王維詩中具體的意象便於巧妙的翻譯，因少有典故而減少了註釋的必要，且詩句中措詞與語法十分平易。此外，西方人對王維詩中所反映的佛教中神秘、朦朧境界的追求，使他們嚮往不已。宇文所安的《盛唐詩》中，也有對王維詩歌進行深入的探討；較特別的是，他將王維視爲都城集團的中心，王維有著優秀的宮廷詩技巧。一般學者將王維詩中的隱密歸爲受到佛教的影響，但宇文所安卻認爲：王維詩的樸素語言阻撓了一般讀者對修飾技巧的興趣，迫使他們尋找隱含於所呈現結構中之更深刻意義。王維後來的詩歌更是避開了已完美掌握的修飾技巧，他的風格達到一種嚴謹的樸素，並成爲詩歌個性的標誌。〔註3〕宇文所安提出王維詩歌中的「樸素技巧」，來解釋詩歌中隱密之處，與其他學者有很大的不同。

關於李白，在《盛唐詩》中的第八節章節專論〈李白〉，標題爲：〈李白：

〔註3〕Stephen Owen, The Great Age of Chinese Poetry: The High T'ang, pp.30～31.

天才的新概念〉。宇文所安認爲李白在詩歌中強烈地表現出自己的個性，由於他的風格如此獨特，以至於後世者易於模仿杜甫，卻難模放李白；因爲李白的詩歌藝術是純任自然、不可駕馭的，他似乎有天賜的靈感。宇文所安認爲李白是天才，而所謂詩人的天才是包含著缺一不可的兩個方面，即：才華和獨創性。

美國漢學界對於李白詩歌的研究，只有宇文所安從天才的新概念出發，認爲李白風格如此獨特，並指出所謂詩人的天才是包含著缺一不可的兩個方面，即：才華和獨創性。這個觀點與國內學者不謀而合。

此外，在美國漢學界多本關於杜甫的作品中，值得注意的是宇文所安《盛唐詩》中的〈杜甫〉；他認爲杜甫的偉大特質在於超出了文學史的有限範圍。杜甫體現了多樣化的才賦和特性，他能迅速地在詩中轉換風格和主題。宇文所安認爲文學史所關注的慣例、標準及其在時間發展中的轉變，對於理解杜甫非常有限，因杜甫從慣例中解放出來。相較於其他杜甫研究專家，宇文所安著重在杜甫多樣、多變的詩風，並探討杜甫在詩歌史中的重要性。

關於宇文所安的中唐詩歌理論，我們可以從其兩本著作《孟郊與韓愈的詩》和《中國中古時代的終結》中一窺端倪；在《孟郊與韓愈的詩》一書中，以時間順序的方式，揭示了韓愈和孟郊的詩歌發展，發現兩人詩風改變的軌跡；在《中國中古時代的終結》中，宇文所安認爲中唐時期的文人與過去有所不同，中唐文人較重視個體的價值，追求個人的生活圈子，對傳統的成說敢於質疑，開啓宋代社會的新思潮。在美國漢學界，關於中唐詩歌的研究始終缺乏整體性研究的專書，並無類似宇文所安的《初唐詩》、《盛唐詩》研究等影響廣大的專著出現；有的只是以歐洲文藝理論「巴洛克」來研究中晚唐詩歌，例如 Tai-Wai Wong 的博士論文《作爲中晚唐詩歌時代風格的「巴洛克」》，〔註4〕就以歐洲十六世紀到十八世紀初的藝術風格巴洛克爲參照，探尋中晚唐詩歌特色；雖然論述十分精采，但與宇文所安的著作《中國中世紀的終結》〔註5〕來比較，宇文所安又略勝一籌。因爲《中國中世紀的終結》是由幾篇互相獨立，但彼此又有關係的論文組成，宇文所安提出新的觀點，探討了詩壇上的好奇和守成、山水詩的新變化、對瑣細的個人生活情趣的表現等，

〔註4〕 Wong, Tak-wai,"Baroque as a Period Style of Mid-late T'ang Poetry", Ph. D. dissertation（University of Washington, 1980）.

〔註5〕 Stephen Owen, The End of the Chinese 'Middle Ages'--Essays in Mid-Tang Literary Culture.

還探討了當時人們的詩歌觀念和對作詩的看法以及傳奇小說的發展與變化等；本書意在說明中唐作為一個新時代的開始所具有的意義，所以不僅通過比較，尤其和初盛唐比較來突現新的因素，而且更聯繫後世，尤其是宋代來說明其開創作用。

我們知道中唐並不僅僅是一個詩的時代，當中還有一些文體的發展，不比詩歌的意義小。因此，宇文所安認為中唐文學太過複雜豐富，必須同時兼顧，才能反映出那一時代的獨特面貌。他寫了《中國中古時代的終結》一書，探討了當時人們對詩歌觀念和作詩的看法，也探討了傳奇的變化；說明中唐作為一個新時代的開始所具有的意義，所以不僅通過比較初、盛唐來突顯新的因素，而且更聯繫後世，尤其是宋代來說明其開創作用。

在中唐詩人的詮釋方面，宇文所安對白居易的研究，除了詩歌方面，更包含私人生活與創作觀念，他從白居易的《食筍》談到中唐士人追求私人空間，反映白居易能自得其樂，通過家居小事獲取歡樂的生活；這說明當時詩人努力營造他們的私人空間，家居生活的樂趣，顯示中唐詩人擺脫道德及社會成規的束縛，賦予個人生活的樂趣。〔註6〕從私人生活的角度來觀照白居易，運用不一樣的詮釋角度，令人耳目一新。

《中國中古時代的終結》一書不僅反映了宇文所安在文學史研究中的宏通視野，不僅擺脫了歷史框架的限制，也擺脫了不同文體分野的限制；一方面在橫切面上注意各種傾向、文體的相互聯繫，一方面在縱面上揭示了不同時代文學發展的不同特色和關係。從這點來說，宇文所安對中唐詩歌的總體把握已進入了一個更高的層次。他的中唐詩歌論點雖然散見於其他著作，但總體看來仍有獨特的看法，可為中唐詩歌研究作一參照。

三、靈活多變的研究方法，且能融合運用

宇文所安援用西方文學理論分析唐詩，並對傳統詩歌作出更具系統及邏輯性的解說，但在中西理論交融下，也有自己獨創的研究方法。閱讀過宇文所安著作的人，總會讚賞他往往能在習以為常的文本中，讀出新的意義；他從作品文本出發，注重意象、作品的內部結構和文本間相互關係的分析，這些特殊的研究方法與其所處的文化背景、文論思想有很大的關係。關於細讀

〔註6〕Stephen Owen, pp.13～24.

文本等種種方法，與盛行於英、美的新批評思想有某種程度的相近之處，宇文所安將新批評方法帶入唐詩句法分析中，他承認文本的價值，認爲詩的含義和魅力在詩中而不是在詩外，由於這個理念，使得他專注於文本本身的探索，的確獲得許多新穎的見解。在美國漢學界關於新批評理論的應用，較有名的學者，例如高友工、梅祖麟等亦曾以結構主義、新批評等方法分析中國的唐詩，這是運用西方現代批評理論對唐詩的語言特徵、形式結構精細的「內在研究」成功之作，具有豐富的學術性，開創嶄新的視野，在美國漢學界享有聲譽。相比之下，宇文所安雖採用新批評中「細讀文本」的方法，但他試圖突破和超越自己原來的批評模式，在評論中國詩歌時能靈活運用批評方法，從獨特的角度切入，不囿於批評方法的限制；因爲宇文所安對中國詩歌的研究帶著「同情的了解」，在接觸中國文化的同時，本身西方文化背景的影響就顯現出來了，其他學者也許會強加生硬的西方批評，帶入中國詩詞研究中，但宇文所安的研究方法其實正是中西文化理論的融合。

在〈地：金陵懷古〉〔註7〕一文中，宇文所安提出了意象復現的觀點，雖然已經有許多漢學家提出以「意象」來分析詩歌，以統計法研究唐詩裏意象的具體性，雖有收穫，也有偏差。反觀宇文所安對於出現於不同時代，吟詠同一事物、地點的一系列詩作，特別從各文本間的不同與類同來把握其流變，在具體論述中，強調許多意象的反覆出現，以及此現象所包含的深層意義；這些吟詠的詩篇最終爲一些極有權威的詩所支配。宇文所安不完全囿於西方研究方法，又能觸類旁通，因而產生新穎的觀點。

在《追憶——中國古典文學中的往事再現》書中論述在中國古代文學中，人們面對過去的東西，所產生的一種特定的創作心理和欣賞。過去、現在、未來三相之線性時間，來處理「回憶」的行爲，全書充滿了現象學觀點的運用；宇文所安更使用許多美學理論來分析回憶在審美活動中的地位和作用，並對中西文化背景和文學傳統各自的特點、差異加以闡述。雖說是運用西方的現象學觀點，但與其他學者相比較，宇文所安的採取的不是西方式的、線性的、生命不返之河的時間，而是與東方、中國似輪、似盤、似滾桶的迴圈的時間，彼此疊加。「有一條回憶的練索，把此時的過去同彼此的、更遙遠的過去連接在一起，有時鏈條也向臆想的將來伸展，那時將有回憶者記起我們

〔註7〕 Stephen Owen, "Place: Meditation on the Past at Chin-ling" , pp.417～457.

此時正在回憶過去。」〔註8〕從中我們可看出「回憶」行爲也具有了過去、現在、未來三相，宇文所安並以此三相爲構成要素，對具體作品進行分析。

西方詩學的評論向來具有分析性、系統性的特點，宇文所安爲了突破這種固有的批評模式，融合中西理論，從理論上概括爲三個層面的涵義：風格、文體特徵、評價標準，從而在理論上爲其批評實踐打下了基礎。在實際運用下，宇文所安在批評中嘗試運用心態分析、精神分析、細讀等多種方法，使其批評理論從一元走向多元，從固定走向隨意，力圖建立一種由多個中心組成，由思緒聯繫在每個論述中心，批評理論隨作品展開，方法、角度隨詩歌的特點不斷變化；教特別的是在評論詩歌時，他總會加入自己的種種感悟與想法，有些類似中國的「評點」，而這些論點每每令人驚艷，屢有創新之見。

此外，宇文所安突破自身固有的文化、批評模式，企圖融合中國文化傳統；除了自由地評論詩歌外，他十分強調讀者「閱讀」的自由。他認爲「雖然沒有必要設立某些閱讀中的標準，因制式的解讀將會背離行動本身，會讓我們誤入歧途，讓我們忘卻作爲閱讀者的充分自由範圍。」〔註9〕筆者認爲宇文所安強調閱讀的自由是根據讀者的「主體性」強調。此外，宇文所安評論詩歌總是隨不同的切入點，而屢有令人驚艷之處，除了融合中西批評理論外，本身不同的切入點，在詩歌評析上，就呈現了精采的張力。

宇文所安以一個「外在者」的身分研究唐詩，雖其有濃厚的西方文學理論背景，但在評論詩歌時，確能融合中西文學理論，轉化爲自身獨特的評論基礎與方法；且不囿於制式的理論，往往能另闢蹊徑，從不同的切入點得到嶄新的論題及研究成果，此種特殊的研究方法值得借鏡。

第二節　宇文所安唐詩研究的定位

一、宇文所安唐詩研究的定位

宇文所安在唐詩研究方面另闢蹊徑，成果豐碩，在美國的漢學界有一定的影響力。爲了彰顯宇文所安唐詩研究之成就，本文擬採用比較研究法，藉由兩岸學界之唐詩研究成果，與之比較，並予以客觀之評價，以說明其唐詩

〔註8〕Stephen Owen, Remembrances: The Experience of the Past in Classical Chinese Literature.p.17.

〔註9〕Stephen Owen, Traditional Chinese Poetry and Poetics, p.5.

研究之定位。

（一）關於初唐詩研究

關於初唐詩的整體研究，兩岸學界大多採取文學史研究方式。有的著重初唐四傑、陳子昂等個別詩人研究，甚少關注宮廷詩的整體流變；有的則著重於初唐詩歌革新的研究，茲分述如下：

大陸學者謝無量的《中國大文學史》〔註10〕對初唐文學的論述雖簡約然頗精到，認為初唐文學是隋文學之餘波；本書將初唐四傑也歸入"上官體"一派，他認為初唐四傑"承江左之風流，會六朝之華采，雖亦屬辭綺錯，而視上官體尤波瀾深大，足以代表初唐之體格者也。

林庚先生的《中國文學史》〔註11〕運用馬克思主義的文學研究觀點和現實主義、浪漫主義的文藝觀重新編寫了《中國文學簡史》上卷，書中對初唐詩歌的探討呈現出新的特徵，如，林先生首先從社會政治經濟等方面來說明初唐詩歌革新的原因，然後說唐代因此是一個解放的時代，一切被束縛的中下層都得到自由的發展，文學因此也就從半貴族的宮體式的作風上，回到人民的懷抱來。

葛曉音之《論初盛唐詩歌革新的基本特徵》〔註12〕首先對當代學人論及初盛唐詩歌革新的功績，每每著重在清除綺豔文風這一點的做法提出了異議，文章認為，僅僅籠統地以反對綺豔來解釋初、盛唐詩歌革新精神是遠遠不夠的。文風的改革取決於多種因素。就初盛唐詩歌幾經反復的發展過程來看，恢復建安時代建功立業的人生理想，突破美刺諷諭的傳統風雅觀念，逐步解決理論和創作之間的矛盾，正確處理內容和藝術的複變關係，用健康的審美標準批判地繼承齊梁詩的藝術成就，使盛唐詩形成理想主義的傾向和樂觀昂揚的基調，達到融漢魏風骨于南朝文采的完美境界，應是初、盛唐文人反對綺豔的具體內容及其區別於文學史上其他時代的詩歌革新運動的基本特徵。葛曉音認為四傑雖然是初、盛唐詩歌革新的先驅，但其理論仍受儒家正統觀念局限，與他們的創作之間存在著一些矛盾，而四傑的貢獻，在於他們的創作以新鮮廣闊的生活內容和建功立業的遠大理想突破了封建名教服務的

〔註10〕謝無量：《中國大文學史》（台灣：中華書局，1983年）。
〔註11〕林庚：《中國文學史》（上海：文藝聯合出版，1954）。
〔註12〕葛曉音：〈論初盛唐詩歌革新的基本特徵〉，《中國社會科學》第二期.（1985年）。頁241～256。

教條，不自覺地繼承了他們在理論上所批判的建安精神。陳子昂針對從上官體到文章四友及沈、宋不斷發展著的宮廷形式主義文風，標舉風雅興寄和漢魏氣骨，突破儒家美刺諷諭的風雅觀，在理論上肯定了革新詩歌的關鍵，在於恢復建安文人建功立業的人生理想。但他在批判齊梁詩'采麗競繁'的同時，又忽略了藝術的複變關係。張說和張九齡比陳子昂更明確地闡發了風骨、風雅的內涵，賦予建安精神以新的時代色彩，糾正了四傑詩歌理論的偏頗，並提出了革新藝術的具體標準。對於盛唐詩形成以崇尚建安氣骨為主的風雅觀念和理想的藝術風貌產生了直接的影響。

　　胡國瑞的《唐初詩風平議》〔註13〕則對前人關於唐初詩風的評價提出了異議，他認為，說唐初詩歌只是梁陳宮體詩的延續，難於同意。唐初的詩歌是詩歌本身由齊梁進入唐代必然經過的一個階段。應實事求是地加以辨析，看到它們中間有些對於後世起的有益影響，對於某些作家作品的藝術成就，也必須予以恰當的肯定。

　　關於台灣的詩歌史研究，以羅錦堂〈唐詩源流考〉，〔註14〕臺灣首篇唐詩學專論，探討了南北文風以及鮑照、庾信、永明體對唐詩風格形成的影響，對初、盛、中、晚唐詩的流變進行了初步的整理。

　　呂正惠〈初唐詩重探〉，〔註15〕作者從克服和超越齊梁宮體，開闢「出處窮通」題材，啓導盛唐邊塞詩等方面加以論述。

　　大陸學者謝無量將初唐四傑也歸入「上官體」一派，認為初唐四傑足以代表初唐之體格者也。宇文所安卻提出初唐四傑雖然都與宮廷產生聯繫，但大部分獨具特色的作品都寫於離開宮廷後，他們是第一批以個人創作獲得詩歌聲譽的重要文學人物。筆者認為初唐四傑是在宮廷詩的規則下，突破規則，融入個性風格；相較之下，宇文所安對初唐四傑的觀點較具合理性。林庚對初唐詩的探討‧太過意識形態，以至於不能對宮廷詩作一更透徹的分析。葛曉音提到初唐的宮廷詩，他的觀點和宇文所安所提出的理論有相似之處，對於陳子昂、初唐四傑的詩歌，宇文所安往往以「不滿宮廷詩的規範，但在規範下仍奮力突破，獲得有個性的詩歌」來評價。胡國瑞和宇文所安的看法一致，皆主張初唐宮廷詩與宮體詩有所不同。此一看法，較諸將宮廷詩與宮體

〔註13〕 胡國瑞：〈唐初詩風平議〉，《光明日報》4月12日　論壇（986年）。
〔註14〕 羅錦堂：〈唐詩源流考〉，《香港文學世界》第31期（1961年）。
〔註15〕 呂正惠：〈初唐詩重探〉，《清華學報》第18卷第2期（1988年）。

詩混而爲一之觀點，似較具說服力。臺灣學者羅錦堂對初、盛、中、晚唐詩的流變進行了初步的整理，但並無像宇文所安一樣仔細探討宮廷詩的流變。由於，宇文所安對初唐的宮廷詩作一整體研究，開闢詩歌流變史研究之路徑，故國內學者呂正惠，參考宇文所安的初唐詩觀點，在其理論基礎上，持續初唐詩歌史流變研究。

　　宇文所安對初唐詩歌作了整體的研究，並且從唐詩産生、發育的自身環境來理解初唐詩特有的成就，較深入的研求了初唐詩的演進規律；提出「宮廷詩」觀點。此外，宇文所安較較兩岸學者更加注意宮廷詩在唐初的演變和發展，尤其深刻地分析了初唐宮廷詩人寫作詩歌時的創作規則、藝術格式和修辭技巧，儘管作者對這些規則和格式的理解可能存在著一些偏誤，但顯然爲國內學者提供了一個新的研究視角。而且，該書還發掘了一些爲近代學者所忽視的文學史實，在一定程度上拓展了初唐詩歌史的研究領域。

（二）關於盛唐詩研究

　　關於盛唐詩研究，兩岸學者也逐漸採用「地域」模式研究，茲略述如下：

　　李浩《唐代三大地域文學士族研究》〔註16〕、《唐代關中士族與文學》〔註17〕在唐代地域文學研究領域進一步加以開拓的重要專著，考察物件是關中、山東、江南這三個唐代基本的文化圈，考察內容是這三大地域文學士族的演變的歷史過程與基本特徵，考察方法是運用地域──家族的研究策略，對文學士族發榮滋長的內在理路與外部環境做互動分析。

　　傅璇琮《唐代詩人叢考》〔註18〕注目于詩人群體的清理，從向來不受重視的大曆詩歌中區分出京城才子和江南詞人兩大群落，豐富了對這段文學史的認識；採用丹納《藝術哲學》的觀念，有意識地對那些夙爲人忽視的、作爲大作家之和聲與背景的小作家進行研究，並從中獲得關於一批詩人、一個時期詩風的實證知識，從而使我們對杜甫以後白居易以前的詩史開始有了稍爲清晰的認識。他的工作爲詩人群體研究奠定了基礎，進而也爲文學史面貌的揭示帶來了轉機。。此外，陳寅恪在《隋唐制度淵源略論稿》〔註19〕中揭示出的學術宗教與地域及家庭有關這樣一項原則，可謂是一種深深的文

〔註16〕李浩：《唐代三大地域文學士族研究》（台北：中華書局，2002年）。
〔註17〕李浩：《唐代關中士族與文學》（臺北：文津出版社，1999年）。
〔註18〕傅璇琮：《唐代詩人叢考》（台北：中華書局，1980年）。
〔註19〕陳寅恪：《隋唐制度淵源略論稿》（台北：中華書局，1963年）。

化思考。

臺靜農《論唐代士風與文學》，〔註20〕從文化學視野探討唐代士人、士風與科舉、宮廷、朋黨關係；在注重士風和民俗傳統的形成起了導向作用。

馬銘浩《唐代社會與元白文學集團關係之研究》，〔註21〕注重對作家作品、政治文化環境的考量，開始有了集團研究的觀念。

牟潤孫《唐初南北學人論學之異趣極其影響》，〔註22〕從地域、民俗、政治架構的區別來分析南北學風差異產生的原因，以及採用的是地域文化和民俗學的新的研究手法。

宇文所安認為盛唐詩由一種「都城詩」的現象所主宰，這是宮廷詩的直接衍生物，具有牢固、一致的文學標準；盛唐的詩人分為都城詩人與外部詩人兩部分，在都城詩歌的烘托下，成為真正具有個人風格的詩人。此一「地域」觀念的提出，頗為創新，且為後來的集團詩人研究，起了開頭作用。李浩的地域文學研究，明顯地是在宇文所安的觀點上，進一步開拓。傅璇琮也注意到詩人群體的研究，相較之下，宇文所安的都城詩人與外部詩人，顯然可見是集團詩人的先驅。臺靜農特重朋黨關係對詩歌的影響，這也與宇文所安的地域關係相近。

宇文所安提出都城詩人與外部詩人，將盛唐複雜多變的詩人活動，歸納為兩個主要部分，雖在歸納上有些許缺憾，但提出了地域學研究的視角，引領兩岸學界開創集團詩人、群體詩人的研究，有一定的影響力。

（三）關於唐詩方法研究

筆者認為宇文所安採用豐富而多變的研究方法，因此能獲得許多獨特的研究成果及觀點。兩岸三地學者研究唐詩，也採取許多西方的批評理論；例如，朱光潛採用開闊的學術視野下寫出《詩論》，〔註23〕雖說旨趣並不在比較，但對中國古典詩歌藝術特徵的分析全是以西方詩歌為參照系作出的，客觀上就成了一部對中西詩歌作全面比較的力作。趙昌平根據自己研究唐詩的心得，提出意興、意象、意脈三者是唐詩創作論的基本範疇，也是理解唐詩藝術精神的關鍵，由此建立起一套解讀唐詩的原則和方法；這也是直接從作品

〔註20〕臺靜農：〈論唐代士風與文學〉，《台大文史哲學報 14 期，1965 年 11 月》。
〔註21〕馬銘浩：《唐代社會與元白文學集團關係之研究》（台北：學生書局，1991 年）。
〔註22〕牟潤孫：《唐初南北學人論學之異趣極其影響》（台北：學生書局，1992 年）
〔註23〕朱光潛：《詩論》（台北：洪範出版社，1982 年）。

中抽象出理論的有效嘗試。〔註24〕葉嘉瑩《杜甫秋興八首集說》，〔註25〕將歷代評註「秋興八首」的論著分爲編年、解題、章法大旨、集說四類，頗有新批評的影子。梅組麟、高友工，關於杜甫組詩《秋興》八首的分析。〔註26〕論者試圖證明的是，音型、韻律的特點對於詩歌的內在蘊含和感情色彩不無增飾效果。楊文雄《李賀詩研究》，〔註27〕在研究方法上首次採用「新批評」，對詩歌語言中的意象、節奏加以探討，並認爲應融合中西文學理論。楊文雄的《李賀詩研究》採用傳統研究與新批評理論相結合的方法。從「外緣研究」（包括背景，家世，生平，年譜，交遊，文學觀念等），「內在研究」（包括詩歌意象的構成要素與塑造技巧，平仄、用韻、句式、句法等節奏問題，詩歌境界等）兩方面對李賀詩歌進行了系統解析。既有西方語言哲學和心理學方法的滲透，如關於語法、語義類型以及詩歌境界的劃分與探討；又不乏傳統細緻的考證功夫，是李賀研究中的重大收穫。這些學者多使用新批評、意象並置研究，在研究上卻有精采之處，與宇文所安的唐詩研究方法相暉映。

相較之下，宇文所安在詩歌分析上雖採用新批評，但更加融和中西文論，化爲自身獨特的研究方法，並提出「隨意性」，不拘泥任何形式的文學理論，反而更能精確地評論詩歌，且具有獨創性。

（四）結　論

宇文所安之唐詩研究開拓美國漢學唐詩研究的視野，建立其唐詩體系，故宇文所安之唐詩研究在美國漢學、兩岸的唐詩研究中，佔有極其重要之地位與貢獻，國內外學者多予以肯定。然而，宇文所安之唐詩研究雖有其特色，但亦有其局限性。其特色在於獨特的唐詩研究方法，以「細讀法」爲閱讀詩歌的首要條件，將中西文學理論相融合。然而，就像其他漢學家一樣，在運用西方理論的同時，雖刻意避免強行將西方理論加入，但仍無法免對自身文化的強勢主導，而漸漸失去傳統中國詩學的韻味。有時也會因爲過度鑽研字句，而有誤讀的情形出現，這些都是宇文所安唐詩研究的侷限之處。

此外，有時宇文所安的唐詩在歸納上略嫌草率,例如，在《盛唐詩》中對

〔註24〕趙昌平：《唐詩論學叢考》（上海：上海古籍出版社，1999年）。
〔註25〕葉嘉瑩：《杜甫秋興八首集說》（台北：桂冠出版社，1994年）。
〔註26〕梅祖麟、高友工著，黃宣範譯：〈分析杜甫的「秋興」試從語言結構入手作文學批評〉《中外文學》1972年11月。
〔註27〕楊文雄：《李白接受史研究》（臺北：五南圖書公司，2000年）。

宇關於「都城詩人」的論述，因立論新穎，頗引人注目；然而，在處理這個課題時，筆者認爲在歸納上有稍嫌草率的缺點，以至於看不清楚「都城詩人」的內涵和外延。首先，都城詩人顯然不是以地望爲標準，否則的話，在宇文所安開具的標準都城詩人名單中，只有王昌齡才可算是眞正的都城詩人；而儲光義爲潤州人，就是現今的江蘇，還正是宇文所安認爲與都城詩人相對立的東南詩人。可是，宇文所安又認爲：外來詩人往往具有鮮明的個性風格。例如，東南詩人崔國輔長期居住在京城，卻幾乎不和都城詩人來往；這種社交隔離反映在他的詩歌特性上，其中大多體現了東南詩人的自覺姿態。〔註28〕崔國輔長期居住在京城，都不算是都城詩人，那麼到底都城詩人的地域條件爲何？宇文所安始終沒有一個明確的描述。筆者認爲盛唐詩的繁榮，除了政治、社會背景及文學史自身規律的因素外，科舉制度的完備，也是使詩人群聚都城的重要因素。

此外，唐詩研究除了內涵的字句研究外，也應注重外延研究；除了專注於詩句鑽研外，也須注意詩人的社會背景等現象，畢竟，詩歌的解讀，除了解讀語境外，更應解讀詩人，才能得到最精確而豐富的成果。宇文所安從文本分析，的確帶來許多獨特的研究視角；但有時候卻忽略了歷史語境、社會背景等外延研究，使其唐詩研究出現了局限性。

宇文所安的唐詩研究是在美國唐詩研究的基礎上，向前推進一步，提出詩歌史研究，開創唐詩研究的新領域，也歸納了獨特的唐詩體系。靈活多變的研究方法更是融合中西文論，提出自創的「隨意性」，果然帶來不一樣的研究成果。宇文所安唐詩研究對國內外的唐詩發展，有重大之突破和創新。依此，宇文所安在唐詩研究上具有重大之地位和意義，實不言可喻。

〔註28〕Stephen Owen, The Great Age of Chinese Poetry: The High T'ang, P.53.

第六章　結　論

　　詩歌是中國古典文學中最為精微的一個門類,閱讀詩歌的難處,在於對其精美幽微之處的領悟和解說。閱讀詩歌在兩種語言世界和文化傳統之間展開,可能產生語言的隔閡和文化的差異,會讓詩歌的精微之處變得渺不可及,甚至存在誤讀的危險。但是讓人感到驚喜的是,美國漢學家宇文所安的唐詩研究,不僅表現出這種跨文化的詩歌閱讀,也自有其特有的理解方式,並顯現了思想方法和理解角度的特異性;他以一個「外在者」的角度來分析唐詩,這本身就是東西方文化的對話和交流。本文一方面分析宇文所安的唐詩研究方法,揭示了外在視角所帶來的獨特價值和啟示;另一方面,將宇文所安置放美國漢學界、兩岸三地學者的唐詩研究中,予以觀照以呈顯其意義與定位。底下試就本研究之主要論點加以綜合性敘述,並依此提出宇文所安唐詩研究之貢獻及未來研究之展望。

第一節　宇文所安唐詩研究之貢獻

　　宇文所安的唐詩研究最引人注目的原因在於他獨自完成了對唐代詩歌的研究,成果體現在其論述唐詩的系列專著中;從博士論文《孟郊與韓愈的詩歌》,到將宮廷詩有系統的整理的《初唐詩》,再到探討詩歌的黃金時代的《盛唐詩》,屢有新穎的觀點發人省思。除此之外,面對中唐多樣的文學形式,他更寫了《中唐中世紀的終結》來闡述其獨特的詩觀;宇文所安雖未論及晚唐詩歌,但已構成對整個唐詩研究的脈絡。

　　從宇文所安的《初唐詩》、《盛唐詩》、《孟郊與韓愈的詩》、《中唐中世紀

的終結》這幾本著作，探討其唐詩研究之內涵，可以了解他的唐詩研究脈絡及觀點，茲略述如下：

一、初唐宮廷詩的三部式理論與慣例，成就了盛唐詩歌的完備；宮廷詩不只是盛唐詩的註腳，它更是過渡到盛唐詩歌中，不可或缺的重要媒介。宇文所安以宮廷詩貫穿整個初唐詩壇，認爲宮廷詩的傳統提供了大部分的固定成分：三部式結構、對偶技巧、意象的豐富聯繫。詩人們一方面學習詩歌技巧，一方面遵守嚴格的詩歌格律，在宮廷詩的慣例中，根據題材及風格加以變化，雖然破壞了三部式的規範，但卻在詩中融入個人情感，在創作中擴大了詩歌範圍，也打破了宮廷詩人與外部詩人的界線。

二、宇文所安認爲盛唐詩由一種「都城詩」的現象所主宰，這是宮廷詩的直接衍生物，具有牢固、一致的文學標準；盛唐的詩人在都城詩歌的烘托下，成爲眞正具有個人風格的詩人。他提出東南詩歌活動中心的形成，認爲東南地區除了是貶謫詩歌的代表，也足以和都城相對抗。

三、宇文所安認爲中唐文學太過複雜豐富，必須同時兼顧，才能反映出那一時代的獨特面貌，於是探討了當時人們對詩歌觀念和作詩的看法，也探討了傳奇的變化；說明中唐作爲一個新時代的開始所具有的意義，所以不僅通過比較初、盛唐來突顯新的因素，而且更聯繫後世，尤其是宋代來說明其開創作用。較特別的是他認爲中唐文人較重視個體的價值，追求個人的生活圈子，對傳統的成說敢於質疑，開啓宋代社會的新思潮。

除了唐詩體系的研究外，宇文所安唐詩研究採用閱讀規則與詮釋角度、細讀文本、意象復現與形式分析、美學評論、詩歌流變史等研究方法。在中西理論交融下，形成自己獨創的研究方法。其研究方法之特色如下：

一、宇文所安推出中國傳統所謂的「閱讀規則」，強調中西不同的文化傳統。他以「每篇文本都預期本身的詮釋」爲論證，他認爲中國詩歌傳統是「非虛構的」，因此可以在閱讀世界中閱讀詩人，通過詩人的眼睛看世界；依此，宇文所安試圖建立一個自己的閱讀過程。認爲透過他的論述，可以預示中國閱讀傳統中的一種詮釋學。

二、宇文所安十分注重從文本內部來探索作品的意蘊，在具體分析中通過細讀法，對文學作品作詳盡的分析和詮釋。他注重文本分析，對文本的價值他一向非常珍視，且認爲詩的含義和魅力在詩中而不是在詩外，由於這個理念，使得他專注於文本本身的探索，的確獲得許多新穎的見解。

三、對於出現於不同時代，吟詠同一事物、地點的一系列詩作，宇文所安特別從各文本間的不同與類同來把握其流變，在具體論述中，強調許多意象的反覆出現，以及此現象所包含的深層意義。他認為一首詩歌的固定意象將支配整個詩作，雖然寫作者時代背景不同，但作品文本間卻出現類同的現象，文本中的意象為權威語象所干擾，文本間某些意象的復現，是由文化記憶所帶來的「類同現象」。

四、宇文所安對「回憶」作為中國古典文學中往事再現的心理狀態的解析，體現出豐富而深刻的文學意義，他結合具體的典型作品分析如何以「追憶」的方式處理時間性的斷裂和隔膜。他所採取的不是西方式的、線性的、生命不返之河的時間，而是與東方、中國似輪、似盤、似滾桶的迴圈的時間，彼此疊加；並以此三相為構成要素，對具體作品進行分析。

五、宇文所安之詩歌史寫作，新義叠出，精彩紛呈，但其最大特點也即是作者所顯示出的「通觀」意識。從其詩歌史環節研究中可看出，始終貫徹一種本體論的研究立場。無論是理論，還是詩歌剖析，都立足於詩歌的特點，都落實到意象、語言、形式、技巧變化的觀察之中。在各個時期詩歌現象的論述中，帶著「開放問題」的強烈意識，切入具體的歷史形態，回到文學史現場，充分展示唐詩的複雜性與豐富性。

全面檢驗宇文所安的唐詩論著，發現其唐詩研究方法雖然繁多，有以詩歌史寫作的方法、新批評、現象學觀點、意象復現等等西方批評理論；但筆者發現，他試圖突破和超越自己原來的批評模式，在評論中國詩歌時能靈活運用批評方法，從獨特的角度切入，不囿於批評方法的限制。筆者認為這是因為宇文所安對中國詩歌的研究帶著「同情的了解」，在接觸中國文化的同時，本身西方文化背景的影響就顯現出來了，其他學者也許會強加生硬的西方批評，帶入中國詩詞研究中，但宇文所安的研究方法其實正是中西文化理論的融合。

根據筆者對於宇文所安唐詩研究之分析與討論，宇文所安在唐詩研究上的貢獻可歸納如下：

一、宇文所安以一人之力從事詩歌史的研究，雖還未涉及晚唐詩歌史，但已構成其獨特的唐詩體系，也為美國漢學界的唐詩研究，另闢蹊徑。

二、在初唐詩研究中提出「宮廷詩」觀點，提出三部式理論，將宮廷詩的作用和地位提高，豐富了初唐詩的研究內涵。

三、在盛唐詩研究中提出「都城詩」觀點，將盛唐詩人分爲都城詩人與外部詩人兩部分；並指出「東南地區」屬於貶謫文學，足以和都城對抗。宇文所安在盛唐詩研究上，首次提出「地域觀念」。

四、在唐詩研究方法上融合中西批評理論，成一家之言，並提出自創的「隨意性」，既可避免西方文論的干擾，又能展現其獨特的研究觀點。

綜言之，宇文所安對唐詩歌所作的整體研究，不論是在美國漢學界，還是兩岸三地唐詩研究者而言，實屬此領域研究的第一人。綜觀兩岸三地的唐詩研究，部分學者關注的焦點往往只在專家詩人身上，卻詩歌史流變存在。除了宇文所安之外，未有如此透徹的研究唐詩脈落的著作。宇文所安的《初唐詩》、《盛唐詩》以詩歌史的方式寫作，注重從詩史演進的內在規則，把握整體風貌與特徵；既重視詩歌史演進中之線的連續，也注重點的深化，力圖展示唐代詩歌流變的軌跡和歷程。此種文學實際創作與文學史觀念並重的寫作方式，實爲嶄新的唐詩研究觀點。因此無論是在美國漢學界或是兩岸三地中，都是第一人。

在盛唐詩的變化中，宇文所安盛唐詩由一種「都城詩」的現象所主宰，這是盛唐時期詩人聳共同接受的美學模範，這個規範可使他們得到詩歌技巧的訓練，卻又不受其束縛，進一步發展個人個性與風格。此外，他提出東南詩歌活動中心的形成，認爲東南地區除了是貶謫詩歌的代表，也足以和都城相對抗。這種都城集團、東南地區這都是一個空間性觀察的視點，即文學中心的形成，是非常獨特的觀點，的確爲唐詩研究注入一股新的活力。盛唐詩歌與詩人一直是學者研究的重點，不論是美薲漢學界還是國內學者，往往結合社會背景和具體的歷史細節審視盛唐詩歌，注重盛唐詩風的轉變。宇文所安與上述學者不同之處，在於他從歷史過程的角度來研究盛唐詩。

在唐詩研究方法方面，宇文所安隨手拈來的特殊觀點切入，都反映了其融合中西文學批評，力圖內化爲自身的理論。有時一首詩歌評論看似平淡，但卻能在平淡中見其精心設置的驚奇。雖然評論詩歌是以西方，批評理論入手，但往往採取最佳的詮釋角度，融合爲自身的研究方法。

宇文所安往往能夠從我們習以爲見的文本中，讀出新的意思，他認爲這是注重「細讀」的緣故。細讀是一種工具，有助於幫助克服由於太熟悉而產生某種障礙，或是不假思索的習慣，如果被先驗的印象牽著走，那就看不到另一面了；而文學作品是要設法找出其更深的內涵，建立新的張力。他認爲

細讀的最佳方法就是回到文本本身，從文本出發的細讀，正是擺脫成見的一個好方法；例如在詩歌的結構分析上，歐文分為內在與形式兩方面，都以文本為基點；內在結構上，首先對詩中的字詞意象含義作深層次的挖掘，而後從句與句的結構基礎上去尋求整首詩的內在結構，這是基於文本本身層層深入分析出這種結構，給人一種具體、實在的感覺，讓大家知道原來我們熟稔的詩竟有如此精致的結構，如此的蘊含；形式分析上，歐文認為形式是有意味的，找出詩歌形式方面的特點，可以提昇為全詩的意蘊所在。歐文提出提出細讀文本的方法，讓我們對熟悉的詩歌感到新奇而獲得某種啟示，開闊我們的視野，也豐富了對詩歌理解的可能性。宇文所安突破自身固有的文化、批評模式，企圖融合中國文化傳統；除了自由地評論詩歌外，他十分強調讀者「閱讀」的自由。他認為「雖然沒有必要設立某些閱讀中的標準，因制式的解讀將會背離行動本身，會讓我們誤入歧途，讓我們忘卻作為閱讀者的充分自由範圍。」﹝註1﹞筆者認為宇文所安強調閱讀的自由是根據讀者的「主體性」強調。此外，宇文所安評論詩歌總是隨不同的切入點，而屢有令人驚艷之處，除了融合中西批評理論外，本身不同的切入點，在詩歌評析上，就呈現了精采的張力。

宇文所安以一個「外在者」的身分研究唐詩，雖其有濃厚的西方文學理論背景，但在評論詩歌時，確能融合中西文學理論，轉化為自身獨特的評論基礎與方法；且不囿於制式的理論，往往能另闢蹊徑，從不同的切入點得到嶄新的論題及研究成果，此種特殊的研究方法值得吾人借鏡。

第二節 未來之研究展望

前人研究宇文所安及其學術，多以書評，﹝註2﹞或其古典文學研究概述為切入點，﹝註3﹞較少從事單一或獨立學術議題的探討。本論文有感於宇文所安對唐詩研究精闢的分析與獨特的研究角度，儼然成為美國漢學界唐詩研究的佼佼者，欲探究其間因由，特別將宇文所安中國古典文學研究中的唐詩研究

﹝註1﹞ Stephen Owen, Traditional Chinese Poetry and Poetics, p.5.
﹝註2﹞ 朱易安：〈初唐詩評介〉，《唐代文學研究年鑑》（廣西：廣西師範大學出版社，1991年）第一版，頁331～336。
﹝註3﹞ 程鐵妞：〈試論斯蒂芬‧歐文之中國古典文學研究〉，《漢學研究》1991年第一期，頁227～260。

獨立爲一個研究主題，作通盤而有系統的研究，俾能對其唐詩研究之解構詩
歌方式、唐詩觀點以及唐詩研究方法有深刻之瞭解。宇文所安的唐詩研究，
提供一個異質文化間相互對話、交流的機會；東西方文化的對話和交流，會
不斷地造成理解的變異，借鑒他人的目光和獨異的理解力，重新返回到古典
文學原點上，去思考整個文化的起始，有助於從世界性的角度進行文化的交
流。

　　宇文所安的唐詩研究方法是援引西方文論批評，與中國古典文論相融合
爲一家之言；他所引用的唐詩研究方法，乃是中西融會貫通，且力圖突破、
超越自己原來的批評方式；突破了較爲單一的切入點和批評方法，在批評中
嘗試運用心態分析、精神分析、細讀等多種方法，使其唐詩研究方法從一元
走向多元，從固定走向隨意。他的有關唐詩研究的論文，在結構上建立一種
由多個中心組成，由多個思緒所串聯的方式，在每個論述中，其評論隨作品
自然展開，研究角度隨其特點不斷變化；較爲特別的是，宇文所安常把自己
在閱讀批評中的感悟與思考融入文本分析中，頗類似中國古典文學中評點式
的批評。筆者認爲由於「外在者」的身分使宇文所安獲得許多頗令人深思的
獨特見解；而其融會中西文學理論，成一家之言的研究方法，在多方面的嘗
試下，使得唐詩研究更爲拓展與深入。即如孫康宜在《文學的聲音》一書中
所指的漢學研究問題，仍值得國內學者深思：

> 今日研究漢學的學者們，在展現中國文化的「不同」特色之同時，
> 如何才能促進東西文化的眞正對話？怎樣才能把文化中的「不同」
> （difference）化爲「互補」（complementarity）的關係？反而是西方
> 的漢學家們更能站在傳統中國文化的立場，用客觀的眼光來對現代
> 西方文化理論進行有效的批評與修正。我認爲有深度的「批評與修
> 正」將是我們今日走向二十一世紀全球化的有力挑戰。〔註4〕

近年來的中國古典文學研究，尤其受到西方批評理論的影響，從事文學研究
者很難完全排除西方理論的殖入，但這些西方觀念並非全然可應用在古典文
學中，爲了使研究方法更爲精確，西方概念勢必面臨修正與協調的必要。宇
文所安將自身的西方理論與中國文論相結合，提出「隨意性」來作爲對應之
策，就唐詩研究方面而言，這一點嘗試無疑是成功的。因西方文學理論的援
引，確實使宇文所安的唐詩研究在視野和見解上有開拓之功，但其盲點在於

〔註4〕引自孫康宜：《文學的聲音》（台北：三民書局，2001年），頁101～102。

過分強調獨特的唐詩研究方法，總在字句中鑽研，有時甚至會誤解了詩句。
例如，在《初唐詩》中對王勃詩句「梅郊落晚英，柳甸驚初葉，流水抽奇弄，
崩雲灑芳牒。」，宇文所安解讀如下：

> 樹枝的生長被精煉地描繪成「驚」，流水正萌生出各種奇異的形狀，
> 詩人從這些形狀產生了「抽」的想像。「崩雲」帶著微雨灑在詩人的
> 書案上。〔註5〕

筆者認為「弄」本是樂曲的名稱或單位，古樂有名「梅花三弄」者，又《世
說新語·任誕》注：「既吹一弄，乃放笛。」而宇文所安卻把「弄」解作「形
狀」，根本無訓詁學上的根據；因此，宇文所安對全句的解讀是錯誤的。

　　諸如此類對字句上的誤解，對詩意分析有時違背原文旨意，這些都算是
唐詩的誤讀。這些誤讀雖是少數，無減其對唐詩研究上的貢獻，但筆者認為
還是不能視而不見；因宇文所安的唐詩研究有很大部分是建立在文本釋讀的
基礎上，如果誤讀文本，那麼一系列歸納、推論的可靠性就令人質疑。但在
對於宇文所安有關唐詩研究的論述作全面的考察後，筆者發現，其唐詩研究
模式之所以鞭辟入裡、引人入勝的原因，乃是得益於將中西文論加以融合，
成就特有的「隨意性」研究方法；其唐詩批評論述是在西方文論的基礎上，
輔以對中國文論的拓展，若無深厚的中西方文學底子，絕對無法獲至今日的
成就。筆者認為宇文所安應加強對中國傳統理論的深入探討，在文本分析外，
更需注重社會背景等外緣研究，才能對唐詩評述帶來更精確，更獨特的觀點。
畢竟，若只從西方的文化價值系統來建立其單一標的，卻缺乏對中國傳統文
化更多的自覺、反省與包容，如何能進行中西的文化交流與對話。

　　根據本文之研究，可以看出宇文所安唐詩研究的獨特內涵及研究方法。
關於宇文所安及其學術研究，台灣方面研究者寥寥無幾；反觀大陸方面，則
有多本中文翻譯本，美國漢學家們獨特的研究視角，正引入大陸，引起熱烈
的響應。筆者認為，多元觀點的呈現，異質文化間的對話，對傳統的唐詩研
究而言，應有正面而實質之助益。

　　大陸學者對宇文所安的研究，主要在於譯介專書方面，以書評方式評價
其唐詩研究的優缺點；更有甚者以意識型態，提出宇文所安作為漢學家，有

〔註5〕"The wave are "Sprouting" into strange forms, or "drawing forth", ch' ou, the
　　　poet's fancies by their forms." 見 Stephen Owen, The Poetry of the Early T'ang
　　　（New Haven: Yale University Press, 1977）, p.130.

著學術位置的焦慮。例如學者朱耀偉就提出：

> 這種「漢學家的焦慮」在《中國文論選讀》中昭然可見。否則宇文
> 所安也不會在肯定中國和西方批評傳統的差異（共鳴和精確定義）
> 之後，卻又在其翻譯中暗中將差異壓抑下去，並迴避中西論述之不
> 等性的問題。這種做法給人的感覺是宇文所安因為佔據了漢學家的
> 優越位置，於是便可隨意決定在什麼地方將差異突顯，又在什麼地
> 方將差異壓抑。最諷刺的是這種隨意收放又可掉過來鞏固他本身的
> 位置。〔註6〕

宇文所安寫了一篇〈全球性影響的焦慮：何謂世界詩？〉，〔註7〕藉著評點大
陸詩人北島的作品集《八月夢遊人》的英譯本。學者周蕾認為語文所安的態
度，是一種對中國熱（China fever）的蔑視。〔註8〕筆者認為這些評論並不客
觀，評價失當。因此，此後有關宇文所安之學術研究，應分類皆以闡述，原
因在於宇文所安之學術研究涉獵太廣，有唐詩、中國文論、比較文學、小說
等方面，若不分類，將只能做概括性的研究，未能深入。有關宇文所安的唐
詩研究，筆者從其詩歌史研究、研究方法入手，揭示了外在視角所帶來的獨
特價值和啟示；更將宇文所安置放美國漢學界、兩岸三地學者的唐詩研究中，
相互觀照其特殊的唐詩研究，顯現其價值與定位。然學力不足，略有不完整
之處。

　　此外，筆者認為從事唐詩研究的學者們，在兩岸三地學者方面，展現中
國傳統文化的不同特色之時，更應該努力顯示中國研究到底能給西方帶來何
種的寬闊視野；在西方漢學家方面，除了盡情運用西方文論分析唐詩外，也
應帶著「同情的了解」，站在中國傳統文化背景省視唐詩研究，這樣一來定能
較精確地進行中西方的對話。宇文所安以敏銳的心靈，對中西文學理論的融
合，以及特有的豐富中西文學底子，其對唐詩研究的貢獻不僅在於開拓詩歌
史的研究路線，更因唐詩研究涉及專家詩、詩歌史、句法修辭等幾近全面性
的唐詩研究，而在美國漢學界佔有一席之地。但對詩句某部分的誤讀若能加
以批評與修正，才能真正達成精確分析唐詩，輔以獨特觀點的理想。雖然，

〔註6〕朱耀偉：〈書評：Reading in Chinese Literary Thought〉，《人文中國學報》1996
　　　年第3卷，頁225～232。
〔註7〕Stephen Owen, "The Anxiety of Global Influence: What is World Poetry?" The
　　　New Republic,（November 19, 1990.）
〔註8〕周蕾：《寫在家國以外》（台北：牛津大學出版社，1995年），頁3。

中國文學的英譯並非國際化的必然或唯一媒介，但隨著國際化的體現，國內的研究者視野應該開闊，應該更具有國際性，我想中國文學中的美能引起中西論述之間的「共鳴」才是最重要的因素。因此，將中國文學中所展現的美感，能以西方讀者所能理解的方式有系統地引介到西方文壇，爲中西文化的對話鋪路。對國內讀者而言，在今日這個不能再故步自封作研究的時代，閱讀西方作品對我們的傳統的分析，能從跨文化的更廣闊視野去審視自己的傳統，也更能對中國文化在世界性論述中的形象作出匡謬正俗的工夫。

參考書目

一、宇文所安唐詩著作

（一）專書

1. Stephen Owen, The poetry of Meng Chiao and Han YÜ（New Haven:Yale University Press,1975）.

2. Stephen Owen, The Poetry of the Early T'ang（New Haven: Yale University Press, 1977）.

3. Stephen Owen, The Great Age of Chinese Poetry: The High T'ang（New Haven: Yale University Press, 1981）.

4. Stephen Owen, Traditional Chinese Poetry and Poetics: Omen of the World（Madison: Wisconsin University Press, 1985）.

5. Stephen Owen,Remembrances: The Experience of the Past in Classical Chinese Literature（Cambridge: Harvard University Press, 1986）.

6. Stephen Owen, Mi-Lou: Poetry and the Labyrinth of Desire（Cambridge: Harvard University Press, 1989）.

7. Stephen Owen, Reading in Chinese Literary Thought（Cambridge: Harvard-Yenching Institute, 1992）.

8. Stephen Owen, The End of the Chinese 'Middle Ages'--Essays in Mid-Tang Literary Culture.（Stanford: Stanford University Press, 1996）.

（二）期刊論文

1. Stephen Owen, "The Historicity of Understanding." Tamkang Review 14，1983.

2. Stephen Owen, "Place:Meditation on the Past at Chin-Ling." Harvard Journal

of Asiatic Studies, Vol 50, No.2.（December 1990）.

3. Stephen Owen, "Poetry and its Historical Ground." CLEAR Reviews 12,1990.

4. Stephen Owen, "The Anxiety of Global Influence: What is World Poetry" in the New popubl ic 1990.

5. Stephen Owen, "The Self's Perfect Mirror: Poetry as Autobiography" The Vitality of the Lyric Voice: Shih Poetry from the Late Han to the T'ang（Princeton: Princeton University Press, 1986）.

6. Stephen Owen, " The Formation of the T'ang Estate Poem" Harvard Journal of Asiatic Studies, Vol55, No1, 1995.

7. Stephen Owen, "What did Liuzhi Hear? The 'Yan Terrace Poems' and the Culture of Romance" T'ang Studies13, 1995.

8. Stephen Owen, " Poetry in the Chinese Tradition" Heritage of China（University of California Press, Ltd, 1990）.

二、英文部分

1. Ayscough F. W., Travels of a Chinese poet : Tu Fu, guest ofrivers and lakes（J. Cape, 1934. Cote（s）:895.1 DUFU Vol.2）.

2. Ayscough F. W., Tu Fu:the autobiography of a Chinese poet（J. Cape; Houghton Mifflin, 1929.）.

3. Bynner Witter and Kang-hu Kiang, The Jade Mountain:A Chinese Anthology Being Three Hundred Poems of the T'ang Dynasty 618～906（New York : Knopf, 1929）.

4. Chang Yin-nan & Lewis C. Walmsley, Wang Wei: The Painter-Poet（Rutland, VT, 1958）.

5. Charles Hartman,. "Hau YÜ and T. S. Eliot-a Sinological Essay in Comparative Literature." Renditions 8（Autumn 1977）:59～76.

6. Cooper Arthur, Li Po and Tu Fu（Penguin : Penguin Books,1973）.

7. Cunliffe Marcus, American literature Since 1900（London : Barrie &Jenkins, 1973）.

8. Diaz Janet W., Twayne's World Authors Series（Twayne: Twayne Publishers, 1981）.

9. Edkins Joseph, Li Tai-po as a Poet（China Review, 1888）pp.325～387.

10. Edkins Joseph,, On Li Taipo, with Examples of his Poetry. Journal of the Peking oriental Society, 1980.

11. Fish, Michael Bennett. Mythological Themes in the Poetry of Li Ho（791～817）. Ph. D. dissertation. Indiana U, 1973.

12. Frankel Hans, The FloweringPlum and the Palace Lady: Interpretations of

參考書目

Chinese Poetry（New Haven: YaleUniversity Press, 1976）.

13. Hartman, Han Yu and the T'ang Search for Unity（Princeton : Princeton University Press, 1986）.

14. Hawkes David,A Little Primer of Tu Fu（Oxford University Press, 1967）.

15. Hirth Friedrich and Rockhill WW, Chu-Fan-Chi（Taipei : Literature House, 1965）.

16. Hung William, Tu Fu: China's Greatest Poet（Cambridge: Harvard University Press, 1952）.

17. James J. Y. Liu, The Poetry of Li Shang-yin, 9th Century Buroque Chinese Poet（Chicago: Chicago University Press, 1969）.

18. Jerry Schmidt, Han Yu and his poetry（（University of British Columbia, Vancouver,1996）.

19. Lowell Amy, Fir--Flower Tablets（London: ：Constable, 1922）.

20. Luk, Thomas Yun-tong. "A Cinematic Interpretation of Wang Wei's Nature Poetry." In CWCLS, 151-62. 1980.

21. M.T. SOUTH, Li Ho, a Scholar-Official of the Yuan-ho Period （806～821）, （Leiden, Brill, 1959）.

22. Marsha Lynn Wagner,The Art of Wang Wei's Poetry. Ph. D. dissertation（University of California, Berkeley, 1975）.

23. Pauline Yu, The Poetry of Wang Wei: New Translations and Commentary（Indiana : Indiana University Press, 1980）.

24. Payne Robert, The White Pony（New York: New American Library Mentor Books,1947）.

25. Pound Ezra, Cathay（London：Mathews, 1915）.

26. Ronald C. Miao, "T'ang Frontier Poetry: an Exercise in Archetypal Criticism." THJCS 10.2（July 1974）:114～41.

27. Shigeyoshi Obata, The Works of Li Po（NewYork: EP Dutton & Co, 1928）.

28. Steiner George, After Babel:Aspects of Language and Translation（Oxford: Oxford,1975）, p159.

29. Stephen Hal Ruppenthal, , The Transmission of Buddhism in the Poetry of Han Shan. Ph. D. dissertation, （University of California,1974）.

30. Wang, An-yan Tang. Subjectivity and Objectivity in the Poetic Mind: A Comparative Study of the Poetry of William Butler Yeats and Tu Fu. Ph. D. dissertation, （ndiana University, 1981）.

31. Weinberger Eliot, Nineteen Ways of Looking at Wang Wei: How a Chinese Poem Is Translated（Princeton:Princeton University Press,.1987）.

32. Wong, Tak-wai. Baroque as a Period Style of Mid-late T'ang Poetry. Ph. D. dissertation.,（University of Washington, 1980）

33. Wu-chi Liu and Irving Yuchen Lo, Sunflower Splender（Doubleday :Ancho Press, 1975）.

34. Yip, Wai-lim., "Wang Wei and Pure Experience" in Wai- lim Yip tr., Hiding the Universe: Poems by Wang Wei,（New York: Grossman Publishers, 1972）.

35. Yu-Kung Kao and Tsu-Lin Mei.",Meaning, Metaphor and Allusion in T'ang Poetry" HJAS 38/2 （Dec. 1978）,pp.281～355.

三、中文部分

1. 朱光潛：《詩論》（臺北：國文天地雜誌社，1990 年）。

2. 余恕誠：《唐詩風貌》（安徽：安徽大學出版，2000 年）。

3. 李乃龍：《雅人深致與宗教情懷——唐代文人的生活樣態》（臺北：文津出版社，2000 年）。

4. 李日剛：《中國詩歌流變史》（臺北：文津出版社，1985 年）。

5. 李浩：《唐詩的美學闡釋》（安徽：安徽大學出版社，2000 年）。

6. 侯迺慧：《詩情與幽境——唐代文人的園林生活》（臺北：東大圖書股份有限公司，1991）。

7. 查屏球：《唐學與唐詩——中晚唐詩風的一種文化考察》（北京：商務印書館，2001 年）。

8. 袁行霈：《中國詩歌藝術研究》（北京：北京大學出版社，1997 年）。

9. 高友工等著：《唐詩的魅力》（上海：上海古籍出版社，1990）。

10. 張忠綱：《中國新時期唐詩研究述評》（合肥：安徽大學出版社，2000 年）。

11. 陳伯海主：《唐詩彙評》（杭州：浙江教育出版社，1996 年）。

12. 陳寅恪：《元白詩箋證稿》（台北：世界書局 1963 年）。

13. 傅璇琮：《唐詩論學叢稿》（北京：京華出版社，1999 年）。

14. 黃永武：《中國詩學》（臺北：巨流圖書公司，1979 年）。

15. 楊文雄：《詩佛王維研究》（台北：文史哲出版，1988 年）。

16. 葉慶炳：《中國文學史》（臺北：臺灣學生書局，1997 年）。

17. 葛曉音：《詩國高潮與盛唐文化》（北京：北京大學出版社，1998 年）。

18. 蔡瑜著：《唐詩學探索》（臺北：里仁書局，1998 年）。

19. 羅聯添：《唐代文學論著集目·作家及其作品》（臺北：學生書局，1994）。